U0088920

古典文獻研究輯刊

初　編

曾永義　主編

第 **14** 冊

平江不肖生之《江湖奇俠傳》
《近代俠義英雄傳》研究

林建揚　著

國家圖書館出版品預行編目資料

平江不肖生之《江湖奇俠傳》《近代俠義英雄傳》研究／林建揚 著 — 初版 — 台北縣永和市：花木蘭文化出版社，2010〔民99〕

目 2+168 面；19×26 公分

（古典文學研究輯刊　初編：第 14 冊）

ISBN：978-986-254-376-4（精裝）

1. 平江不肖生　2. 章回小説　3. 文學評論

857.44　　　　　　　　　　　　　　　　99018484

ISBN - 978-986-2543-76-4

9 789862 543764

古典文學研究輯刊

初　編　第十四冊　　　　　　　ISBN：978-986-254-376-4

平江不肖生之《江湖奇俠傳》《近代俠義英雄傳》研究

作　　者　林建揚
主　　編　曾永義
總 編 輯　杜潔祥
出　　版　花木蘭文化出版社
發 行 所　花木蘭文化出版社
發 行 人　高小娟
聯絡地址　台北縣永和市中正路五九五號七樓之三
　　　　　電話：02-2923-1455／傳眞：02-2923-1452
網　　址　http://www.huamulan.tw 信箱 sut81518@ms59.hinet.net
印　　刷　普羅文化出版廣告事業
初　　版　2010年9月
定　　價　初編 28 冊（精裝）新台幣 45,000 元
版權所有·請勿翻印

平江不肖生之《江湖奇俠傳》
《近代俠義英雄傳》研究

林建揚　著

作者簡介

林建揚，生於高雄市，最高學歷完成於人稱台北後山 陽明山上的文化大學，目前任教於台灣後山 花蓮的大漢技術學院，性喜研讀武俠小說、通俗文學及日本動漫，並開授相關課程。

提　要

　　武俠小說是華人特有的文學類型，但武俠小說在文學史上的地位，歷來卻被摒除在文學的殿堂之外，直到對岸重燃起武俠小說熱，才促使兩岸三地對武俠小說重新研討與認識。武俠小說既然被歸為通俗小說之林，因此筆者當時撰寫此論文時，是試以傳統研究通俗小說的方法，來探討武俠小說。至於選擇平江不肖生為研究對象，乃是其為民國後以武俠小說名世的第一人，希望以平江不肖生代表作《江湖奇俠傳》《近代俠義英雄傳》為立足，來瞭解當時武俠小說的風貌。

　　本文研究的主要內容安排如下：第一章緒論，首先說明研究的目的，內容與對象。第二章則是就平江不肖生的生平及著作，作個記載，好便於掌握作家的創作動機及撰寫時的意識型態，也順為簡介本文所欲研究作品的大略內容。第三章為就平江不肖生所處民國舊派武俠小說的時期，以多角度探討該時期之所以能造成武俠小說前所未有轟動的原因。第四章便就作品的淵源與取材作深入之探討。第五章論述的是平江不肖生作品中，有關儒、佛、道三家方面的思想。第六章則是主要對平江不肖生作品的藝術手法進行評述，希望能藉此瞭解身處近代中西文化接觸的武俠小說，在寫作藝術上，主要是受何者影響。第七章乃是探討平江不肖生的作品主題內涵，有何其所要反映的社會性。進而顯明武俠小說，亦是有著現實性、時代性。第八章則是對平江不肖生對後來的武俠小說有何影響，加以論述。第九章結論，為本文的研究成果，作一簡單的回顧。

第一章　緒　論

第一節　研究目的與方法

　　武俠小說是我中國特有的文學類型，也是中國通俗小說類型中，最重要的一大類別。

　　武俠小說亦如同其他類型的小說一樣，有著自己的淵源與傳承，從最早的雛形──唐人傳奇中的俠義類作品，漸漸發展到奠定近世武俠小說基礎的《水滸傳》，最後演進至民國成立後到今，由於社會因素及商業繁榮的雙重助瀾下，更是將武俠小說推到了巔峰高潮的時期。身為現代的中國人，可說是無論任何階層，任何職業，幾乎是人人都會神遊於海闊天空的武俠世界裡，甚至可達愛不釋手的境地。武俠小說作品數量之豐，及風靡的程度，儼然可成為民國通俗文學的盟主。武俠小說於今日中國，可說是影響甚深。

　　然而由於中國傳統文學，一向是以抒情的作品為主；再加之向來深受「詩教」思想的影響，小說在中國文學的範疇裡，就一直被傳統文人們視為小道，直到清末民初，小說才被受到重視；可是身為通俗小說一員的武俠小說，卻不是如此這般的幸運，仍是無法躋身於文學的殿堂裡。

　　至於武俠小說無法登堂入室的主要原因，乃是在於一般論者認為武俠小說所虛擬的世界，太過於虛幻，與現實完全是兩碼子的事情，已經偏離「詩教」所規範的範圍。甚至認為武俠小說是在提倡以暴制暴，麻醉群眾，並且教導民眾一種消極等待的心理。因而歸結閱讀武俠小說，是百害而無一益，並將武俠小說劃為邪書之列。當時提倡白話文的運動者，便早已有此論調，

如對通俗文學有極大貢獻的鄭振鐸，他在〈論武俠小說〉一文中便批評武俠
小說是：

> 使強者盲動以自戕，弱者不動以待變的，⋯⋯使本來落伍退化的民
>
> 族，更退化了，更無知了，更晏安於意外收穫了。〔註1〕

而胡適則是以武俠小說不科學為理由，勸青少年不要閱讀武俠小說。〔註2〕時
間轉進到民國六十四年，因新派武俠小說大師金庸的來臺造訪，引起了對武
俠小說如何定位的「武俠小說論戰」，正反兩派紛紛於報紙上互相攻訐。總之，
於此之前對武俠小說的評論，大都是毀多譽少。一直到了近幾年，大陸重燃
起武俠小說的熱潮，才促使兩岸三地對武俠小說重新的研討與認識。

任何一種文學能造成該文體寫作的興盛，與廣大的迴響，必有其時代背
景及社會因素，武俠小說亦是如此。況且其又被歸為通俗小說之林，一定是
有著通俗小說的特徵。因此本論文試以傳統研究通俗小說的方法，來探討武
俠小說，並且望能證明武俠小說與傳統通俗小說有著共同的地方，進而建立
正武俠小說在文學史上重新的地位。

至於選擇平江不肖生為研究對象的原因，雖然他不是民國成立後第一個
寫作武俠小說的人，但卻是近代以武俠小說名世的第一人，也正由於他的成
功，才引發了民國舊派武俠小說的作品豐盛與流行風潮。因此，希望能以平
江不肖生的作品為立足點，來了解當時武俠小說的風貌。

基於上述的目的，本文研究的主要內容，於本章中，首先便對「武俠」
二字作個定義。

第二章的內容，則是就平江不肖生的生平及著作，作個記載。因為欲瞭
解某位作家作品的特色，都是須先知道作家的平生事蹟，好便於掌握作家的
創作動機及撰寫時的意識形態。本章內容除上述之外，也順為簡介本論文所
欲研究作品的大略內容。

然而一種文體能夠繁榮興盛，必定是在許多因素的輔助下，才能有此成
果。因此第三章的內容，便就平江不肖生所處民國舊派武俠小說的時期，以
多角度來探討，該時期之所以能夠造成武俠小說前所未有轟動的原因。

〔註1〕 語見鄭振鐸〈論武俠小說〉一文，原刊於其著《海燕集》中（新中國書店，
民國21年7月）。而本文所錄，乃摘自《鄭振鐸選集》，引該書頁170。（香港，
香港文學出版社，1965年5月）

〔註2〕 胡適之說，參見項莊〈沖淡精神苦悶，加強掙扎意志〉一文，收錄於《明報
月刊》1983年1月號（總二○五期），頁11。

　　至於作品內容的研究方面，第四章首先便就作品的淵源和取材而言。

　　而歷來論者一向喜以作品的思想，與作品的藝術結構兩大方面來作論述。因此第五章所要論述的，便是平江不肖生作品中，有關儒、佛、道三家方面的思想。儒、佛、道是構成我中華文化的主要成分，更是對中國文學的影響甚深，而武俠小說既然是中國的特產，也必定有這三方面思想的呈現。也進而藉由此章的論述，來瞭解儒、佛、道三家學說的異同點，與融合的地方。

　　第六章則是主要以中國傳統通俗小說的評點方法，輔以少許近代評論觀點，來對平江不肖生作品的藝術手法進行評述。也希望能藉此瞭解身處近代中西文化接觸的武俠小說，在寫作藝術上，仍是主要受到中國傳統通俗小說的影響。

　　而於第七章中，則是探討平江不肖生的作品主題內涵，有何其所要反映的社會性，與欲強調的精神。進而顯明武俠小說，亦是有著現實性、時代性。也希冀以此來反駁歷來論者，對武俠小說評論的偏差。

　　第八章則是對平江不肖生作品對後來的武俠小說有何影響，加以論述。

　　第九章結論，為本文的研究成果，作一簡單的回顧。

第二節　研究對象與名義

一、研究對象

　　平江不肖生一生的著作頗豐，而且所涉的範圍極廣，武俠作品亦是不少，為何只以《江湖奇俠傳》與《近代俠義英雄傳》兩部作品，作為本文研究平江不肖生武俠小說作品的對象，乃是因為：

　　《江湖奇俠傳》是平江不肖生的武俠小說處女作，亦是民國舊派武俠小說盛行風潮的始作俑者，並且該書在當時的社會起了不小的影響，如鄭逸梅的〈武俠小說的通病〉一文，便提及當時的東方圖書館，由於閱讀《江湖奇俠傳》的人數甚多，而使該書極為容易破損，所以總共購買該書有十四次之多。〔註3〕而沈雁冰的〈封建的小市民文藝〉一文，也敘述到依據《江湖奇俠

〔註 3〕 參見鄭逸梅〈武俠小說的通病〉一文，原載於其著《小品大觀》中（校經山房，1935 年 8 月）。然而筆者所據的《小品大觀》是民國 71 年，由臺北‧新文豐出版公司所出的版本，該版本中無此〈武俠小說的通病〉一文，因此本文乃是轉見於范伯群《禮拜六的蝴蝶夢》一書，頁 191（北京，人民文學，1989

傳》一書中的部分情節，所拍成的電影「火燒紅蓮寺」，在戲院裡造成民眾為之瘋狂的情形。〔註4〕然而《江湖奇俠傳》雖是平江不肖生的第一部武俠小說，難免有著結構、寫作不夠健全的地方，但是該書能在當時造成如此巨大的影響，必定是有其價值及值得探討之處。

　　至於《近代俠義英雄傳》一書，雖然它受讀者歡迎的程度，遠不及《江湖奇俠傳》；但是在思想精神方面，卻遠遠超過於後者。正是因為該書反映了清末社會的概況，並且也非常地顯現出平江不肖生所欲強調的精神，而不是類似於《江湖奇俠傳》那種拼盤式、大雜燴的寫作風格。實為平江不肖生所有武俠作品中，意識形態最為濃厚的一部作品。

　　而歷來的論者一向在談到平江不肖生的代表作時，總是將該二書並列而論。並且該二書也正代表者當時期武俠小說兩種風格迥異的類型，亦即《江湖奇俠傳》與《近代俠義英雄傳》分屬於虛幻劍仙類與寫實技擊類的武俠小說。雖然該二書尚未達於所屬類型武俠小說的成熟階段，但是它們對後來的武俠小說卻具有相當大的引導作用，這就是為何要將《江湖奇俠傳》與《近代俠義英雄傳》兩部作品，作為本文研究對象的原因。

二、武俠的名義

　　武，《說文解字》云：「止戈為武」。但是在武俠小說的武，並非全都是止戈的意思，甚至反而是殺戮，因為在武俠小說，故事中的人物常會為了爭名奪利，或雪恥報仇而起殺戮之心，而這種行為方式，其實就是以暴制暴。

　　至於俠的本義，乃是「以力輔人」。然而對俠所作解釋的最早文獻記載，則是見於《韓非子·五蠹篇》其云：

> 儒以文亂法，而俠以武犯禁。

到了司馬遷的《史記·游俠列傳》則是解道：

> 今游俠，其行雖不軌於正義，然其言必信，其行必果，已諾必誠，
> 不愛其軀，赴士之阨困，既已存亡身死矣，而不矜其能，羞伐其德，
> 蓋亦有足多者焉。

而荀悅《漢紀》又是解作：

年6月）。
〔註4〕 參見沈雁冰〈封建的小市民文藝〉一文，收錄於魏紹昌所編《鴛鴦蝴蝶派研究資料》上卷史料部分，頁47～49。（上海，上海文藝出版社，1984年）

文氣齊，作威福，結私交，以立彊於世者，謂之游俠。

綜上所述，對俠的定義，各有不同，無一定論。而此種情況也正是吳宏一於〈漫談武俠與武俠小說〉一文中所說的：

> 「俠」會因時代背景的不同而被人賦予不同的意義；換句話說，在
> 不同的時代裡人們所談的「俠」，其意義往往並不是一致的。〔註5〕

其實不僅是如此，就連同時代的人對俠的見解，亦會有所不同。而近人又是如何對俠下定義呢？如劉若愚《中國之俠》一書，便將俠的特徵歸納為八類：（一）助人為樂；（二）公正、如郭解不為姊甥報仇，卻能「路見不平，拔刀相助」；（三）自由，如荊軻和友狗屠及擊筑者、劇孟、汲黯都不拘小節，不矜細行；（四）忠於知己；（五）勇敢；（六）誠實，足以信賴。也就是司馬遷所說的「其言必信、其行必果，已諾必誠。」；（七）愛惜名譽。也便是司馬遷說的「脩行砥名，聲施於天下」；（八）慷慨輕財等。〔註6〕

而吳宏一則云：

> 大致說來，「俠」至少應該具備下列條件：一、路見不平，拔刀相助；
> 二、存交重義，恩怨分明；三、振人不贍，救人之急；四、重然諾
> 而輕生死；五、不貪財色，不矜德能；貫穿這些條件，而使俠之所
> 以為俠的精神支柱則是「義」，所謂「義非俠不立，俠非義不成」，
> 正是恰當地點明了兩者之間的關係。〔註7〕

至於崔奉源的《中國古典短篇俠義小說研究》一書，乃是將俠的具備條件分為八項：（一）路見不平，拔刀相助；（二）受恩勿忘，施不望報；（三）振人之贍，救人之急；（四）重然諾而輕生死；（五）不分是非善惡；（六）不務德能；（七）不顧法令；（八）仗義輕財等。〔註8〕

不過上述這些論者的觀點，皆是從歷史上游俠及古俠的角度來下定義。至於從武俠小說作品本身著手者，則如侯健的〈武俠小說論〉一文，將俠的特質分為：一、尚氣任俠，急人之急；二、恩怨心強，特別是報恩；三、自

〔註5〕語見吳宏一〈漫談武俠與武俠小說〉一文，收錄於《中國論壇》十七卷八期
　　　　（總二〇〇期），引該雜誌頁12。
〔註6〕參見劉若愚《中國之俠》一書，頁 4～6。（上海，三聯書店上海分店，1991
　　　　年9月）
〔註7〕同註5。
〔註8〕參見崔奉源《中國古典短篇俠義小說研究》一書，頁 19～20。（臺北，聯經出
　　　　版事業公司，民國75年12月）

信心強；一擊不中，飄然遠行；四、有是非心，能從諫如流；五、獨來獨往，不沾不帶；六、名利之心或無或極爲淡薄，常爲隱士或市隱；七、千里戶庭的飛行術，至少登高如履平；八、能殺人於不知不覺中的劍術。一定用短兵器；九、常能先知，至少能望氣觀色，知所趨避；十、可以有時代背景，甚至歷史人物，但主要人物，必是虛構等十種。〔註9〕

又如楊興安的〈我國豪俠精神的特色〉一文的定義：（一）豪俠都比常人突出，有不尋常的本領；（二）豪俠在社會的地位多數是卑微的。他們當中有僕婢小民、刺客游士。地爲低微的豪俠在未顯露本領時，多供人差遣，遭人白眼，而他們卻甘之如飴，亦從未有以自己的本領謀取富貴；（三）豪俠都不願他人知道自己的本領，身手一露便悄然遁去；（四）豪俠所爲大都是爲他人的，無償的。他們有冒險犯難、成人之美的精神。〔註10〕

但是侯健與楊興安所據以分析的資料，皆是載於《太平廣記》四卷中的二十五篇豪俠小說。然而本文所欲解釋俠的名義，乃是就近代以來，也就是民國成立後的武俠小說，所展現俠的精神爲主。而對此方面曾作論述者，則如溫瑞安的〈可信而不實在的世界〉一文云：

> 「俠」在武俠小說裡，大抵不離這三種意義：一是孟子說的：「爲己之惡，救人之急」；二是司馬遷說的：「其言必信，其行必果，已諾必誠，不愛其軀，赴士之阨困，既已存亡身死矣，而不矜其能，羞伐其德，蓋亦有足多者焉」；三是荀悅所說：「生於武毅不撓，久要不忘平生之言；見危授命，以救時難而濟同類。」〔註11〕

因此，據上種種所述，古俠、游俠及小說俠的定義，加以印證近幾年筆者閱讀武俠小說的心得，因而將俠的主要特徵，分述於下：

（一）俠有高於凡人之處，但是並不一定要具備武藝。

（二）路見不平，拔刀相助。

（三）重情重義，恩怨分明。

（四）受恩勿忘，施不望報。

（五）振人之贍，救人之急。

〔註9〕 參見侯健〈武俠小說論〉一文，收錄於其著《文學、思想、書》一書中（臺北，皇冠出版社，民國 67 年 8 月），頁 239～240。

〔註10〕 參見楊興安〈我國豪俠精神的特色〉一文，收錄於《明報月刊》1991 年 1 月號（三〇一期），頁 114。

〔註11〕 語見溫瑞安〈可信而不實在的世界〉一文，出處同註5，引該雜誌頁 14。

（六）重然諾而輕生死。

（七）不拘小節，不矜德能。

（八）不顧法令。

（九）不貪財色，仗義輕財。

（十）功成身退，隱居山林。

第二章　平江不肖生的生平及其著作

第一節　傳　略

　　平江不肖生，原名姓向，名逵，字愷然，湖南省平江縣人。生於清・光緒十六年（1890）二月十六日。〔註1〕其祖父以經營傘店發家，而其父向碧泉，則是位在鄉里間頗有文名的秀才。向愷然於其童年時，曾跟隨其父及其私塾老師仇老先生攻讀古文，又熱愛武術，曾拜師學習拳棒之術，喜讀稗俠之書，喜聞怪異之事。據其子向爲霖言，向愷然畢業於長沙楚怡工業學校，由於就學期間，列強威逼，滿清政府不堪一擊；再加之學校老師鼓吹愛國思想，向愷然深感實爲滿清腐敗不振，才致使中國淪爲次殖民地，國人苟延殘喘其生平。因此若不歷經一番整治圖強，絕無法拯救中國，因而毅然決然東渡日本，求取救國之道。〔註2〕又據大陸學者張贛生的說法，向愷然十四歲時（1905），

〔註1〕　不肖生的出生年代，另有一說，說是生於清・光緒15年（1889）。贊成該說者，有關志昌〈向愷然〉（收錄於《傳記文學》第四十二卷第三期，參見該雜誌頁146。）李林〈平江不肖生〉〔收錄於寧宗一主編《中國武俠小說鑒賞辭典》，參見該書頁695。（北京，國際文化出版公司，1992年2月）〕、梁守中《武俠小說話古今》〔參見該書頁176。（臺北市・遠流出版事業股份有限公司、1990年12月）〕與王海林《中國武俠小說史略》〔參見該書頁154。（太原市，北岳文藝出版社，1988年）〕等。而本文所依之不肖生出生年代，乃以不肖生之子向爲霖〈我的父親平江不肖生〉一文中所云爲據。〔收錄於葉洪生所編《中國近代武俠小說名著大系》所收平江不肖生作品，每種的第一冊，參見正文前頁97。（臺北市、聯經出版事業公司、民國73年）〕

〔註2〕　參見向爲霖〈我的父親平江不肖生〉一文，收錄於葉洪生所編《中國近代武俠小說名著大系》所收平江不肖生作品，每種的第一冊，正文前頁97～98。

清廷廢除科舉，改辦學校，於是向愷然便考入了長沙的高等實業學堂。次年
（1906），長沙各界爲了公葬同盟會發起人之一的陳天華，掀起了政治風潮。
向愷然由於積極參加此次的社會運動而被開除學籍，隨後便赴日留學。〔註3〕
於此，姑且不論向愷然是否安然畢業於楚怡工業學校？然向氏的愛國情操，
東渡日本的決心，是無庸置疑的。而此次東渡日本的時間，大約是清・光緒
三十四年（1908）。〔註4〕

　　到日本後，向愷然便進入華橋中學就讀（另說是就讀於東京弘文學院或
是宏文書院），〔註5〕於此時認識了武術家王潤生，曾跟他學習吳氏太極拳。
畢業之後，便離日返國。民國元年（1912），與王潤生於長沙學宮街富國礦內
創辦國技會時，寫成其處女作《拳術講義》一書。不久，便離開長沙，轉往
居住於上海。而其正計劃二度赴日，苦缺盤纏之時，幸得同鄉宋痴萍（名編
劇家）的介紹，將《拳術講義》的書稿賣給「長沙日報」，才順利成行。〔註6〕
此書後由「中華書局」出版，其後附有《拳術見聞錄》，署名爲向逹。而此次
之所以再度赴日的原因，據其子向爲霖的說法，乃是向愷然：

> 不久回到上海，仍然飄泊無依，眼見國家如江河日下，有心救國，
> 無力回天，以前的理想並未實現，左思右想，復自費重渡日本，考
> 入法政大學。〔註7〕

〔註3〕 參見張贛生〈平江不肖生（武俠小說）〉一文，收錄於其著《民國通俗小說論
　　　　稿》一書（重慶，重慶出版社，1991年5月），頁111。

〔註4〕 不肖生第一次留日時間，另有一說，說是西元1905年，如魏紹昌《我看鴛鴦
　　　　蝴蝶派》〔參見該書頁133。（臺北市，臺灣商務印書館，民國81年8月）。然
　　　　不肖生於其《留東外史》第一回〈述源流不肖生饒舌，勾蕩婦無賴子銷魂〉
　　　　中便云：「不肖生自明治四十年即來此地。」而明治四十年即爲清・光緒三十
　　　　四年（1908），又范煙橋〈民國舊派小說史略〉一文亦云不肖生第一次留日時
　　　　間是西元1908年。〔該文收錄於魏紹昌所編《鴛鴦蝴蝶派研究資料》上卷史
　　　　料部分，參見該書頁300。（上海、上海文藝出版社、1984年7月）〕，故以西
　　　　元1908年較爲正確。

〔註5〕 關志昌〈向愷然〉作東京弘文學院，參見《傳記文學》第四十二卷第三期頁
　　　　146。王海林《中國武俠小說史略》作東京宏文學院，參見該書154。

〔註6〕 宋痴萍於《火燒紅蓮寺之預測》一文中曾回憶云：「歲壬子，予佐屯民治長沙
　　　　日報，一夕愷然來訪，攜所著《拳經講義》一卷授予曰：『行且東渡，絀於資，
　　　　此吾近作，願易金以壯行色。』」此文原載《電影月報》第二期，1928年5
　　　　月1日出版。本文轉引自范伯群《禮拜六的蝴蝶夢》，引書頁181。（北京，
　　　　人民文學出版社，1989年6月）

〔註7〕 同註2，語見該書正文前頁99。

然據張贛生的說法，則更爲詳細：

> 民國二年（1913），袁世凱派人刺殺了宋教仁，群情激憤。向愷然回
> 國參加了「倒袁運動」，任湖南討袁第一軍軍法官，討袁失敗後，他
> 再赴日本。〔註8〕

向愷然乃是應當時第一軍軍長程子楷之聘，任該軍的軍法官。後由於討袁失
敗，救國的抱負未能施展，又值程子楷下臺，才去職再赴日本。而此次赴日
年代已是民國2年（1913）。而其求取知識的場所，乃是法政大學（一說是東
京中央大學）。〔註9〕

　　再次赴日期間，向愷然又結交了不少武術名家，精研武術，回國後，又
與許多武林中人切磋武藝，這使他成爲民國武俠小說作家中眞正精通武術的
人。然此次居日數年，向愷然又有何事蹟可陳呢？據包天笑〈平江不肖生〉
一文所云：

> 據說向君爲留學而到日本，但並未進學校，卻日事浪游，因此於日
> 本伎寮下宿頗多嫻熟，而日語亦工。留學之所得，僅寫成這洋洋數
> 十萬言的《留東外史》而已。〔註10〕

又《釧影樓回憶錄》中云：

> 向君留學日本，寫了一部小說，名曰《留東外史》。〔註11〕

由以上包天笑所云，可知向愷然於此次留日期間，寫成其第一部小說《留東
外史》。雖有些學者認爲此書是其歸國後才寫成，〔註12〕然從該書第一回〈述
源流不肖生饒舌，勾蕩婦無賴子銷魂〉中所云，更能確定《留東外史》是寫
於其二次留日期間，且能深切明瞭其撰寫動機：

> 不肖生自明治四十年即來此地……用著祖先遺物，說不讀書，也曾

〔註8〕同註3，語見該書頁111。
〔註9〕關志昌〈向愷然〉作東京中央大學，參見《傳記文學》第四十二卷第三期頁
　　　146。王海林《中國武俠小說史略》亦同此說法，參見該書155。
〔註10〕語見包天笑〈平江不肖生〉一文，收錄於魏紹昌所編《鴛鴦蝴蝶派研究資料》
　　　上卷史料部分，引書頁585。
〔註11〕語見包天笑《釧影樓回憶錄》一文，引書頁383。（臺北、文海出版社沈雲龍
　　　主編《近代中國史料叢刊續輯》、民國63年）
〔註12〕認爲《留東外史》一書爲不肖生歸國後所作者，有向爲霖〈我的父親平江不
　　　肖生〉，〔收錄於葉洪生所編《中國近代武俠小說名著大系》所收平江不肖生
　　　作品，每種的第一冊，參見正文前頁99。〕、葉洪生〈平江不肖生小傳及分卷
　　　說明〉（收錄之處同上，參見正文前頁83。）

進學堂，也曾畢過業，說是實心求學，一月有二十五日在花天酒地中，近年來，祖遺將罄，游興亦闌，已漸漸有倦鳥思還故林之意，只是非鴉非鳳的在日本住了幾年，歸得家去，一點兒成績都沒有，怎生對得住故鄉父老呢？想了幾日，就想出著這部書作敷衍塞責的法子來。〔註13〕

民國4年（1915），向愷然再度歸國，其參加了中華革命黨江西支部，繼續從事反袁活動。討袁成功後，便又移居上海。其間，由於生活困窘，便將《留東外史》的稿本，以低廉的稿酬出售給書商，民國5年（1916）該書出版後，不料竟成為暢銷書，「不肖生」之名才漸為人知。也由於《留東外史》頗受讀者歡迎，向愷然便開始專以寫作為生，其後陸續出版有《留東外史補》、《留東新史》、《留東豔史》等作。

《留東外史》此書的性質，正如該書第一回〈述源流不肖生饒，勾蕩婦無賴子銷魂〉所云：

原來我國的人，現在日本的，雖有一萬多，然除了公使館各職員，及各省經理員外，大約可分為四種：第一種是公費或自費，在這裡實心求學的；第二種是將著資本，在這裡經商的；第三種是使國家公費，在這裡也不經商，也不求學，專一講嫖經、談食譜的；第四種是二次革命失敗，亡命來的。……第一種，第二種，與不肖生無毫墨緣，不敢惹他。第三種，第四種，沒奈何要借重他，作登場傀儡。遠事多不記憶、不敢亂寫，從民國元年起，至不肖生離東京之日止，古人重隱惡而揚善，此書卻絀善而崇惡。……〔註14〕

由此可知，《留東外史》乃為一暴露留日學生、流亡黨人腐朽生活及道德淪落的社會譴責小說。也正由於書中對人對事多所影射，因而得罪了不少人，致使向愷然一度意志消沉，染上抽鴉片的惡習。〔註15〕後來，幸有當時文壇的大家──包天笑，邀他為《星期》週刊寫稿，向愷然才又執筆寫作。也因有

〔註13〕轉引自范伯群《禮拜六的蝴蝶夢》一書，引書頁181。
〔註14〕轉引自范煙橋〈民國舊派小說史略〉一文，收錄於魏紹昌所編《鴛鴦蝴蝶派研究資料》上卷史料部分，引書頁300。
〔註15〕不肖生染有抽鴉片之惡習，可從包天笑〈平江不肖生〉（收錄於魏紹昌所編《鴛鴦蝴蝶派研究資料》上卷史料部分，參見該書頁585。）及鄭逸梅〈不肖生〉〔收錄於其著《小品大觀》中，參見該書頁42。（臺北，新文豐出版公司，民國71年）〕二文中得知。

包天笑的介紹，向愷然才從寫作社會小說轉爲寫作武俠小說。包天笑於其《釧影樓回憶錄》中云：

> 《留東外史》……出版後，銷數大佳，於是海上同文，知有平江不肖生其人。……我要他在《星期》上寫文字，他就答應寫了一個《留東外史補》，還有一種《獵人偶記》。這個《獵人偶記》很特別，因爲他居住湘西，深山多虎，常與獵者相接近，這不是洋場才子的小說家所能道其萬一的。後來爲世界書局的老板沈子方所知道了，他問我道：「你從何處掘出了這個寶藏者。」於是他極力去挖取向愷然給世界書局寫小說，稿資特別豐厚。但是他不要像《留東外史》那種材料，而要他寫劍仙俠士之類的一流傳奇小說，這不能不說是一種生意眼。那個時候，上海的所謂言情小說、戀愛小說，人家已經看得膩了，勢必要換換口味，……以向君的多才多藝，於是《江湖奇俠傳》一集、二集……層出不窮，開上海武俠小說的先河。〔註16〕

向愷然於民國 11 年（1922）應沈子方（又作沈知方）之邀開始撰寫《江湖奇俠傳》，民國 12 年（1923）一月，初刊登在《紅雜誌》第二十二期上。然有些學者於此有不同的說法，皆是認爲於民國 11 年刊登。〔註17〕持此說法者，可能是將該書跟《紅雜誌》創刊的時間連在一起。《紅雜誌》乃是當時世界書局老闆沈子方邀請《新聲雜誌》的主辦人施濟群規劃，又延請嚴獨鶴共同編輯的雜誌。該雜誌創刊於民國 11 年 8 月，爲周刊型的雜誌，至該年的年底，共發行了二十一期。轉年（民國 12 年，1923）便開始連載《江湖奇俠傳》，每期刊登半回。民國 13 年（1924）7 月，《紅雜誌》出滿了一百期後，便改名爲《紅玫瑰》。此時的《紅玫瑰》已改由趙苕狂負責編輯，嚴獨鶴轉任名譽編輯，於民國 13 年 7 月 2 日創刊，仍是每周出一期。該刊仍承《紅雜誌》之續，繼續登載從第四十六回起的《江湖奇俠傳》，至向愷然返湘才終止刊登。〔註18〕《江湖奇俠傳》是向愷然從事寫武俠小說的處女

〔註16〕同註 11，引書頁 383～384。

〔註17〕持此說法者有葉洪生〈平江不肖生小傳及分卷說明〉（收錄於其編《中國近代武俠小說名著大系》所收平不肖生作品，每種的第一冊，參見正文前頁 86。）魏紹昌《我看鴛鴦蝴蝶派》（參見該書頁 132。）羅立群《中國武俠小說史》〔參見該書頁 205。（瀋陽市，遼寧人民出版社，1990 年）〕等。

〔註18〕不肖生返湘時間，眾說紛紜，但大多說是不肖生乃應當時湖南省主席何鍵之邀才返湘。梁守中《武俠小說話古今》作民國 20 年（1931），參見該書頁 176。關志昌〈向愷然〉作民國 21 年（1932），參見《傳記文學》第四十二卷第三

作，也是其成名之作，「平江不肖生」聲名從此大噪。

從民國 11 至 16 年間，向愷然除了《江湖奇俠傳》外，尚有一些通俗小說的著作，可考者計有：《近代俠義英雄傳》——民國 12 年（1923）初載《偵探雜誌》，後於民國 14 年（1925）由上海「世界書局」分集出版；《玉玦金環錄》——又名《江湖大俠傳》，寫於民國 14 年（1925），初載上海「新聞報」，後交平襟亞以「襟霞閣主人」名義出版，由上海「中央書局」發行；《江湖怪異傳》——寫於民國 12 年（1923），由上海「世界書局」出版；另有短篇傳奇俠義〈無名之英雄〉——載於民國 14 年（1925）的《紅玫瑰》；〈神針〉、〈黑貓與奇案〉——均載於民國 13 年（1924）的《紅玫瑰》等。

到了民國 19 至 21 年（1930～1932），向愷然此時的著作已非爲通俗小說的作品，而是專門講述拳術的短篇文章。

民國 21 年（1932）「一·二八」日寇進犯上海，向愷然應當時湖南省政府主席何鍵之邀，回長沙創辦國術訓練所，後又兼國術俱樂部秘書。曾籌辦湖南省第二屆國術考試，對推廣武術起過積極的作用。民國 22 年（1933）向愷然呈請何鍵聘吳公藻爲湖南國術訓練所教官兼黨部教席，教授太極拳。民國 24 年（1935）六月爲吳公藻之《吳家太極拳》一書上冊撰序。民國 26 年（1937）對日抗戰全面展開，他隨廖磊將軍所統率的二十一集團軍轉戰安徽大別山區，任總辦公廳主任，並歷任安徽省政府（當時安徽省主席是廖磊）顧問、安徽大學文科教授。民國 28 年（1939）十月，廖磊積勞病逝於立煌；十一月，李品仙繼任安徽省政府主席，聘向愷然爲省府參議。

八年對日抗戰勝利後，向愷然仍留在大別山上的金山寨，支持安徽省政府所給予建設紀念廖磊將軍的「廖公祠」工程任務，他一面監工，一面撰寫《民國演義》一書。民國 36 年（1947）中共劉伯承率軍進擾大別山，向愷然一度被俘，旋被釋放，返回湖南。民國 37 年（1948）向愷然於長沙撰寫了《革命野史》（原稱《無名英雄》，又名《鐵血英雄》）一書，發表於上海「明星日報」，後經某私人書店印出，但未予發行。其後又寫有中篇小說《丹鳳朝陽》一書。

民國 38 年（1949）大陸政權易手，武俠小說受到衝擊，被劃爲「毒草」

期頁 147。而葉洪生〈平江不肖生小傳及分卷說明〉作民國 22 年（1933），參見其編《中國近代武俠小說名著大系》所收平江不肖生作品，每種的第一冊，正文前頁 85。羅立群《中國武俠小說史》亦作民國 22 年，參見該書頁 203。

之列，不准刊行，向愷然歷任了湖南省「中央文史館」館員、湖南省「政協」委員。民國 41 年（1952）向愷然隱居於長沙妙高峰下的和尚廟中，有說他已看破紅塵，出家爲僧。〔註 19〕民國 45 年（1956），中共國家體委主任賀龍元電邀他赴京擔任全國武術觀摩表演大會的評判委員時，希望他能寫一部《中國武術史話》，向愷然欣然答應。民國 46 年（1957）於其正計劃撰寫《中國武術史話》時，不幸由於中共「反右鬥爭」的政治運動衝擊下，患腦溢血之病而去逝，享年六十七歲。

　　向愷然有一妻一妾，五個兒女，其妻成儀乃是湖南國術訓練所女子師範班畢業的高材生，擅長武術，兼精內功，素有俠女之風；而其妾乃是向愷然居安徽立煌時所納，家居生活美滿。至於向愷然爲何要用「平江不肖生」爲其筆名呢？乃是「平江」爲向愷然的籍貫，亦表是他不忘自己的故鄉；而「不肖生」三字的命名，是有其來歷的。據向愷然於民國 40 年（1951）所寫的簡短自傳中云：

> 民國 3 年因憤慨一般亡命客的革命道德墮落，一般公費留學生不努力、不自愛，就開始著《留東外史》，專對以上兩種人發動攻擊。……因爲被我唾罵的人太多，用筆名「平江不肖生」，不敢寫出我的眞名實姓。〔註 20〕

由此可見，向愷然是怕《留東外史》得罪太多人，才以「平江不肖生」爲筆名，使人不知作者爲何許人也。然「不肖」二字的含義又爲何呢？據向愷然哲嗣在回憶文章中云：

> 當時有人問爲何用這「不肖生」？父親說：「天下皆謂道大，夫其爲大，故似不肖。」此語出自老子《道德經》。原來其「不肖生」爲此，並非自謙之詞。〔註 21〕

然此說法只是向愷然後來所提出的解釋，並非一定是當時採用此筆名的初意。此點可從其《留東外史》第一回〈述源流不肖生饒舌，勾蕩婦無賴子銷

〔註 19〕此說參見葉洪生〈平江不肖生小傳及分卷說明〉（收錄於其編《中國近代武俠小說名著大系》所收平江不肖生作品，每種的第一冊，參見正文前頁 85。）與羅立群《中國武俠小說史》〔參見該書頁 204。〕

〔註 20〕本文轉引自張贛生《民國通俗小說論稿》一書，引書頁 112。該書未註明本文出處。

〔註 21〕本文亦轉引自張贛生《民國通俗小說論稿》一書，引書頁 112。該書亦未註明本文出處。

魂〉中所云（見前文所引，頁17。），便可瞧出其用此筆名的初意，乃是在於向愷然深感愧對其長輩，且未能盡孝道，才用「不肖（孝）生」爲筆名。至於「生」字，則是民國初年上海文壇最流行筆名的末字。例如當時頗負盛名的「天笑生」（包公毅）「天虛我生」（陳栩園）……等。

爲了後文書寫的便利，一律以「不肖生」三字代表向愷然。

第二節　簡譜與著作

一、簡　譜

中國紀年	西元紀年	向氏年歲	該年相關大事與向氏行誼	備　　註
清光緒十六年	1890年	一歲	二月十六日，不肖生出生於湖南省平江縣	關志昌〈向愷然〉、李林〈平江不肖生〉、梁守中《武俠小說話古今》、王海林《中國武俠小說史略》等，均作生於清・光緒十五年（1889）。
清光緒三十一年	1905年	十五歲	清朝廢除科舉，改辦學校。不肖生考入長沙楚怡工業學校。	
清光緒三十二年	1906年	十六歲	湖南各界爲公葬同盟會份子——陳天華，引起強烈的社會運動。不肖生因積極參加此次的社會運動，而被學校開除學籍。	
清光緒三十四年	1908年	十八歲	不肖生第一次東渡日本，就讀於華橋中學，其間認識了武術家王潤生。此年其祖父歿。	關志昌〈向愷然〉作就讀於東京弘文學院；王海林《中國武俠小說史略》作宏文書院。
民國元年	1912年	二十二歲	不肖生與王潤生於長沙共創國技會，不肖生寫成處女作《拳術講義》一書，不久，該書由「長沙日報」刊載。	
民國二年	1913年	二十三歲	不肖生任湖南討袁第一軍軍法官，討袁失敗後，再赴日本，求學於法政大學。於此次留日期間，撰寫了《留東外史》一書。	關志昌〈向愷然〉、王海林《中國武俠小說史略》均作就讀於東京中央大學。

民國四年	1915 年	二十五歲	不肖生歸國後，參加了中華革命黨江西支部，繼續從事反袁運動。倒袁成功後，移居上海。	
民國五年	1916 年	二十六歲	《留東外史》一書出版，成為暢銷書，「不肖生」之名才漸為人知。	
民國十一年	1922 年	三十二歲	不肖生應包天笑之邀，為《星期》雜誌撰寫了《留東外史補》、《獵人偶記》兩篇小說。又經由包天笑的介紹，應當時「世界書局」的老闆沈子方之邀，撰寫其第一部武俠小說《江湖奇俠傳》。	
民國十二年	1923 年	三十三歲	《江湖奇俠傳》於該年一月，初刊在《紅雜誌》第二十二期，「平江不肖生」因此聲名大噪，也帶領了民國初年武俠小說盛行的風潮。此年，不肖生除了《江湖奇俠傳》外，尚有一些著作問世：《近代俠義英雄傳》刊載於《偵探雜誌》、《江湖怪異傳》由上海「世界書局」出版。	
民國十三年	1924 年	三十四歲	七月二日，《紅雜誌》更名為《紅玫瑰》，續從《江湖奇俠傳》第四十六回起登載。不肖生此年另有短篇小說〈神針〉刊載於十月十一日出版的《紅玫瑰》第一卷第十一期上，及〈黑貓與奇案〉刊載於十二月二十日出版的《紅玫瑰》第一卷第二十一期上。	
民國十四年	1925 年	三十五歲	不肖生所著《近代俠義英雄傳》一書，由上海「世界書局」分集出版。其亦著有《玉玦金環錄》載於上海「新聞報」，後交平襟亞以「襟霞閣主人」名義出版，由上海「中央書局」出版；及短篇小說〈無名之英雄〉載於三月五日出版的《紅玫瑰》第一卷第三十五期上。	

民國二十一年	1932 年	四十二歲	一月二十八日，日寇進犯上海，引發著名的「一・二八事件」。不肖生應當時湖南省主席何鍵之邀，回長沙創辦國術訓練所，後又兼國術俱樂部秘書，曾親手籌辦湖南省第二屆國術考試。	梁守中《武俠小說話古今》作民國二十年（1931），葉洪生〈平江不肖生小傳及分卷說明〉、羅立群《中國武俠小說史》均作民國二十二年（1933）。
民國二十二年	1933 年	四十三歲	不肖生引薦吳公藻為湖南國術訓練所教官兼黨部教席，教授太極拳。	
民國二十四年	1935 年	四十五歲	不肖生為吳公藻的《吳家太極拳》一書上冊撰序，並另著《江湖異人傳》一書，由上海「世界書局」出版。	
民國二十六年	1937 年	四十七歲	七月七日「蘆溝橋事變」，對日抗戰全面展開。不肖生隨廖磊所率領的二十一集團軍轉戰安徽大別山區，任總辦公廳主任，並曾任安徽省政府顧問、安徽大學文科教授。	關志昌〈向愷然〉作向氏居前述要職的時間為民國二十八年（1939）。
民國二十八年	1939 年	四十九歲	十一月，李品仙任安徽省政府主席，任不肖生為省府參議。	
民國三十四年	1945 年	五十五歲	八年抗戰勝利後，不肖生於大別山上金山寨，擔任建設「廖公祠」的工程任務，並撰寫《民國演義》一書。	
民國三十六年	1947 年	五十七歲	中共劉伯承率軍進擾大別山區，不肖生被俘，不久便被釋放，湖回湖南。	
民國三十七年	1948 年	五十八歲	此年不肖生於長沙撰寫了《革命野史》，發表於上海「明星日報」，後經某書店印出，但未發行。另又撰寫了中篇小說《丹鳳朝陽》。	
民國三十八年	1949 年	五十九歲	大陸政權易手，武俠小說被中共政權劃為「毒草」之列，不准刊印。此後，不肖生歷任了湖南省「中央文史館」館員、湖南省「政協」委員。	

民國四十一年	1952 年	六十二歲	不肖生隱居於長沙妙高峰下的和尚廟中，有說他已看破紅塵，出家為僧。	
民國四十五年	1956 年	六十六歲	不肖生應中共國家體委主任賀龍元之邀，赴北京擔任全國武術觀摩表演大會的評審。並允賀龍元之請，撰寫《中國武術史話》一書。	
民國四十六年	1957 年	六十七歲	不肖生正計劃撰寫《中國武術史話》一書時，正值中共「反右鬥爭」的政治運動，向氏不幸因此得腦溢血之病而辭世。	

〔說明〕

一、此簡譜乃據前節所述不肖生的傳略，以年表方式簡明之，分別以中、西紀年、不肖生的年歲及其行誼等項列之。

二、備註欄乃是將其他不同的說法補充之，亦明筆者對該點無法查證何種說法為確，而以比較可能正確的說法，列於主欄中；而將其他的異說則列於備註欄中，以供參考。

二、著　作

著　作	性　質	連載或出版年代	連載刊物名或出版書局名稱	備　註
拳術講義	武術著作	民國元年	載於「長沙日報」。數年後，由「中華書局」出版。	
留東外史	社會小說	民國五年		
留東外史補	社會小說	民國十一年	《星期》。	
獵人偶記	鄉野傳奇	民國十一年	《星期》。	
江湖奇俠傳	武俠小說	民國十二年	初載《紅雜誌》（後更名為《紅玫瑰》），後由上海「世界書局」分集出版。	
近代俠義英雄傳	武俠小說	民國十二年	初載《偵探雜誌》。	
		民國十四年	上海「世界書局」分集出版。	
江湖怪異傳	武俠小說	民國十二年	上海「世界書局」出版。	

神針	短篇俠義傳奇	民國十三年	《紅玫瑰》第一卷第十一期。	
黑貓與奇案	短篇鄉野傳奇	民國十三年	《紅玫瑰》第一卷第二十一期。	
玉玦金環錄	武俠小說	民國十四年	初載上海「新聞報」，後交平襟亞以「襟霞閣主人」名義出版，上海「中央書局」發行。	又名《江湖大俠傳》。
無名之英雄	短篇俠義傳奇	民國十四年	《紅玫瑰》第一卷第三十五期。	
江湖小俠傳	武俠小說		上海「世界書局」出版。	民國二十二年四月第六版出版。
江湖異人傳	武俠小說	民國二十四年	上海「世界書局」出版。	
民國演義	歷史小說	民國三十四年		此為寫作年代。
革命野史	歷史小說	民國三十七年	發表於上海「明星日報」，後由某書店印出，但未發行。	原稱《無名英雄》，又名《鐵血英雄》。
丹鳳朝陽	中篇小說	民國三十七年		
留東新史	社會小說			
留東豔史	社會小說			
半夜飛頭記	武俠小說			
現代奇人傳	武俠小說			
烟花女俠	武俠小說			
雙雛記	武俠小說			
豔塔記	武俠小說			
奇人杜心五	傳記小說		發表於上海「香海畫報」。	
回頭是岸	短篇小說		發表於《新上海》月刊。	
何包子	短篇俠義傳奇			
秦鶴歧	短篇俠義傳奇			
梁懶禪	短篇俠義傳奇			
楊登雲	短篇俠義傳奇			
孫祿堂	短篇俠義傳奇			
快婿斷指	短篇俠義傳奇			

鬍福生	短篇俠義傳奇			
俠盜大肚皮	短篇俠義傳奇			
綠林之雄	短篇俠義傳奇			
沒腳和尚	短篇俠義傳奇			
喜鵲曹三	短篇俠義傳奇			
雲南之蛇	短篇鄉野傳奇		發表於《銀燈》雜誌。	
嶽麓書院之狐異	短篇鄉野傳奇			
皋蘭城上的白猿	短篇鄉野傳奇			
蝦蟆妖	短篇鄉野傳奇			
三掌皈依記	短篇鄉野傳奇			
拳術見聞錄	武術著作			
拳術傳薪錄	武術著作			
拳術新傳	武術著作			
拳師言行錄	武術著作			
劍經、拳經、長槍、牌筅	武術著作			
太極徑中徑	武術著作			
我研究拳腳之實地練習	武術著作			
國技大觀	武術著作			此書乃與唐豪、陳鐵生、盧煒昌等人合著。
太極推手的研究	武術著作			

〔說明〕

一、此不肖生著作表，乃依筆者確知的不肖生作品連載或出版年代之先後次序排列；而無法查
　　證連載或出版年代的作品，則列於前者之後。

二、每部作品分依其性質、連載或出版年代、連載刊物名或出版書局名稱等欄詳明之，然則若
　　有空白，沒有文字記載者，乃為無法查證之因。

三、而備註欄乃是補充一些相關資料。

四、由於所據資料有限，若有缺失及不詳細之處，還望來者補充之。

第三節　本文所研究之著作概述

一、《江湖奇俠傳》

本書爲不肖生從事武俠小說寫作的處女作，從民國十二年（1923）一月的《紅雜誌》第二十二期起開始連載，每期半回，隨寫隨登。民國十三年（1924）七月，《紅雜誌》出滿一百期後，改名爲《紅玫瑰》，續從《江湖奇俠傳》第四十六回起連載。後由上海「世界書局」分集出版，書前有當時《紅玫瑰》主編暨名小說家趙苕狂爲之作序，每回並附有當時《紅雜誌》創刊人冰廬主人施濟群爲之作評，可是施濟群所作的評述只到三十九回即止。

全書共一百六十回，然此一百六十回並非全出自不肖生一人之手，因不肖生在撰寫《江湖奇俠傳》的中途，因故返湘，因而輟筆。至於不肖生是寫到第幾回才終止，眾說紛紜：一說是只寫到九十五回，如魏紹昌；〔註22〕一說是一百零六回，也就是將「張汶祥刺馬案」及「火燒紅蓮寺」交代清楚爲止，如張贛生；〔註23〕或說是一百一十回以前，實出不肖生之筆，如葉洪生；〔註24〕或說是不肖生一續再續，至一百三十四回結束全篇；甚至葉洪生還認爲從一百三十九回起，又爲一「不知何許人也」雜湊成篇。〔註25〕以上諸說，尚無一個較爲肯確的定論。然而不肖生停筆之後，又是誰來接手續寫呢？答案是當時《紅玫瑰》的主編趙苕狂，關於此點可據鄭逸梅〈民國舊派文藝期刊叢話〉一文爲證，其云：

> 談到《江湖奇俠傳》，卻發生過那麼一個交涉，原來不肖生沒有寫完，他就回到家鄉湖南，做其他工作，該書也就中輟了。局方主持人沈知方對於這事很傷腦筋，怎麼辦呢？編者趙苕狂自告奮勇，把它續撰下去，並且刊成單行本，給不肖生知道了，大不以爲然，寫信嚴詰沈知方，沈、趙二人只得復信道歉，因請不肖生自己續完，把代續部分撤去重排，結果不肖生沒有續寫，坊間流行本，只得遺憾到底。〔註26〕

〔註22〕參見魏紹昌《我看鴛鴦蝴蝶派》，頁132。

〔註23〕參見張贛生〈平江不肖生（武俠小說）〉一文，出處同註3，頁118。

〔註24〕參見葉洪生〈平江不肖生小傳及分卷說明〉，收錄於其編《中國近代武俠小說名著大系》所收平江不肖生作品，每種的第一冊，正文前頁88。

〔註25〕同註24。

〔註26〕語見鄭逸梅〈民國舊派文藝期刊叢話〉一文，收錄於魏紹昌所編《鴛鴦蝴蝶

不肖生的《江湖奇俠傳》究竟寫至何回才停筆？筆者較贊同葉洪生的說法，也就是到一百一十回爲止較爲合理，主要原因如下：

（一）《江湖奇俠傳》第一百零七回〈獻絕技威震湘陰縣，舞龍燈氣死長沙人〉前，有個前記，中云：

> 「奇俠傳」做到一百零六回，本打算就此完結，非得有相當機會，決不再繼續下去的。……不料一百零六回刊出後，看官們責難的信紛至沓來；彷彿是勒逼在下，非好好的再做下去不可！以在下這種營業性質的小說居然能得看官們的青眼；在下雖被逼勒得有些著急，然同時也覺得很榮幸！因此重整精神，拿一百零七回以下的奇俠傳與諸位看官們相見。

由此可見，不肖生曾一度續寫《江湖奇俠傳》，只是未能續完。不過有些學者認爲此回前記是趙苕狂所寫，[註27] 而筆者認爲此回亦有涉及湖南一地的民俗風情，如龍燈的製作方法與「龍戲珠」的民俗活動方式，此非久居湖南者，絕無法能如此詳細的描寫。

（二）在一百一十回前的《江湖奇俠傳》中的每位奇俠，不肖生撰寫時皆會將其來龍交代清楚，如柳遲、楊天池、紅姑……等，甚至於第一百零八回出現的余八叔，也立有小傳，甚至未有來歷者，亦有其師承，如金羅漢呂宣良。但於第一百二十五回起，出現的哭道人，其於後面的故事佔有極大份量，及第一百一十二回出現的一位書中重要人物，就是結束崑崙、崆峒兩派之爭的江南酒俠，如此厲害人物，書中卻未交待其來龍，如在敘述哭道人時，便云「他以前的事蹟，沒有人能夠知道得。」，[註28] 又如在描寫江南酒俠時，便云其「他是生長在江南的；究竟是那一府？卻不知道。」，[註29] 亦無其師承介紹，前後寫作風格迥異。

（三）《江湖奇俠傳》中崑崙派好手如金羅漢呂宣良、笑道人、紅姑等，於一百一十回前是如此的叱吒風雲，但於一百一十回後，卻是如此的不堪一擊。前後人物性格、道行描寫不一致，且於一百一十回後，離開主線 —— 崑崙、崆峒兩派的衝突，另創一派與崑崙、崆峒兩派抗衡，而崑崙、崆峒兩派

　　　　派研究資料》上卷史料部分，引書頁423～424。

〔註27〕此說見陳平原《千古文人俠客夢 —— 武俠小說類型研究》，頁67。（北京，人民文學出版社，1992年3月）

〔註28〕語見平江不肖生《江湖奇俠傳》第一百二十五回。

〔註29〕語見平江不肖生《江湖奇俠傳》第一百一十四回。

暫言和好，此實乃犯寫作者的兵家大計。而劍俠們的武功法術於一百一十回以前，雖是千奇百怪，但是於一百一十回後，卻是變本加利，於一百一十回以前未有的法術，紛紛出籠，如第一百一十回〈株樹鋪余八折狂徒，冷泉島鏡清創異教〉中李成化所練的拳法，可使身體任意放大、第一百二十六回〈老道甘心作護法，半仙受命覓童男〉出現的御風術及飛劍傳遞、第一百二十七回〈慷慨以赴繼志稱能，綑縛而來半仙受窘〉的騰雲術……且有異獸出現，如第一百一十回〈株樹鋪余八折狂徒，冷泉島鏡清創異教〉中的四翅虎、第一百三十二回〈救愛子牆頭遇女俠，探賊巢橋上斬鱷魚〉中的會飛的鱷魚等。葉洪生曾對此作了詳細的說明，其云：

> 總之，趙苕狂所續部分，其故事內容較前文誇張、渲染得多，顯係
> 受到還珠樓主名著《蜀山劍俠傳》之神奇詭怪所影響（民國20年出
> 版）；以致因襲玄想的斧鑿之痕，俯拾皆是。〔註30〕

次要理由則有：

（一）於一百一十回前的《江湖奇俠傳》中，不肖生對於男女之間香豔的情節描寫，寥寥可數，且皆以兩、三句帶過，如第四十四回〈還銀子薄懲解餉官，數罪惡驅逐劣徒弟〉，描寫戴福成和葉如玉的魚水之歡情形：

> 戴福成和葉如玉並肩疊股的，坐在床沿上。

又如第四十九回〈奇風俗重武輕文，怪家庭獨男眾女〉，描寫丫鬟見楊繼新裸體的狀況：

> 兩個丫鬟看了，都忘了形，爭著用手到處撫摸，現出垂涎三尺的樣
> 子！

然於短短的後五十回中，卻比前一百一十回所出現的頻率還高，且大肆描寫，如第一百三十回〈惰綺障大道難成，進花言詭謀暗弄〉中齊六亭看見雪因裸體的描寫：

> 在白潤的酥胸之上，聳著白雪也似的兩堆東西；映著他那張紅潤潤
> 的睡臉，真有說不出的嬌豔！再由香臍瞧下去，瞧到了那兩股並著
> 的地方，尤足令人消魂！女子身上竟這樣的不可思議！女子竟這樣
> 的可愛！

再如第一百三十一回〈春光暗洩大匠愴懷，毒手險遭乞兒中箭〉中的哭道人與雪因歡娛之情的敘述：

〔註30〕同註24，語見正文前頁88。

> 好個淫蕩的雪因，竟把全個嬌軀，緊伏在老道的懷中。老道卻盤膝
> 坐臥榻上，越是把毛茸茸掛著鬍子的嘴，俯下去向雪因的玉頰上吻
> 著；雪因越是格格的笑個不止。

前後處理此種情節的手法，大相逕庭。

（二）於一百一十回前的《江湖奇俠傳》，所呈現的緣法、因果、天命等思想非常濃厚；但於後五十回裏，卻顯得非常淡薄，甚至有反譏爲迷信的文字描寫出現，如第一百二十一回〈渾人偏有渾主意，戀大忽生戀心腸〉中泥金剛經過一神廟時的描寫便是如此。

基於上述理由，筆者認爲不肖生是寫到第一百一十回中，才由趙苕狂來續寫《江湖奇俠傳》。

《江湖奇俠傳》一書故事內容乃以湖南瀏陽、平江二縣居民爭水路碼頭——兩縣交界的趙家坪，及崑崙、崆峒兩派分別參予相助而形成世仇，爲兩大支線，從之衍生出奇人與奇事。書中兩派雖曾一度聯手，戰勝了欲在武林稱霸的左道邪派哭道人、鏡清道人，但仍積怨難消，最後由武功法術高超的江南酒俠消弭了兩派的紛爭。

然而《江湖奇俠傳》該書中最膾炙人口的情節，就是「張汶祥刺馬案」和「火燒紅蓮寺」。「張汶祥刺馬案」乃是清末四大奇案之一，[註31] 其述販私鹽出身的張汶祥、鄭時與兩江總督馬心儀結爲拜把兄弟，張汶祥等兄弟犧牲了自己的權益，成就了馬心儀的富貴；後張汶祥等有難投靠馬心儀，馬心儀卻忘恩負義，玷污了兄弟之妻，更設計將鄭時殺死，張汶祥幸而逃過一劫，隱忍兩年，才得機會手刃馬心儀。

至於「火燒紅蓮寺」則是以清末廣泛流行的漢調，[註32] 鋪演而成，其述座落於長沙附近的紅蓮寺，其住持智圓和尚，清高其表而淫惡其裏，無惡不做；此秘密卻被私訪的巡撫卜公發現，智圓便將他囚於一口大鐘裡，欲把他悶死，後幸得俠客們與官兵聯手大破紅蓮寺而得救，可是罪魁智圓和尚卻逃之夭夭。

「火燒紅蓮寺」的故事情節給當時文藝界帶來了不少震撼，當時上海戲

〔註31〕清末四大奇案爲何？有兩種說法：一說是「楊乃武與小白菜案」、「張汶祥刺
　　　　馬案」、「楊月樓誘拐捲逃案」與「莫老實凶殺五台山僧人定慧案」；另一說則
　　　　是「楊乃武與小白菜案」、「張文祥刺馬案」、「楊月樓誘拐捲逃案」與「殺子
　　　　報案」等。
〔註32〕漢調，也就是現在所稱的漢劇，爲盛行於湖北省的地方戲曲。

館老板據此排演了京劇連台本戲「火燒紅蓮寺」，連演三十多本，欲罷不能。
戲館老板覺得不能再拖，索性於廣告上登出「此本油煎智圓和尚」，方告結束。
除此之外，當時的明星影片公司也據此拍攝成影片「火燒紅蓮寺」，從民國 17
年（1928）至民國 20 年（1931），短短數年，共連續拍了十八集。「火燒紅蓮
寺」影片的藝術價值雖不高，但卻開了中國電影史武俠神怪片的先河，由於
上映轟動，還引出一大批「火燒片」，如「火燒青龍寺」、「火燒白雀寺」、「火
燒九龍山」、「火燒百花台」、「火燒劍峰寨」、「火燒七星樓」、「火燒刁家莊」、
「火燒韓家莊」、「火燒白蓮庵」、「火燒平陽城」等等，不勝枚舉。到了四十
年代初，藝華影片公司又重拍了一部「火燒紅蓮寺」的有聲片。也因此「火
燒紅蓮寺」就成爲《江湖奇俠傳》的代名詞，也因而在港、臺兩地有據原版
《江湖奇俠傳》改編而成的《火燒紅蓮寺》一書的流行。

　　《江湖奇俠傳》爲不肖生的成名作，其受歡迎及影響程度，不止上述所
云，更可從以下幾位當時文人的文章所述，看出社會大眾爲其著魔的程度。
鄭逸梅〈武俠小說的通病〉一文云：

> 那個付諸劫灰的東方圖書館中，備有不肖生的《江湖奇俠傳》，閱的
> 人多，不久便書頁破爛，字迹模糊，不能再閱了，由館中再備一部，
> 但是不久又破爛模糊了。所以直到「一二八」之役，這部書已購到
> 十有四次，武俠小說的吸引力，多麼可驚咧。〔註33〕

沈雁冰〈封建的小市民文藝〉一文云：

> 一九三○年，中國的「武俠小說」盛極一時。自《江湖奇俠傳》以
> 下，摹仿因襲的武俠小說，少說也有百來種罷。同時國產影片方面，
> 也是「武俠片」的全盛時代；《火燒紅蓮寺》出足了風頭以後，一時
> 以「火燒……」號召的影片，恐怕也有十來種。……《火燒紅蓮寺》
> 對於小市民層的魔力之大，只要你一到那開映這影片的影戲院内就
> 可以看到。叫好、拍掌，在那些影戲院裡是不禁的；從頭到尾，你
> 是在狂熱的包圍中，而每逢影片中劍俠放飛劍互相鬥爭的時候，看
> 官們的狂呼就同作戰一般，他們對紅姑的飛降而喝采，並不是因爲
> 那紅姑是女明星胡蝶所扮演，而是因爲那紅姑是一個女劍俠，是《火
> 燒紅蓮寺》的中心人物；他們對於影片的批評從來不會是某某明星
> 扮演某某角色的表情那樣好那樣壞，他們是批評崑崙派如何、崆峒

〔註33〕 本文轉引自范伯群的《禮拜六的蝴蝶夢》一書，頁191。

派如何的！在他們，影戲不復是「戲」，而是眞實！如果說國產影片
而有對於廣大的群眾感情起作用的，那就得首推《火燒紅蓮寺》了。
從銀幕上的《火燒紅蓮寺》又成爲「連環圖畫小說」的《火燒紅蓮
寺》實在是簡陋得多了，可是那風魔人心的效力依然不減。……他
們這時的心情完全不是藝術的欣賞而是英雄的崇拜。〔註34〕

由此可知，《江湖奇俠傳》於當時的魅力，是無與倫比、無可替代的。

　　本文所研究《江湖奇俠傳》的依據版本，乃是臺北聯經出版事業公司所
出版，葉洪生所批校的。而該書所採用的版本，據葉洪生云：

本書主要採自民國 12 年「世界書局」原刊本《繪圖江湖奇俠傳》（爲
美國史丹福大學胡佛圖書館所珍藏，由郭岱君小姐影印提供）；因年
代久遠，殘缺不全，復另參酌過去各地翻印重排之再刊本（由丁燕
石先生提供），加以整理、補苴而成一百五十回本（按：疑誤，因該
書爲一百六十回。）。至原版每回所附徐瘦鐵插圖，一律保留，以見
當時繡像式小說風貌。〔註35〕

因筆者認爲不肖生於《江湖奇俠傳》中，只撰寫至一百一十回以前，故本文
所研究的《江湖奇俠傳》也以一百一十回爲限（至該書頁 1350 爲止），後五
十回則不在本文所論述的範圍之中。

二、《近代俠義英雄傳》

　　《近代俠義英雄傳》乃是不肖生的另一代表作，該書雖與《江湖奇俠傳》
同爲民國 12 年（1923）發表於雜誌上，但《近代俠義英雄傳》的寫作時間卻
是稍晚於《江湖奇俠傳》，且風格大相逕庭。

　　《近代俠義英雄傳》全書共八十四回，初載於《偵探世界》，後於民國 14
年（1925）由上海「世界書局」分集出版，書前有當時上海名流沈禹鐘爲之
作序，每回並附《偵探世界》主編陸澹庵（安）的書評。《近代俠義英雄傳》
曾於民國 15 年（1926）不肖生離開上海，於六十五回時中輟過，幸五年後，
不肖生再次續寫，才得窺其全貌。〔註36〕

〔註34〕語見沈雁冰〈封建的小市民文藝〉一文，原刊於《東方雜誌》第三十卷第三
　　　　號（民國 22 年 2 月 1 日出版），收錄於魏紹昌所編《鴛鴦蝴蝶派研究資料》
　　　　上卷史料部分，引書頁 47～49。
〔註35〕同註23，語見該書正文前頁 87。
〔註36〕參見平江不肖生《近代俠義英雄傳》第六十六回。

　　《近代俠義英雄傳》一書內容與《江湖奇俠傳》的神奇詭怪絕然不同，是一部接近於寫實的「武俠傳記文學」，正如向愷然於該書第一回〈劫金珠小豪傑出世，割青草老英雄顯能〉中所云：

　　　　這部書本是為近二十年來的俠義英雄寫照。

此書乃是不肖生欲取太史公《史記》中的〈游俠列傳〉、〈刺客列傳〉，以及《水滸傳》二書的遺意，所撰寫的清末「游俠列傳」。小說時空跨越「戊戌變法」以至「清末革命運動大興」。故事先以清末名震遐邇的愛國人士——大刀王五為開場人物，旁及「戊戌六君子」的譚嗣同，引出整個故事中心人物的霍元甲；再由霍元甲帶出清末各派的英雄豪傑，如趙玉堂、農勁蓀、吳鑑泉、彭庶白……等等。書中不時強調民族精神、弘揚愛國之心，尤以霍元甲三打外國大力士、為招徠全國武林高手共禦外侮而於上海擺擂台比武、以及後來主持精武體育會等情節，在在強烈表現出此種情操與精神；後以一代英雄霍元甲被倭人毒死為結。

　　《近代俠義英雄傳》雖不及《江湖奇俠傳》的光怪神離，在受讀者的歡迎程度上也遠不及《江湖奇俠傳》，但在相較之下，此書卻是不肖生體大思精的鉅作。全書強調民族大義、表彰俠烈精神，且對當時社會上的「排外」、「媚外」、各國的民族性及思想變遷，有著詳細情楚的描寫。這種強烈反映社會、表彰俠義的武俠小說，於其後來的武俠小說作品中卻是少見的。

　　本文所研究《近代俠義英雄傳》的依據版本，乃是臺北聯經出版事業公司所出版，葉洪生所批校的。而該書所採用的版本，是當時「世界書局」所出版的原本，該書每回前如同《江湖奇俠傳》一樣，有插圖點綴。

第三章　民國舊派武俠小說盛行之因

　　武俠小說於民國成立後至今，曾出現過兩次盛行風潮，亦是所謂新舊派武俠小說〔註1〕各自擅場的年代。第一次大約是於民國 12 年至 30 年（1923～1941）間風行，由向愷然（平江不肖生）《江湖奇俠傳》的問世，帶領風潮，其後諸家並起，如李壽民（還珠樓主）宮竹心（白羽）鄭證因、顧明道、朱貞木、王度廬……等，共成此期武俠小說之盛；而第二次武俠小說熱潮則大約發生於民國 41 年至 60 年（1952～1971）間，肇始於梁羽生《龍虎鬥京華》一書，後由金庸的《書劍恩仇錄》接續，其後武俠小說的寫作風潮由香港伸展至臺灣，古龍、臥龍生、司馬翎、諸葛青雲……等諸家作品大量問世，再創武俠小說新的高潮。而本章所論述的範圍，乃僅就民國舊派武俠小說之所以能於當時引起前所未有盛行風潮的原因，進行探討。

　　民國舊派武俠小說熱潮，乃肇端於民國 12 年（1923）《紅雜誌》所刊登，不肖生所著作的《江湖奇俠傳》。由於《江湖奇俠傳》獲得極大的迴響，因而

〔註 1〕 新舊派武俠小說的區別，最主要的劃分之法，乃是以其寫作的時間為界，凡是民國 41 年（1952）後（包含該年）問世的武俠作品，皆屬「新派武俠小說」，而在此年代之前的作品，包括清末，皆歸為「舊派武俠小說」。但也有不同的說法，如羅立群的《中國武俠小說史》，便將晚清以前的武俠小說歸為舊派，而於民國年間（1912～1949）的武俠小說，則劃為新、舊武俠小說的過渡期，參見該書頁 24（瀋陽市，遼寧人民出版社，1990 年 10 月）。不過大多數的學者，較支持前種說法。除了以時間來劃分新舊分派武俠小說之外，無論在內容、價值觀、武藝描寫與小說技巧上，新舊派武俠小說都有很明顯的不同，如新派武俠小說，由於深受西方文學技巧與電影拍攝手法的影響，因此故事人物的心理描寫加強了不少，敘事也走向多角化與複雜化。上述所云種種，皆是區別新舊派武俠小說的方法，然其中以依時間的不同，作為分別新舊派武俠小說的方法，是較簡單明確的。

引起當時許多作家的群起效尤，便形成了一股巨大的流行風潮。然之所以能引爆此次風潮，絕非只單靠當時作家們的努力創作可成，乃是仍需一些重要因素所共成，下文便針對民國舊派武俠小說之所以能廣大流行的原因，分社會因素、武術發展的影響與文學本身的發展等三大方面，來進行論述：

第一節　社會因素

一、政局不安

　　近代中國自清政府於「鴉片戰爭」失敗後，被迫簽下喪辱國權的「南京條約」，便開啓了中國慘痛的近代史。列強紛紛進逼中國，往昔壯盛的中國，已不再神采昂揚，清政府無時無刻不割地賠款，以求片時的苟安。甚至鄰國交戰，戰場及戰敗結果還需中國來負擔，致使民族自信心喪失殆盡，強烈的愛國主義熱潮也開始風起雲湧。當時清政府雖有「洋務運動」、「戊戌變法」，但仍無法振衰起弊，因此一些有志之士便深覺非經革命，絕無法拯救中國，便紛紛投身於國民革命事業，民族主義思想也漸漸高揚。而由國父　孫中山先生領導的「興中會」，以至「同盟會」，更是提出「驅逐韃虜，恢復中華」的口號，和創建國民政府的主張，來貫徹其革命事業，而其會中就有無數慷慨悲歌，文武雙全的豪傑之士，歷經了無數挫折，終以「辛亥革命」推翻腐敗的清朝，建立民國。

　　民國成立之後，原本希冀有個休兵養民的時候，來重建已殘破不堪的中國，結果事與願違，卻陷入了長期的內部權力鬥爭，先是袁世凱的皇帝夢——「洪憲帝制」，引起所謂的「二次革命」；之後便又是軍閥混戰，民國 17 年（1928）東三省被國民政府收復後，軍閥時代才告結束，中國才又歸為統一；繼之而起的便又是日寇侵華與中國共產黨叛亂。民國初期的政局便是在如此內憂外患的環境中度過，無時無刻無不窮於應付戰亂，也不曾絲毫片刻出現過政局隱定，昇平之世的景況。

　　從清末至民國初期，戰爭頻仍，犧牲了無數為國為民的先賢先烈，也正由於先賢先烈們拋頭顱、灑熱血、為正義、不顧己而戰的愛國仁義精神，喚醒了無數民眾沉睡的愛國心。武俠小說也正因受此強烈的社會變革及愛國、民族精神大彰的刺激下，逐漸的成長，以至蔚為一股風潮。

二、契合群衆心理

　　一個作品的成功，除了作者本身的功力外，尚且要能契合讀者的心理需求，就正如俗語所說「一個手掌是打不響的」。而一種文體能蔚爲風潮，也絕非單靠作家們的努力而已，由此可見，民國舊派武俠小說盛行的最大原因，應歸功於當時廣大讀者的響應。

　　民國初期由於政局的動盪不安，民衆無時不在戰亂中苟延生命，雖有義氣凜然的先賢先烈，但也相對著有無數不肖腐敗的貪官污吏，陽奉陰違，更使人民苦不堪言。也正因廣大群衆對當時政治與生活環境的無力感，便因而藉由武俠小說中，鋤強扶弱的武俠人物來疏解心中的苦悶，求得心靈的補償，並且寄望在這個塵世中有眞正的俠客出來除暴安良，解百姓於倒懸之中，創一無戰亂的安樂世界。鄭振鐸曾於〈論武俠小說〉一文中，論及武俠小說發達的原因，正是應合群衆心理需求，其云：

> 一般民衆，在受了極端暴政的壓迫之時，滿肚子的塡塞著不平與憤怒，卻又因力量不足，不能反抗，於是在他們的幼稚心理上，乃懸盼著有一類「超人」的俠客出來，來無蹤，去無跡的，爲他們雪不平，除強暴。這完全是一種根性鄙劣的幻想；欲以這種不可能的幻想，來寬慰了自己無希望的反抗的心理的。武俠小說之所盛行於唐代藩鎮跋扈之時，與乎西洋的武力侵入中國之時，都是原因於此。〔註2〕

鄭振鐸〈論武俠小說〉一文雖是對武俠小說大加筆伐，批評得一無是處，但其將武俠小說之所以發達的原因，歸爲是民衆懸盼有「超人」俠客出現的心理，是非常中肯的。而吳萬居於〈從武俠小說談起〉一文中，更是指明武俠小說是人們心理的一個補償世界，其云：

> 武俠小說的產生，並不僅是爲了情感的發洩。當我們深入一層去探討，我們會發現，武俠小說，原是一個補償的世界。……何以武俠小說是一個補償世界？如果我們了解小說產生的社會背景及作者的基本心態，我們很容易找到答案。……人世間種種不平和遭遇又有誰能主持正義，使他們能夠得到合理的解脫。有了這種心態，又得不到合理的解決，一切只有訴之於紙上了。在紙上，他們可以憑著

〔註2〕語見鄭振鐸〈論武俠小說〉一文，該文原刊於其著《海燕集》中（新中國書店，民國21年7月）。而本文所錄，乃摘自《鄭振鐸選集》，引該書頁168。（香港，香港文學出版社，1965年5月）

自己的意念及想像，創造出一個英雄般的人物，斷刀飲血，蹈死不悔，爲拯蒼生而努力。這類英雄人物，正代表千萬人的願望。有了這種心態和意念，於是乎各類各式的劍客俠士就出現了。因此，我們可以這麼說：武俠小說的產生，完全根於人世間的遭遇及不平。

人世間的種種不平和痛苦，便是武俠小說藉以滋生的溫床。〔註3〕

正由於民國初期政局的動盪不安，群眾無法安樂度日的社會背景前題下，武俠小說的盛行，使得當時群眾能有一補償、宣洩的心理世界，稍以慰藉心中不平的情緒。

至於武俠小說於二、三○年代如何受下層民眾的歡迎，我們可從兩方面來看。先就武俠小說的產量而言，鄭逸梅〈武俠小說的通病〉一文曾論及此點，其云：

我國的舊小說汗牛充棟，但是十之六七屬於武俠方面。〔註4〕

若無龐大的讀者群，武俠小說的創作量，絕無如此驚人之數；而另一方面，可單從不肖生的《江湖奇俠傳》一書受民眾歡迎的程度看出，亦見鄭逸梅一文（見第二章第三節，頁 41。）與沈雁冰〈封建的小市民文藝〉一文（見第二章第三節，頁 42。）所載。可見武俠小說之所以於當時風靡之因，實乃其正契合一般民眾的心理需求。

三、小說商品化

十九世紀末至二十世紀初，由於西風東漸，資本主義與近代類型的工商業城市在中國首次興起，人口開始往城市集中。由於商業正在起步，再加之新小說的產生，小說市場也日益擴大，由於銷售小說可以獲利，創作和翻譯小說也開始成爲文人們謀生的手段。強烈的群眾意識和商業性特徵，也相對促使文學的社會功能產生變化，文學創作也開始以社會文化消費的需要爲取向，注重文學的經濟價值。小說的商品化以及作家的專業化特徵，也漸漸顯著起來。

〔註3〕語見吳萬居〈從武俠小說談起〉一文，該文收錄於《文海》第三十三期，引該雜誌頁 15。

〔註4〕語見鄭逸梅〈武俠小說的通病〉一文，原刊於其著《小品大觀》中（校經山房，1935 年 8 月）。然而筆者所找到的《小品大觀》是民國 71 年，由臺北‧新文豐出版公司所出的版本，該版本中無此〈武俠小說的通病〉一文。因此下文若有引用此篇文章者，皆轉引自他處。而本文乃轉引自羅立群《中國武俠小說史》一書，引書頁 193。（瀋陽，遼寧人民出版社，1990 年 10 月）

　　民國舊派武俠小說的產生時機，正是群眾面對當時環境不滿，無處可訴，正尋求心靈有所慰藉的時候；再加之帶領武俠風潮的《江湖奇俠傳》初試啼音，便創良好的佳績。因此當時的書商們便紛紛以出版武俠作品爲首務，以求獲得較大的經濟利益。鄭逸梅曾談到過當時這一情況，其云：

> 書賈的收買小說稿，抱著除卻巫山不是雲的宗旨，非武俠不收，非
> 武俠不刊。〔註5〕

當時的小說發展，就在這書商與讀者的雙重要求下，迫使一些原以創作言情小說或社會小說名世的作家，如顧明道、陸士諤、孫玉聲、李定夷等，都紛紛改弦易轍，寫起武俠小說來。影響所及，甚至連張恨水著名言情小說之作《啼笑姻緣》，也不得已被要求添加上兩位俠客。張恨水曾於其《寫作生涯回憶》一書中，對此點作了說明，其云：

> 報社方面根據一貫的作風，怕我這裡面沒有豪俠人物，會對讀者減
> 少吸引力，再三的請我寫兩位俠客……我只是勉強的將關壽鋒、關
> 秀姑兩人，寫了逼些近乎傳說的武俠行動。〔註6〕

武俠小說就在這小說商品化風氣的推波助瀾，文人創作小說可以獲利的前題下，快速的成長。陳平原《千古文人俠客夢——武俠小說類型研究》一書，對此風氣造成武俠小說盛行，作了詳細的說明，其云：

> 不是每種小說都能轉化爲直接的生活資料，只有讀者面廣銷量大的
> 作品才能獲利。職業作家不能不更多考慮市場的需要，而不是內心
> 的創作衝動。寫什麼怎麼寫很大程度取決於以書商爲代表的讀者口
> 味。讀者量的劇增，與作家的經濟效益相關，更與小說本身的商品
> 化程度成正比。也就是說，並非作家寫出來後才風行才獲利，而是
> 作家爲了風行爲了獲利而寫作。武俠小說作爲一種小說類型，由於
> 投合孤立無援的中國人的俠客崇拜心理和喜歡緊張曲折情節的欣賞
> 習慣而可能風行，經由書商和作者的通力合作批量生產，很快成爲
> 二十世紀中國最受歡迎的通俗藝術型式。〔註7〕

〔註5〕轉引自王海林《中國武俠小說史略》一書，引書頁138。（太原市，北岳文藝
　　　　出版社，1988年）
〔註6〕語見張恨水《寫作生涯回憶》一書，引該書頁34。（北京，人民文學出版社，
　　　　1982年）
〔註7〕語見陳平原《千古文人俠客夢——武俠小說類型研究》一書，引書頁63～64。
　　　　（北京，人民文學出版社，1992年3月）

除了小說商品化之外，印刷技術的進步，再加之近代新型的傳播工具——新聞報紙和刊物的大量出現，也多少促進了當時武俠小說的繁榮。據范伯群於《武俠鼻祖——向愷然》一書的總序，談及當時的印刷工業及新聞紙業的興盛狀況是：

> 上海的印刷工業在二十世紀初至三十年代初的二十多年中，增長了六倍之多。而據國外的資料顯示，在十九世紀三四十年代廉價的新聞紙（白報紙）的出現，給出版業開創了一個廣闊的天地。……而在中國，李鴻章於 1891 年在上海辦倫章機械造紙廠，到 1924 年，全國有重要紙廠二十一家，其中十家均在上海及其附近市縣。〔註8〕

也正因有如此良好的出版環境，才助長當時武俠小說的出版興盛。

第二節　武術發展的影響

民國初期武術的發展，何以影響到當時武俠小說的興盛呢？我們可從當時武術發展的情況來進行瞭解。

一、武術會館的林立遍布

從清末至民國，習武開禁，拳技之風蓬勃一時，中華武術迅速發展且廣泛普及。技擊大師霍元甲於清‧宣統 2 年（1910）在上海創立「精武體操學校」，後改為「精武體育會」，並在許多省份設置分會，且拓展至香港、東南亞一帶，是當時較大的武術組織，然在同期，各城市也相繼出現了不少的公、私辦的國術會館，據不完全的統計，單單於上海一帶，私人拳社便有三十多個。而各大武術會館也在不同的程度上，採行了近代教學的訓練方式，社會名流也往往參予其中。此種武術會館遍布的風氣，在繼承與發展武術上起了相當大的積極作用。

武術會館遍布的情形大致如何，可從下述資料——清‧宣統 2 年至民國 16 年（1910～1937）間的主要拳社分布上瞭解：

（一）上　海

精武體育會、中華武術會、拳術研究會、民生國術研究會、忠義國術

〔註8〕語見范伯群所編，向愷然著《武俠鼻祖——向愷然》一書，引書頁總序5。（臺北市，業強出版社，1993 年 2 月）

社、武德會、新民國術研究所、暑期傳習所、武思會、鑑泉太極拳社、上海第一公共體育場國術部、致美拳社、匯川太極拳社、上海基督教青年會國術館、上海郵務工會國術股、螳螂拳社、達摩國術社、武當太極拳社、尚德武術研究社、電報震強國術社、尚武國術研究社、上海聚胜體育會、民眾國術研究社、武學精神研究社、上海民生國術研究社、上海市磚灰業國術研究社。

（二）南　京

中央國術館、中央國術體育專科學校。

（三）江蘇省

國術示範講習所。

（四）河南省

河南全省武術會。

（五）四川省

重慶國術館、冀蜀國術館、速成國術館、武英國術學校、四川瀘縣國術館。

（六）湖南省

湖南省國術館、湖南軍事訓練處、國技學會。

（七）山東省

中華武術會、軍事比武傳習所、武術傳習所、馬良技術隊、黃縣國術研究會。

（八）河北省

保定軍官學校。

（九）北　京

武術教傳所、北京體育研究社、體育研究社、武術傳習所。

（十）天　津

中華武術會、武術傳習所。

二、執政當局的大力提倡

民國創立後，原本希冀的太平盛世並未出現，相對來臨的依舊是一個兵荒馬亂的紛擾時代。國民政府為因應當時的內憂外患，乃於民國 15 年（1926）改武術為「國術」，民國 16 年（1927）應紐永建、蔡元培、何應欽等二十六

人倡議，成立「中央國術館」於南京。以後，還建立了地方的「國術館」，並規定省以下各級「國術館」長，均相應地由省長、市長、縣長、區長等人物擔任，以便訓練社會壯丁，以供國家可用之材，共度國艱時刻。國民政府除了從中央到各省會廣設官辦的「國術館」外，並從民國 17 年（1928）起，開始舉行多次的國術「省考」、「國考」，即是各省和全國的打擂台比武比賽，而類似此種武術運動會於當時可記者有：

(一) 民國 12 年（1923）4 月，上海西門公共體育場舉行的「全國武術運動大會」。

(二) 民國 17 年（1928）10 月 18 日，「中央國術館」所舉辦的「第一屆國術國考」，在南京公共體育場舉行。不過此次參加者均為國術館的教師與學生，先比賽刀、槍、劍、棍、拳，及格者才能參加決賽，決賽項目為散手、短兵、長兵、摔跤等。

(三) 民國 18 年（1929），在杭州和上海舉行了兩次「國術比賽」，比賽項目只有散手。

(四) 民國 22 年（1933），在南京舉行了第二次「全國運動大會」，比賽地點在中央運動場。這是武術第一次參加綜合性的比賽，比賽項目有散手、短兵、長兵、摔跤和套路表演賽等。

(五) 民國 22 年（1933），「中央國術館」在南京舉辦「第二屆國術國考」，比賽項目有男女散手、男女短兵、中國式摔跤和國際拳擊。

(六) 民國 24 年（1935）10 月，「第六屆全國運動會」在上海市運動場舉行，比賽項目有拳術、器械、摔跤、射箭、彈丸、舉重等。

(七) 民國 37 年（1948）5 月，在上海江灣體育場舉辦了「第七屆全國運動會」，比賽項目有拳術、器械、套路表演等。

當時除了國民政府重視武術外，盤據各地的軍閥也如國民政府一樣，將武術列為軍中主要的訓練項目，在軍中設有武術教官一職。

三、武術著作的出版與武術家傳奇性故事的廣泛流傳

自從於民國 17 年（1928）的「國考」舉辦後，許多武術家也開始拋除中國武術家傳統「敝帚自珍」的陋習，紛紛撇除門派之見，著書立說，如民國 18 年（1929）萬籟聲所著的《武術匯宗》連載於「晨報」，吳圖南所著的《科學化的國術太極拳》、《內家拳》、《太極功》、《玄玄刀》、《太極劍》等諸作由

「上海商務印書館」陸續出版，也因此帶動了民國初期將武術形成爲書的著作風氣。

　　也由於民國初期武術風氣的興盛，相對也促使一些武術家的傳奇故事在民間廣泛的流傳，如霍元甲、王子平、韓慕俠、蔡龍雲、蔣浩泉、孫祿堂、王潤生、李堯臣等人，都曾嚇退或擊敗過氣燄囂張的外國大力士，振興了國威，提振了民氣，致使他們的事蹟在群眾之間皆耳熟能詳；再加之民間傳說的特性，也往往使這些武術家的行誼，染上了神秘的色彩，強國強種更成爲當時社會上的一股風氣。

　　民國初期由於愛國思想的高漲，促使武術運動的高度發展與普及，而武術運動的普及化，也相對吸引了人們對武俠小說的關注與愛好。也正因有如此背景，提供了當時武俠小說寫作的良好條件與環境，故當時武術的蓬勃發展，亦是造成民國初期武俠小說興盛的主要因素之一。

第三節　文學本身的發展

一、武俠小說的本身發展

　　文學有其本身汰舊更新的發展特性，各種文體亦有其獨自發展的歷史，武俠小說亦不例外。然關於武俠小說的起源，向來眾說不一，或遙尊《史記》中的〈游俠列傳〉與〈刺客列傳〉；亦有云肇始於《燕丹子》〔註9〕或《列子・湯問篇》的「紀昌學射」。〔註10〕但司馬遷的《史記》是屬於史學的範疇，所以其〈游俠列傳〉與〈刺客列傳〉只能說是最早表彰俠義精神的著作。正如陳曉林於〈民俗文學的源流與武俠小說的定位 —— 兼介葉批《近代中國武俠小說名著大系》〉一文中所云：

> 史記〈游俠列傳〉是中國第一篇有系統記述游俠活動的文字，但司
> 馬遷的文字雖然深刻生動，深具文學價值，在形式上與純粹屬於文
> 學範疇的小說，畢竟有其區別。〔註11〕

〔註 9〕此說參見劉若愚《中國之俠》一書，頁85（上海，三聯書店上海分店，1991
　　　　年9月），與羅立群的《中國武俠小說史》一書，頁14、46。
〔註10〕此說參見王海林《中國武俠小說史略》一書，頁3。
〔註11〕語見陳曉林〈民俗文學的源流與武俠小說的定位 —— 兼介葉批《近代中國武
　　　　俠小說名著大系》〉一文，該文收錄於葉洪生所編《近代中國武俠小說名著大

又如葉洪生〈磨劍十月試金石——《近代中國武俠小說名著大系》總編序〉
一文所言：

> 太史公所作俠、刺列傳只能視爲武俠小說史料或「武俠傳記文學」；
> 固能予人馳騁無窮想像之餘地，究非以虛構爲主而捕風捉影的小說
> 藝術可比。〔註12〕

所以《史記》中的〈游俠列傳〉與〈刺客列傳〉只能算爲傳記文學，尚不能
稱爲小說。至於被譽爲「古今小說雜傳之祖」的《燕丹子》，該故事乃依《史
記》的荊軻故事爲底本，因此深染了史學著作的寫作風格——簡單扼要、平
鋪直述，對史有很強的依附性，缺乏小說創作的想像力。然至於《列子・湯
問篇》中的「紀昌學射」，其乃爲寓言性的文章，故事中只載飛衛與紀昌師徒
二人比鬥箭技的情形，絲毫沒有「俠」的色彩存在。所以目前較爲一般學者
所認同的看法，乃是武俠小說濫觴於唐代傳奇。贊同此種說法者，不勝枚舉，
今茲述幾家，以供參考。如蔣祖怡《小說纂要》云：

> 六朝佛教甚盛，以無爲爲事，故俠義故事不行，至唐而始有俠義小
> 說。〔註13〕

范煙橋《中國小說史》云：

> 蔣防《霍小玉傳》其寫豪俠，爲以前小說所無。〔註14〕

唐文標〈「劍俠千年已矣！」——古俠的歷史意義〉云：

> 中國武俠小說起在何時？大概已不可考了。如果用現代嚴格一點的
> 小說觀點來考慮現存的傳奇、話本和小說，唐朝的傳奇劍俠故事，
> 當是較爲完整的小說，也可以說是武俠故事的始原了。〔註15〕

葉洪生〈觀千劍而後識器——淺談近代武俠小說之流變〉云：

系》所收二十五種作品，每種的第一冊，引書正文前頁7。（臺北市，聯經出
版事業公司，民國73年～民國74年）

〔註12〕語見葉洪生〈磨劍十月試金石——《近代中國武俠小說名著大系》總編序〉
一文，該文收錄於葉洪生所編《近代中國武俠小說名著大系》所收二十五種
作品，每種的第一冊，引書正文前頁27。

〔註13〕語見蔣祖怡《小說纂要》一書，引書頁81。（臺北市，正中書局，民國49年
12月）

〔註14〕語見范煙橋《中國小說史》，引書頁48。（臺北縣，漢京文化事業有限公司，
民國72年9月1日）

〔註15〕語見唐文標〈「劍俠千年已矣！」——古俠的歷史意義〉一文，該文收錄於
《中華文化復興月刊》第九卷第五期，引該雜誌頁41。

> 武俠小說在民國以後始張其目；但卻非平空冒出來的「新生事物」，
> 它也淵源有自。從小說史上考察，它的遠祖應是唐代傳奇中「豪俠
> 類」小說。〔註16〕

唐朝由於在政治、宗教、社會、文學等方面的因素影響下，出現了「傳奇」
此類的文學作品。而描寫俠義精神的傳奇，乃是於唐朝後期才大量出現，雖
然其在整個唐代傳奇中，所佔份量極少，但卻開創了後世武俠小說寫作的基
本類型。關於此點，張贛生〈中國武俠小說的形成與流變〉一文曾作論述，
其云：

> 在全部唐小說中，武俠傳奇的比數並不算大，實際只有十四篇左右。
> 最重要的是，這些作品能不拘一格，開拓出多種武俠小說樣式。如
> 《僧俠》應屬武術技擊類；《聶隱娘傳》為劍仙異事類；《崔慎思》
> 為兒女俠情類。奠定了後世武俠小說的三大基本類型。〔註17〕

而此期唐代豪俠類傳奇的特色，由於深受當時佛、道二教的影響，所以呈現
出俠客們的武藝常出神入化，變化莫測；又由於胡人風氣的深入影響，也出
現了不少以武藝超凡的女俠為訴求的作品。

　　到了宋代以後，由於「說話」技藝的盛行，白話武俠小說也逐漸的發展
起來，相對的為文人所撰寫的文言武俠小說卻開始走向沒落之途。而在寫作
形式上，也漸從短篇發展為長篇。《水滸傳》便是此期的一大鉅作，該書以「忠
義」二字貫穿全篇，無論在思想內容或寫作技巧上，都有所創新，將武俠小
說的創作推向了一個新的高峰，也因此有學者將其譽為近代武俠小說的不祧
之宗。〔註18〕然縱觀宋、元、明三代的武俠作品，由於明、清兩代深受禮教
的影響，其所呈現出來的特色，乃是俠客們都非常重視三綱五常與男女之別；
且於描寫俠客們的武藝方面，就不似唐代傳奇那樣的天馬行空，反而顯得非
常實在且有細部的描寫。

　　然而到了明末，一直到有清一代結束，武俠小說又出現了另一種類型，
那便是與公案小說熔冶為一爐的俠義公案小說，較著名的有《施公案》與《三
俠五義》。而此俠義公案小說與以往俠義小說最大的不同點，便是以往的武俠

〔註16〕語見葉洪生〈觀千劍而後識器——淺談近代武俠小說之流變〉一文，該文收
　　　　錄於《聯合文學》第二卷第十一期（總二十三期），引該雜誌頁8。
〔註17〕語見張贛生〈中國武俠小說的形成與流變〉一文，該文收錄於《河北大學學
　　　　報》1987年第四期，引該學報頁39。
〔註18〕同註11，參見該書正文前頁7～8。

小說所強調的精神，是「俠以武犯禁」，俠客們絲毫不受王法的拘束；但是俠義公案小說中的俠客們卻是投靠於清官之下，協助清官，以維護王法的尊嚴與公正，以平百姓之冤怨。

　　武俠小說就在此長期的發展，再加上其他類型的小說文體，亦在此相同的發展情況下，相輔相成，而趨於完備。到了民國初期，正好提供良好健全的題材與類型，給欲寫作武俠小說的作家們利用。所以在民國舊派的武俠小說中，無論是俠情、神怪、技擊類的作品，都有所長足的進步，也因而帶動民初武壇的百家爭鳴。

二、鴛鴦蝴蝶派文人的參與

　　民國舊派武俠小說，首由不肖生的《江湖奇俠傳》一炮打響，接著趙煥亭的《奇俠精忠傳》與顧明道的《荒江女俠》陸續出版，亦得極大迴響之後；再加上小說商品化，文人創作可能有利可圖的因素慫恿下，原以「落葉哀蟬、淒感頑豔」〔註19〕見長的鴛鴦蝴蝶派文人，也開始紛紛投於寫作武俠小說之林，其中也不乏有該派的大將成員。正由於鴛鴦蝴蝶派乃是當時文壇的最大流派；再加之該派成員大量的投入武俠小說創作的行列，也因而助長了民國舊派武俠小說的盛行之風。

　　民國的舊派武俠小說，由於鴛鴦蝴蝶派文人的大力參與，亦使武俠小說起了很大的轉變，究竟起了何種轉變？這要先從鴛鴦蝴蝶派，該派名稱的原由談起。關於此點，魯迅的〈上海文藝之一瞥〉一文，曾論及該派在上海文壇盛行的情景，其云：

　　　　這時新的才子＋佳人小說便又流行起來，但佳人已是良家女子了，

　　　　和才子相悅想相戀，分拆不開，柳蔭花下，像一對蝴蝶，一雙鴛鴦

　　　　一樣……〔註20〕

又如寧遠〈關於鴛鴦蝴蝶派〉一文亦云：

　　　　這個鴛鴦蝴蝶派的名稱是由群眾起出來的，因為那些作品中常寫愛

　　　　情故事，離不開「卅六鴛鴦同命鳥，一雙蝴蝶可憐蟲」的範圍，因

〔註19〕「落葉哀蟬、淒感頑豔」一語，是龔鵬程對鴛鴦蝴蝶派文學的形容詞，參見其著〈鴛鴦蝴蝶與武俠小說〉一文，該文收錄處同註16，引該雜誌頁25。

〔註20〕語見魯迅〈上海文藝之一瞥〉一文，該文原刊於《魯迅全集》第四卷《二心集》中。而本文所錄，乃取自魏紹昌所編《鴛鴦蝴蝶派研究資料》上卷史料部分，頁5。（上海，上海文藝出版社，1984年7月）

而公贈了這個佳名。〔註21〕

由以上魯迅與寧遠二人所言，我們非常清楚的瞭解鴛鴦蝴蝶派名稱的起因，但是鴛鴦蝴蝶派的文人不僅是撰寫才子佳人小說而已，其他類型的小說，如社會、武俠、偵探等，亦是他們拿手的題材。所以「鴛鴦蝴蝶派」的命名已無法妥切包括這眾多題材的特色，也導致某些被列為該派的成員，反對將其列為該派份子，如包天笑，〔註22〕甚至更有聲明自己是「禮拜六派」成員，好與「鴛鴦蝴蝶派」劃清界限者，如周瘦鵑。〔註23〕其實無論是稱為鴛鴦蝴蝶派或是禮拜六派，都是指當時的同一批作者，由於他們有大致相同的文學觀念和寫作情趣，並擁有相同的出版園地，因此才被歸為同一文學流派。而范伯群便將其稱為「鴛鴦蝴蝶──《禮拜六》派」，〔註24〕是非常妥當。

再則，由於民國舊派武俠小說的盛行之風，致使當時的一些青年學子，紛紛入山訪道，便引起了所謂的武俠小說論戰。當時一些著名的學者，都曾對武俠小說大加筆伐過，如鄭振鐸〈武俠小說論〉云：

> 他們（按：他們，指武俠小說的作者）使那些頭腦簡單的勇敢的壯年人，忘記了正當的出路，正則的奮鬥，惟知沉溺於「超人」的俠士思想之中，不僅麻醉其思想，也貽害於他們的行為與命運。
>
> 他們使大多數的民眾，老實說，我們大多數的民眾還都是幼稚而無知的──得了新的證據，更相信劍俠的傳說，更堅決的陷入無知的

〔註21〕語見寧遠〈關於鴛鴦蝴蝶派〉一文，該文原刊於 1960 年 7 月 20 日香港的「大公報」。而本文所錄，亦取自同註20，頁 176。

〔註22〕包天笑曾於〈我與鴛鴦蝴蝶派〉一文中，否認其屬鴛鴦蝴蝶派，其云：「至於《禮拜六》，我從未投過稿。徐枕亞直至到他死，未識其人。我所不了解者，不知哪部我所寫的小說是屬於鴛鴦蝴蝶派。」該文原刊於 1960 年 7 月 27 日香港「文匯報」。而本文所錄，亦取自同註20，頁 178。

〔註23〕周瘦鵑曾於〈閑話《禮拜六》〉一文，聲明其是禮拜六派，而非鴛鴦蝴蝶派，其云：「我是編輯過《禮拜六》的，並經常創作小說和散文，也經常翻譯西方名家的短篇小說，在《禮拜六》上發表的。所以我年輕時和《禮拜六》有血肉不可分開的關係，是個十足足、不折不扣的《禮拜六》派。……至於鴛鴦蝴蝶派和寫四六句的駢儷文章的，那是以《玉梨魂》出名的徐枕亞一派，《禮拜六》派倒是寫不來的。當然，在二百期《禮拜六》中，未始捉不出幾對鴛鴦幾隻蝴蝶來，但還不至於滿天亂飛，遍地皆是吧？」該文原刊於其著《花前新記》（江蘇人民出版社，1958 年 1 月），而本文所錄，亦取自同註20，頁 181～182。

〔註24〕參見范伯群〈鴛鴦蝴蝶──《禮拜六》派〉，收錄於《國文天地》第五卷第六期（總五十四期），該雜誌頁 84。

阱中。

他們把大多數的民眾更麻醉於烏有的「超人」的境界之中，不想去從事於正當的努力，惟知依賴著不可能的超自然力。

總之，他們乃是：使強者盲動以自戕，弱者不動以待變的。……〔註25〕

又如沈雁冰的〈封建的小市民文藝〉一文云：

小市民痛恨貪官污吏、土豪劣紳，於是武俠小說或影片中也得攻擊貪污土劣，但同時卻也抬出了清官廉吏，有土而不豪，是紳而不劣，作為對照，替統治階級辯護。小市民渴望「出路」，於是小說或影片中就有了「為民除害」的俠客，並且這些俠客一定又依靠著甚麼聖明長官、公正士紳，並且另一班「在野」的俠客一定又是壞蛋，無惡不作。

俠客是英雄，這就暗示著小市民要解除痛苦還須仰仗不世出的英雄，而不是他們自己的力量。並且要做俠客的唯一資格是忠孝節義，而俠客所保護者也只是那些忠孝節義的老百姓，這又在穩定了小市民動搖的消極作用外加添了積極作用！培厚那封建思想的基礎。

另外還有加味的作料：非科學的神怪的武技和「善有善報，惡有惡報」的定命論。

這樣，本來就有封建意識的小市民就無論如何跳不出封建思想的手掌了。……〔註26〕

由以上的文字所載，大概可以瞭解，當時學者所反對的武俠小說，乃是屬於神仙劍俠類的武俠小說與有清一代的俠義公案小說。而此種論點，後來也漸漸地為鴛鴦蝴蝶派從事武俠小說寫作的文人所接受。如鄭逸梅，其曾寫過《玉霄雙劍記》，唯一一部的武俠作品，亦曾為「明星日報」向不肖生邀長篇武俠類的稿件，並且誇讚過不肖生與趙煥亭兩人的武俠作品，〔註27〕但是其於後來的〈武俠小說的通病〉一文中，卻一反以往的立場，其云：

〔註25〕同註2，引書頁170。

〔註26〕語見沈雁冰〈封建的小市民文藝〉一文，該文原刊於《東方雜誌》第三十卷第三號（民國22年2月1日出版），而本文所錄，亦引自同註20，頁47～48。

〔註27〕參見鄭逸梅〈稗苑識荊記──（一）不肖生〉一文，該文收錄於其著《小品大觀》中，該書原由校經山房，民國25年出版。而本文所錄，為新文豐出版公司，民國71年8月初版，頁41～42。

書賈的收寫小說稿，抱著除卻巫山不是雲的宗旨，非武俠不收，非武俠不刊，並且寫有個訣門要關照著寫的：就是書中的人物，一一出現，最好神鏢李四勝過鐵臂張三，還有個水上英雄打倒神標李四，空中大俠又降服水上英雄。技能的高，高至無上，那麼不得不出之以神怪了，什麼一道劍光，殺了許多人，騰雲駕霧，瞬息十萬八千里，無識之徒，讀了眉飛色舞，不覺拋棄家庭，子身遠赴峨嵋山修道訪仙的。〔註28〕

又如該派大將級人物之一的張恨水，其亦寫過《中原豪俠傳》唯一一部的武俠作品，然其在〈武俠小說在下層社會〉中云：

人民的不平之氣，究竟是要喊出來的。於是北方的說書人，就憑空捏造許多俠客鋤強扶弱，除暴安良。可是他們不知道什麼叫革命，這八個字的考語，不敢完全加在俠客身上。因之在俠客以外，得另行擁出一個清官來當領袖。換一句話說，安定社會的人，還是吾皇萬歲爺的奴才。……這樣的武俠小說，教訓了讀者，反貪污只有去當強盜。說強盜，又不能不寫他殺人放火，反而成了社會罪人，只好寫出一批俠客來消滅反貪污的強盜。而這些俠客呢？他們並非社會的朱家郭解，都是投入衙門去當捕快，充當走狗。〔註29〕

由於鴛鴦蝴蝶派的文人，也開始反對劍仙類及俠義公案類的武俠小說，其實他們也反對技擊類的武俠小說，因為民國初期剛開始的武俠小說，仍受清代以來俠義公案小說的影響頗深。如不肖生的《江湖奇俠傳》裡，便有許多的清官與污吏，最著名的清官，便是那位察悉紅蓮寺罪惡的卜公，而卜公亦是獲得俠客們的協助才得救，並破那萬惡之窟的「紅蓮寺」；且俠客們也非全靠武力來了結私怨，而是將仇人交給官府處置，如向樂山對其殺兄仇人便是如此。歷歷顯現俠義公案小說的遺跡。

　　然不肖生的《江湖奇俠傳》是屬神仙劍俠類的武俠小說，尚不足可作為鴛鴦蝴蝶派文人，反對技擊類武俠小說的例證。而何者可為最佳的例證呢？那便是技擊類武俠小說的鉅著——鄭證因的《鷹爪王》，如其第七十二回〈淨業山莊困群雄鐵簑顯身手〉中，描寫鐵簑道人在幫帶大人劉守中前，手持雷音劍表

〔註28〕本文轉引自龔鵬程〈鴛鴦蝴蝶與武俠小說〉一文，該文收錄處同註16，引該雜誌頁23。

〔註29〕語見張恨水〈武俠小說在下層社會〉一文，收錄於《前線周刊》第二期。

演三十六路天罡劍法，再如第七十三回〈瓦解匪幫鷹爪王重返清風堡〉中，一干豪俠，如鷹爪王、西嶽俠尼、華雲峰與楊鳳梅都曾向陸統領行禮。再再顯現出當時學者們所反對武俠小說的因素——俠客們寄於清官的籬下。因此，當時的學者不僅只反對劍仙類與俠義公案類的武俠小說而已，其亦將技擊類的武俠小說也列爲反對的對象。所以鴛鴦蝴蝶派的文人在受到此種思潮的影響，再加上他們原本就不熟悉技擊，而以撰寫才子佳人戀愛式的小說見長的特色，於是他們便以「兒女俠情」類的武俠小說，爲他們的寫作園地。也由於鴛鴦蝴蝶派文人的大量參與，武俠小說的人物也大量出現了少年俠客與女俠，光是以女俠爲名的武俠小說，就不勝枚舉。而此種寫作武俠小說的轉變之風，後來也深深影響到以金庸、梁羽生爲首的新派武俠小說的寫作風格。

今將鴛鴦蝴蝶派文人，曾創作過武俠小說的人物與其著作，列表於後。此資料乃依魏紹昌《鴛鴦蝴蝶派研究資料》所載爲主，而參以其他輔佐資料而成：〔註30〕

丁悟痴	蝴蝶兒傳，刺馬記
了俗道人	乾坤奇俠
于芳	四劍震江南，神彈乾坤手
孑民	女俠白玫瑰
不平生	荒唐女俠
不肖生	江湖奇俠傳，近代俠義英雄傳，玉玦金環錄，半夜飛頭記，江湖小俠傳，現代奇人傳，江湖怪異傳，烟花女俠，江湖異人傳，雙雛記，豔塔記
今古	南海英雄會，忠烈大俠
天水宜生	獨行俠
孔友琴	江湖鐵血俠義傳
尹在中	熱血英雄

〔註30〕此資料主要參考魏紹昌所編《鴛鴦蝴蝶派研究資料》上卷史料部分附錄之〈鴛鴦蝴蝶派小說分類書目〉，該書頁612～619。另參酌龔鵬程〈鴛鴦蝴蝶與武俠小說〉(該文收錄處同註16，參見該雜誌頁24～28。)、魏紹昌《我看鴛鴦蝴蝶派》〔參見該書頁166～172 (臺北市，臺灣商務印書館，民國81年8月)。〕與葉洪生〈磨劍十月試金石——《近代中國武俠小說名著大系》總編序〉、〈論革命與武俠創作——《磨劍十月試金石》外一章〉二文 (此二文皆收錄於葉洪生所編《近代中國武俠小說名著大系》所收二十五種作品，每種的第一冊，參見正文前頁37～81。)

文公直	關山游俠傳，碧血丹心平藩傳，碧血丹心大俠傳，碧血丹心于公傳，赤膽忠心，劍俠奇緣，江湖異俠傳
王小廠	俠骨柔情
王河洛	海盜豪俠
王度廬	臥虎藏龍，風雨雙龍劍，鐵騎銀瓶，劍氣珠光，龍虎鐵連環，洛陽豪客，鶴驚崑崙，紫鳳鏢，繡帶銀鑣，紫電青霜，寶劍金釵，燕市俠伶
王浩然	九義十八俠
王塵影	南方大俠，乾坤義俠
王劍迷	飛劍廿四俠
半痴生	飛劍奇俠傳
白下淡叟	雍正劍俠奇案
白芸	大俠霍元甲
如愚生	飛行奇俠
朱松廬	江湖俠
朱俠夫	白龍大俠傳
朱霞天	五岳奇俠傳，江南英雄傳
江湖叟	俠義鋤奸記
江蔭香	呂飛瓊，獅頭怪俠，乾坤義俠傳，風塵三劍，飛劍奇俠傳
江蝶廬	虎穴英雄，邊荒大俠，白眉毛，大刀王五，小金錢，俠義五飛劍，少林小英雄，打擂台，小劍客，夜行飛俠傳，小霸王張勇，連城璧
何一峰	小俠誅仇記，鐵血健兒，雙劍締姻記，情天廿四俠，江湖怪俠傳，荒唐情俠，峨嵋大俠，紅顏鐵血記，江湖歷險記，荒山豪俠，五岳劍仙傳，魔窟英雄，萬里情俠傳，湖海大俠傳，女衣盜，江湖怪傑記，劍血情花，白眉大俠
何可人	關東大俠
何海鳴	朔方健兒傳
何樸齋	拳師傳
冶逸	江湖俠義傳，七俠五義二續至十二續
吳虞公	江湖卅六俠，綠林劍俠大觀
吳綺緣	游俠外傳，芙蓉娘，奇人奇事錄
李伯通	奇俠雌雄劍，秋水芙蓉
李定夷	僧道奇俠傳，武俠異聞，塵海英雄傳

李涵秋	綠林怪傑
李蝶莊	女俠鋤奸記，白太官，燕子飛，七十二女傑，雍正劍俠傳，關東劇盜傳，綠林劍俠傳
沈紫君	江南大俠傳
汪景星	崑崙七俠，五龍十三俠，關外屠龍記，玉雪夫妻俠，峨嵋劍俠傳，神眼鴛兒，鐵拳大俠傳，江湖俠客傳，嶗山劍俠，北國英雄傳，鬼魅江湖，少林女俠，武當豪俠傳，八大奇人傳，七山王，俠豔獵奇記，虎窟擒王記，神州七俠傳，掌心劍，八太保，斷頭亭，血寶塔
周佩仁	江湖俠女傳
周恨石	風塵游俠傳
周瘦鵑	奇俠恐佈黨
周曉光	血染山河
拙筆山人	鴛鴦奇俠傳，釵光劍影，關東豪俠傳
泗水漁隱	血崑崙，血海潮，江湖鐵血記，俠盜飛龍傳
虎頭書生	俠女喋血記
金季鶴	虎嘯龍吟
金劍虹	武當奇俠傳
金鐵盦	戚紀光精忠傳
姚民哀	江湖豪俠傳，四海群龍記，山東響馬，鹽梟殘殺記，南北十大奇俠，箬帽山王，太湖大盜，荊棘江湖，秘密江湖，龍駒走血記
姜俠魂	雍正一百零八俠，劍俠駭聞，飛仙劍俠駭聞，關東紅鬍子，風塵奇俠傳，南北奇俠傳，江湖三十六俠，女子武俠大觀
姜容樵	江湖大八俠，江湖小八俠，當代武俠奇人傳
姜鴻飛	花叢豔俠，花花豹
穿珠生	精忠武俠傳
突兀生	怪女俠
紅綃	天南怪俠，大破筆架山，大俠馬如龍，蠻荒怪俠，龍鳳緣，七大奇俠傳，白門三劍客，戰地笙歌
紉佩齋主人	神州奇俠傳
胡寄塵	黛痕劍影錄，女子技擊大觀，羅霄女俠
范煙橋	忠義大俠，江南豪傑，孤掌驚鳴記，俠女奇男傳
凌雲生	紅粉大俠傳
凌雲閣主	小白龍演義

唐熊	花魂俠影，海底盜，大明飛俠傳，嵩山奇俠，荒谷怪聲，華屋劍光，武俠異聞錄，崑崙劍俠，峨嵋劍俠
唐嘯天	江南大俠
孫企雲	雙俠傳
孫君平	血花劍
孫劍秋	劍俠呂四娘，神怪劍俠
席靈鳳	崆峒奇俠傳，芙蓉劍，鳳凰劍，鸚鵡劍，華山女俠，桃花劍，四海奇人傳，女俠紅娘子
徐伯平	江湖廿八俠
徐亮臣	江湖女俠傳，石破天驚奇女俠
徐哲身	孝俠酬恩，崑崙劍俠傳，巾幗英雄，峨嵋飛俠傳，鴛鴦女俠，恐怖鬼俠，怪俠紅燈照，清朝三劍俠，香海奇俠傳，紅樓三俠，情天大俠
徐海萍	江湖怪俠傳，碧血芙蓉
息觀	驚鴻俠影
時希聖	江湖百丐傳
海上石漱生（孫玉聲）	飛仙劍俠，九劍仙正續集，呆俠，嵩山拳叟，夫妻俠，一線天，金陵雙女俠，金鐘罩，風塵劍俠，仙俠五花劍
奚燕子	江湖技擊傳
病癯	雙龍劍
秦雷擊	五俠誅魔記
馬江劍客	朱珠案
問漁女史	俠義佳人
常傑淼	雍正劍俠
張有斐	女盜劍俠，鳳麗緣
張冥飛	劍客傳，江湖劍客傳，小俠傳，荒山奇俠，小劍俠，朔方健兒傳（與何海鳴合著）
張恂九	江湖義盜傳，江湖義俠傳
張恂子	劍珠緣，三劍奇俠，姊妹劍，峨嵋劍，江湖大俠，江湖秘傳，魔窟仙鴛
張恨水	中原豪俠傳
張傑鑫	三俠傳
張崇典	大明十三俠，大明奇俠傳，歷代著名奇俠
張清山	洪武劍俠圖

張個儂	現代武學大觀，關東奇俠傳，南北異人傳，龍門劍傳，怪俠鋤奸記，石破天驚錄，南北游俠傳，四大劍俠，飛行劍俠（與陸士諤合作），千里獨行俠，獨手豪俠傳，少林劍俠，武當劍俠，峨嵋劍俠，崑崙劍俠
惜花館主	風流女俠
戚飯牛	山東女俠盜
晝寢齋主	俠義英雄譜
曹夢魚	情天奇俠傳
梅花館主	漁村隱俠傳
淡秋生	雍正劍俠奇案
莊病骸	青劍碧血錄，鐵血男兒傳，雙龍劍，江湖雙俠傳，怪面女俠，霍元甲傳奇
許吟秋	江村俠侶，虎魔劍俠
許廑父	武林秋，歷代劍俠傳，中國女海盜
許慕羲	歷代劍俠全傳，飛俠偷頭記，俠女救夫記，俠女奇男，新兒女英雄，清代三百年奇俠傳
許嘯天	滿清奇俠大觀
陳一尤	南北劍俠傳
陳大愚	科學奇俠傳
陳家瑾	三情豪俠，四海情俠
陳挹翠	孤雛喋血，風雲兒女，雙龍鬥，荊芸娘，四海遊龍，滄浪女俠，金羅漢，蟄龍驚蟒，血濺青峰
陳浪仙	歷代劍俠大觀，神仙劍俠團，劍俠草上飛
陳掃花	四豪鋤異傳，少林大俠傳，江湖十八俠，奇俠張玖琯，平陽傳，飛天女俠傳，江南怪傑傳，少林義俠傳
陳萍青	太和大俠
陳嘯天	乾坤印正續集
陳鏡秋	神劍奇俠
陶寒翠	荒山奇俠，劍底桃花，胭脂劍
陸士諤	三劍客，白俠，黑俠，紅俠，八大劍俠，七劍八俠，七劍三奇，血滴子，小劍俠，新劍俠，江湖劍俠，雍正游俠傳，八劍十六俠，今古義俠奇觀，劍聲花影，北派劍俠全書，南派劍俠全書，飛行劍俠，古今百俠英雄傳，新三國俠義傳，新梁山英雄傳
陸守儉	雍正奇俠傳

陸澹盦	游俠外傳
喋喋	虎穴英雄
程小青	霜刃碧血
程瞻廬	湖海英雄
萍道人	武當劍俠傳正續集，少林劍俠傳，太和大俠傳
裘劍鳴	盤蛇谷，黑衣女俠
童愛樓	雙報父仇
馮若梅	東方神俠傳
黃丁南	天涯奇人傳，女俠紅娘子，江南異俠傳
楊家善	鐵馬精忠傳
楊塵因	龍韜虎略傳，江湖廿四俠，英雄復仇記，愛國英雄淚
董巽觀	劍俠奇緣
董蔭狐	義俠驚奇錄，虎窟鴛盟
鄒雅明	伏虎群雄，三探蓮花觀，血濺萊茵湖，大戰百雀，驚人劍俠傳
雷珠生	俠盜燕飛來，女俠紅玫瑰，南北武俠，神刀豪俠傳，江湖鐵血俠義傳
壽松和尚	少林奇俠傳正續集，少林武術奇談正續集
夢浮生	俠血情魂
夢花館主	飛劍奇俠傳
漱六山房（張春帆）	球龍，天王老子，風塵劍俠正續集，虎穴清波，烟花女俠
罔蛛生	武俠世界
趙幼亭	飛娘喋血記
趙亦煥	續江湖奇俠傳
趙仲熊	情俠
趙春庭	混天球
趙笤狂	劍膽琴心錄，江湖怪俠，太湖女俠，神怪鬥法記
趙振亭	綠林豪俠，蠻荒劍俠傳
趙軫榮	三支金鑣
趙劍深	女俠乾坤劍
趙樹多	山東大俠，家庭三傑，俠義鴛鴦
劉建勳	風塵女俠傳

蔡陸仙	俠義江湖，鐵血鴛花，天台奇俠傳，飛劍游俠傳，崑崙大俠，江南三大俠
蔡達	游俠外史
蔡珍庭	金刀會七義，勝英出世，大明湖海英雄，于公案
蝶廬主人	小劍客續集
適庵主人	古今義俠奇觀
鄭小平	女飛賊黃鶯
鄭逸梅	玉霄雙劍記
繆淦傑	風塵豪俠傳
雕龍生	精忠大俠傳
鍾吉宇	北方豪俠王五傳，江南酒俠傳，俠婢懺情記，東北豪俠傳
鍾超塵	離巢燕，粉蝶兒
鍾萬里	亂世英雄
戴悼芳	精忠劍俠傳，火燒雲天寺，情天英雄
繡虎生	神怪奇俠傳
雙琥稔	勝國英雄，湖海俠蹤
魏兆良	三山奇俠
瀨江濁物	刀光血影錄
羅芙青	神州奇俠傳正續集
瓣香室主	乾坤義俠傳
顧明道	荒江女俠一至六集，荒江女俠新傳，海外爭霸記，濁世神龍，紅粉金戈，草莽奇人傳正續集，血海瓊葩，紅妝俠影，胭脂盜，龍山王，俠骨恩仇記，劍氣笳聲，怪俠，磨劍錄，黛痕劍影，虎嘯龍吟錄，海島鏖兵記，三義店
顧桐峻	大宋八義
聽雨樓主	鐵蛇神劍
聽鶯館主	關東俠影
岩山人	風塵劍俠

第四章　淵源與取材

　　本章所要探討的是不肖生的《江湖奇俠傳》與《近代俠義英雄傳》兩部作品的淵源與情節的取材。

第一節　淵　源

　　此節所談的淵源，是就《江湖奇俠傳》與《近代俠義英雄傳》兩部作品所受到何種類型的文學作品影響較深而言。然而於觀看該二書之後，得知《江湖奇俠傳》深受到清代俠義公案小說的影響，而《近代俠義英雄傳》則較無受到任何的影響，所以此節只專論《江湖奇俠傳》一書。

　　俠義公案小說的特徵，就是塑造一個清官為中心，凡事講求國法，而正義的俠客們，皆為這位清官效力，以維護國法的尊嚴與公正。然而相對於清官與為朝廷效力的俠客之外，也必定有著貪官汙吏與流落於草寇之中的俠客。而這些草莽英雄的結局，也大都向朝廷投誠。從《施公案》與《三俠五義》兩部俠義公案小說的代表作中，就可以看出這些特點。

　　不肖生的《江湖奇俠傳》便有著這些跡象的顯現，如：

　　（一）該書中便有不少的清官廉吏與貪官汙吏。

　　（二）第十七回中，向樂山尋找到殺兄仇人，卻不是私自了結這段仇恨，而是將殺兄仇人交給官府處置。

　　（三）第七十二回起的「火燒紅蓮寺」的故事情節，卜巡撫能將萬惡之窟的紅蓮寺繩之於法，乃是靠柳遲、陸小青、甘聯珠與陳繼志這批

俠客的幫助。

（四）第八十二回起的「張汶祥刺馬案」，該回中張汶祥便說：

> 如果真有一位有才幹，有氣魄的好官，休說招撫我們之後，還給官
> 我們做；那怕招撫我去替他當差，終日侍候他，我也是心甘情願的！
> 我和鄭大哥都抱定一個主意；寧肯跟一個大英雄、大豪傑當奴僕；
> 不願在一個庸碌無能的上司手下當屬員。

而後的故事發展，張汶祥等人果真利用馬心儀來等待朝廷的招安。

　　雖然《江湖奇俠傳》有著俠義公案小說的遺跡，但是它已將訴求的中心，從清官身上移到江湖，這是它對後來武俠小說貢獻的地方，此點則留於第八章再述。

第二節　取　材

一、《江湖奇俠傳》

　　不肖生所撰寫《江湖奇俠傳》一書的情節，大都有著依據的藍本，據與不肖生同時期徐文瀅的〈民國以來的章回小說〉一文云：

> 《江湖奇俠傳》中除了飛劍道術外，據說大部分故事有著它們的來
> 源，如清人筆記及民間的傳說（楊繼新及桂武二故事均采自沈起鳳
> 《諧鐸》），其間瀏陽平江的械鬥，以及張汶祥刺馬，向樂山報仇等
> 故事，至今還有七八十歲以上的老人的津津樂道。〔註1〕

可見《江湖奇俠傳》的情節題材，乃多數摘取自鄉野傳奇、清人筆記、歷史軼聞等等，底下便對該書中有依藍本建構而成的情節，取自何處，或該情節的原來面貌與不肖生加工的情形，細論之：

（一）平江、瀏陽二縣的居民爭趙家坪

　　第四回起登場的平、瀏二縣爭趙家坪的故事情節，據不肖生於第八回自述道，現實的社會上確有此事發生，並且：

> 至於平瀏人爭趙家坪的事，直到民國紀元前34年，才革除了這種爭
> 水陸碼頭的惡習慣。

〔註1〕轉引自范伯群《禮拜六的蝴蝶夢》一書，引書頁193。（北京，人民文學出版社，1989年6月）

只不過不肖生於《江湖奇俠傳》中，虛擬了崑崙、崆峒兩派的俠士參與其中的爭鬥。

（二）火燒紅蓮寺

從第七十二回起的該書兩大重頭戲之一——「火燒紅蓮寺」，不肖生也於該書的第八十一回談到它的來源：

> 看官們不要性急，這是千眞萬確的一樁故事！諸位不信，不妨找一個湖南唱漢調的老戲子，看是不是有一齣火燒紅蓮寺的戲？這戲在距今三十年前，演的最多；祇是沒有在白天演的。因爲滿台火景，必在夜間演來才好看！不過演這齣戲，僅演卜巡撫落難、陸小青見鬼，甘聯珠、陳繼志暗護卜巡撫，與卜巡撫脫難後火燒紅蓮寺而已。
>
> 至於知圓和尚的來歷，戲中不曾演出。並且當時看戲的，都祇知道知圓的混名鐵頭和尚，少有知道他法號叫知圓的。

漢調，也就是現今所稱的漢劇。據魏子雲的《看戲與聽戲》一書所說，漢劇是清代流行於兩湖間的地方戲，並且：

> 從流行到今天的漢劇來看，歌唱雖也是高腔，旋律與節奏，似有異於梆子腔（筆者註：梆子腔，指的是山、陝兩省的梆子戲。），文武場上的樂器也不同。大不同之處是它沒有梆子，胡胡也不同（筆者註：梆子、胡胡，皆是爲梆子戲的樂器。），它的筒子不是竹子的，蒙在筒上的是蛇皮。因而演奏出來的聲音，自也大不同於梆子。唱腔分西皮、也有二黃，旋律與節奏，簡直就是皮黃戲（筆者註：皮黃戲，就是現在所稱的「京劇」。），所不同的除了方言，在旋律與節奏上略嫌桿直，沒有皮黃委婉，但卻能令聽者感於它們乃一母所生的孿兄弟，甚至可以說漢劇爲皮黃戲之母，因爲它的出現，早於皮黃。〔註2〕

而孟瑤《中國戲曲史》中也談到了漢劇是湖北兩大地方戲之一，〔註3〕然而由於戲本本身就難以傳之後世；再加上筆者能力有限，所以只能從上文所提及不肖生自述中，得知《江湖奇俠傳》與漢劇中的「火燒紅蓮寺」的異同點。

〔註 2〕語見魏子雲《看戲與聽戲》一書，引書頁 3。（臺北市，貫雅文化事業有限公司，民國 82 年 4 月）

〔註 3〕參見孟瑤《中國戲曲史》第三冊，頁 611。（臺北市，傳記文學出版社，民國 68 年 11 月 1 日）

（三）張汶祥刺馬

至於從第八十二回起的該書另一重頭戲「張汶祥刺馬案」，本身便是屬於清末四大奇案中之一。並且從當時至今歷來的筆記、小說、戲劇頗多論述，甚至於還有學者們的考證。不肖生也於該回自述道：

> 講到張汶祥的事，因爲有刺殺馬心儀那樁驚天動地的大案，前人筆記上很有不少的記載；並且編爲小說的，更有編爲戲劇的。不過那案在當時，因爲許多忌諱，不但作筆記、編小說、戲劇的得不著實情；就得著了實情，也不敢照實做出來編出來！便是當時奉旨同審理張汶祥的人，除了刑部尚書鄭敦謹而外，所知道的供詞情節，也都是曾國藩一手遮天捏造出來的，與事實完全不對！在下因調查紅蓮寺的來由出處，找著鄭敦謹的女婿——爲當日在屏風後竊聽張汶祥供詞的人——才探得了一個究竟。

由此可知，不肖生似乎有要爲歷史翻案的意圖。

然而張汶祥刺殺馬心儀的動機，歷來有三種說法：最廣泛的說法，就是馬心儀枉顧結義之情，占奪弟媳，殺弟滅口，張汶祥才憤而行刺，如《在野遺言》、《南園叢稿》、《江湖奇俠傳》……等；二是馬心儀斷絕張汶祥的生路，又因爲馬心儀拒絕受理張汶祥對吳炳燮誘拐張妻及錢財的控訴，於是在海盜朋友的唆使下，刺殺馬心儀，如《庸盦筆記》及官牘；三是張汶祥聞知馬心儀將興兵反清而心中大憤，後又因爲馬心儀斷其生路，在新仇舊怨的交激下，張汶祥便刺殺馬心儀，如《春冰室野乘》等。

底下便依據清人的筆記，有薛福成《庸盦筆記》卷四的〈馬端敏公被刺〉與〈張汶祥之獄〉、王嘉楨與周卿合著《在野遺言》卷八的〈刺客〉、張相文《南園叢稿》卷七的〈張文祥傳〉、以及李孟符《春冰室野乘》卷中的〈張汶祥案異聞〉等，與不肖生《江湖奇俠傳》的「張汶祥刺馬」情節，以分項表格式的方法作比較。有時也參酌近人的研究成果，計有趙雅書《清末四大奇案》一書中的〈馬新貽被刺的來龍去脈〉一文、唐瑞裕的〈馬新貽遇刺案新探〉、以及劉耿生的〈清末四大奇案揭秘——張汶祥刺馬案〉等，並且以作者的姓名作爲下文比較時的標示。

1、人物名稱

也就是在各文中，所記載的主要人物姓名，大致上來說，除了《在野遺言》隱敝姓名外，大都是音同而字不同：

江湖奇俠傳	張汶祥	馬心儀
庸盦筆記	張汶祥	馬新貽
春冰室野乘	張汶祥	馬新貽
在野邇言	張生	某公
南園叢稿	張文祥	馬新貽
趙雅書	張汶祥	馬新貽
唐瑞裕	張汶詳	馬新貽
劉耿生	張汶祥	馬新貽

2、張汶祥的職業

江湖奇俠傳	鹽梟。
庸盦筆記	以押當貿利自給，並與諸海盜通。
春冰室野乘	先為太平軍李世賢的部下，後開小押當自給。
在野邇言	與彭姓同為某賊魁首。
南園叢稿	捻匪。
唐瑞裕	先是做木材生意，次為太平軍李世賢的部下，後開小本當鋪。
劉耿生	先是太平軍李世賢的部下，後為捻匪。

3、馬心儀被俘與馬、張等人結拜，投效馬心儀的情形

馬心儀兵敗被俘，以及馬、張等人結拜，投效馬心儀的說法，雖然皆是出自於站在馬心儀貪色負友立場者的說法，但是在述及結拜的過程卻有所不同。

	投效原因	何人提議拜把	結拜的順次
江湖奇俠傳	鄭時等人的意願	鄭　時	馬心儀為長，鄭時居次，張汶祥第三，施星標最小。
在野邇言	張生的自願	張　生	彭某為長，某公次之，張生最小。
南園叢稿	馬新貽的規勸	張文祥	馬新貽為長，曹二虎、石錦標次之，張汶祥最小。
劉耿生	馬新貽的規勸	馬新貽	馬新貽為長，張汶祥次之，石錦標第三，曹二虎居末。

4、張汶祥刺殺馬心儀的動機

最主要的說法就是上述的那三種，不過有的雖屬是同一說法，但是在內容上卻稍有不同。

江湖奇俠傳	玷污拜把弟鄭時等三人的妻子，並且設計殺害鄭時。
庸盦筆記	馬新貽斷絕其生路，又不受理其控告他人誘拐其妻及財產。
春冰室野乘	憤恨馬新貽將興兵反清，又馬新貽斷其生路。
在野遺言	占奪彭某的妻子，並且設計害死彭某。
南園叢稿	占奪曹二虎的妻子，並且設計害死曹二虎。
趙雅書	與幫會，政治鬥爭有關。
唐瑞裕	一是馬新貽不受理其控告他人誘拐其妻及財產；二是為海盜們報仇；三是馬新貽斷其生路。
劉耿生	同《南園叢稿》。

5、案審經過

江湖奇俠傳	一些有職責的官員與曾國藩負責此案審理時，皆問不出結果。而張汶祥聲明除非是鄭敦謹來審理此案，否則是不會說出刺馬心儀的動機。因此清廷才命鄭敦謹接手此案，張汶祥也依約而道出實情。
庸盦筆記	歷經魁玉、張之萬、鄭敦謹的審案才定讞。
春冰室野乘	先為某二官合審，但張汶祥言要請某位將軍來審，他才會吐露實情，結果這位將軍獨自審理，張汶祥才說出刺馬新貽的動機。
南園叢稿	張汶祥被擒後，布政司梅啓照，命發上元縣收禁。縣令張開祁，即會江寧縣蕭某同於上元縣署鞫之。文祥上堂，慷慨道前事，原原本本如數家珍。
唐瑞裕	先由魁玉審理；次由魁玉及張之萬合審；最後由曾國藩與鄭敦謹定讞，才將此案告一個段落。
劉耿生	江寧布政司梅啓照與提刑按察司先合審；次由魁玉，此時張汶祥已說出實情；後才由鄭敦謹總結此案。

6、結　果

除了《庸盦筆記》及趙雅書、唐瑞裕外，都是說審理此案的人偽造張汶祥的供詞，至於張汶祥的下場，則是：

江湖奇俠傳	未提及。
庸盦筆記	磔汶祥於金陵城北之小營，摘心致祭於馬公柩前。
春冰室野乘	磔於市。
在野遺言	張以法棄之市。
南園叢稿	將張文祥鉤肉碎割之，且剖心致祭馬新貽。
劉耿生	將張汶祥凌遲處死，挖出心肝祭馬新貽的亡靈。

7、聲稱有消息來源者

也就是有些論者，強調自己的說法是有依據的。

江湖奇俠傳	消息來源自鄭敦謹的女婿。
庸盦筆記	乃是言其在金陵時，曾留意訪察過此事。
春冰室野乘	消息來源自曾參與其事者。
南園叢稿	消息來源自曾參與其事者。

「張汶祥刺馬案」既然被歸為奇案，況且當時的說法又如此紛紜，所以於此不論張汶祥刺馬案的真相為何，只是藉此來瞭解不肖生的故事取材。雖然不肖生有意為歷史翻案，但是看來似乎是更加強該案的傳奇性，也與歷來強調刺馬案是因為馬心儀貪色負友的說法大同小異。雖然他將該案中的主要人物之一馬心儀的名字弄得與史實不同，不過這是有所用意的，也正如葉洪生於該書第一百零三回的眉批處所講的：

　　試拆「儀」字，乃知作者命名深意所在。〔註4〕

可見不肖生乃是藉此來諷刺馬心儀的輕蔑人義。

（四）桂武與楊繼新的情節

第九回起的桂武情節，與第四十九回起的楊繼新情節，徐文瀅的〈民國以來的章回小說〉一文談及這兩個故事情節，都是取自於清‧沈起鳳的《諧鐸》（見頁92。）。而張贛生更在〈平江不肖生（武俠小說）〉一文中，指明桂武故事出自《諧鐸》卷五第一則的〈惡錢〉；而楊繼新故事則是《諧鐸》卷五第二則的〈奇婚〉。〔註5〕然而筆者查尋結果，《諧鐸》只有四卷，而且也沒有張贛生所云的〈惡錢〉、〈奇婚〉，也許是所據版本不同。〔註6〕因此，只好轉引張贛生該文所載的〈惡錢〉一文，其敘述如下：

　　將及門，鐵拐一隻，當頭飛下。女極生平技倆，取雙錘急架，盧從
　　拐下衝出，奪門而奔。女長跪請罪。老嫗擲拐嘆曰：「女生外向，今

〔註4〕語見葉洪生所批校的《江湖奇俠傳》第五冊，引書頁1275。（臺北市，聯經出版事業公司，民國73年11月）

〔註5〕參見張贛生〈平江不肖生（武俠小說）〉一文，收錄於其著《民國通俗小說論稿》，頁120。（重慶，重慶出版社，1991年5月）

〔註6〕筆者所據《諧鐸》的版本，分別是新文豐出版公司，民國68年版，及老古文化事業公司，民國71年2月初版等。

信然矣！速隨郎去，勿作此惺惺假態也！」〔註7〕

此文中的女子與盧，到了不肖生的《江湖奇俠傳》中，便是甘聯珠與桂武。而甘聯珠所用的兵器已不是雙錘，而是雙刀。而且不肖生更加工之，《江湖奇俠傳》中的描述，並非僅此短短數言，而是更敘述甘、桂二人共闖了四個關口，後幸經金羅漢呂宣良的搭救才倖免於難。

至於〈奇婚〉一則，張贛生該文並未記載，只好暫時無法窺見楊繼新故事的原貌。

（五）楊宜男使用飛劍的方式

第三十六回中，楊宜男使用飛劍的方式完全取自唐・裴鉶《傳奇》一書中的〈聶隱娘〉。首先看〈聶隱娘〉的敘述：

尼曰：「吾爲汝開腦後，藏匕首而無所傷，用即抽之。」

然而不肖生的描述是：

宜男舉手一拍後腦，即見有一線白光，從後腦飛出來，繚繞空際，

如金蛇閃電一般；……宜男再一舉手，仍從後腦收斂得沒有蹤影了！

可見不肖生於此段情節，乃是搬移了〈聶隱娘〉的情節，添加幾筆而成。

二、《近代俠義英雄傳》

《近代俠義英雄傳》的人物情節題材，都是不肖生當時親身的所見所聞而來，所以就不像《江湖奇俠傳》來得廣雜而且零亂，因此也就不再多加論述，因爲如果深論下去，將會牽扯到文學與史學之間的一些問題，實超出筆者能力所能及的範圍。

〔註7〕 同註5，引書頁122。

第五章　有關儒、佛、道的思想傾向

　　儒、佛、道在中國古代被稱爲「三教」，而三教彼此間的關係，自漢魏晉南北朝以來，是互相排斥，但也互相吸收；到了隋、唐時代，三教鼎足而立；而至宋代，三教合流的思想大爲興盛。然中國廣博精深的文化，亦是由這儒、佛、道三家的思想文化所匯合建構而成，且三教的思想也深深地影響了中國的政治、經濟、文學、哲學、藝術、社會及每個中國人的思想行爲。不肖生的《江湖奇俠傳》與《近代俠義英雄傳》，亦是有這三教的思想傾向，以下便就於該二書中，較爲濃厚或較爲特殊關於儒、佛、道三家思想之處，分門述之，也順便簡明該種思想的內容，與三教異同融合之處。

第一節　儒家思想

一、孝道精神

　　孝道是我傳統文化中最重要的倫理道德，也是我中國文化與西方文化的不同點，亦是儒家學說重要的一環。《孝經・開宗明義章》云：「子曰：夫孝，德之本也，教之所由生也。」《孝經・三才章》云「夫孝，天之經也，地之義也，民之行也。」《論語・學而篇》亦云：「孝弟也者，其爲仁之本歟！」可見儒家將孝作爲實行仁道的開始，而仁在孔子學說中，又是一切道德的根本，眾德皆是由此而生。由此可推知，一切的倫理道德皆是由孝推衍出來。到了漢代，儒學獨尊的奠基人——董仲舒，其據舊有儒家的倫理道德思想，再從五行相生關係的角度上，來大力提倡孝道，認爲孝乃是「天之經、地之義」

的事情，其《春秋繁露・五行對》云：

> 春主生，夏主長，季夏主養，秋主收，冬主藏。藏，冬之所成也。
> 是故父之所生，其子長之；父之所長，其子養之；父之所養，其子
> 成之。諸父所爲，其子皆奉而續行之，不敢不致如父之意，盡爲人
> 之道也。故五行者，五行也。由此觀之，父授子受之，乃天之道也。
> 故曰夫孝者，天之經也。

由此可知，儒家學說是如何地重視孝道。

佛教在尚未傳入中國之時，其原始教義乃是以緣起、輪迴業報的觀點，認爲父母與子女的關係，只不過是寄往須臾，一個「緣」字而已，也許今生爲人子女者，說不定前生是父母。而且如要達至涅槃之境，則需將人世間的一切世俗關係看破，如此才能永遠免墮輪迴之苦。此種說法可見於《廣弘明集》卷十三〈辨正論〉所云：

> 識體輪迴，六趣無非父母；生死變易，三界孰辨怨親。

又見《中本起經》卷上云：

> 子非父母所致，皆是前世持戒完具，乃得作人。

因此佛教在傳入中國後，與當時以孝道爲主的儒家思想起了相當大的衝突，也爲受儒化甚深的中國人難以接受。當時的儒家們便常指責佛教是「脫略父母，遺蔑帝王，捐六親，捨禮義」、[註1]「父子之親隔，君臣之義乖，夫婦之和曠，友朋之信絕」，[註2] 甚至將佛教視爲「入國而破國，入家而破家，入身而破身」。[註3] 因此，佛教在受此強大的衝擊後，爲了適應當時中國的社會背景，故將原有有關孝道的佛經大量提示，並畢力顯揚之，以示佛教並非爲「無君無父」之道，如《盂蘭盆經》、《佛說孝子經》、《佛說睒子經》等便是。其中又以有「佛教孝經」之稱的《盂蘭盆經》爲代表，該經乃講述釋迦牟尼的弟子目蓮入地獄救母之事，到了唐代，宗密爲其所撰的經疏，更是強調釋迦牟尼和目蓮出家，都是爲了救濟父母。並於其《盂蘭盆經疏》之序云：

> 始於混沌，塞乎天地，通入神，貫貴賤，儒釋皆宗之，其爲孝道矣。

該經疏中亦云：

> 是佛弟子修孝順者，應念念中常憶父母供養乃至七世父母。年年七

〔註1〕語見《廣弘明集》卷七。
〔註2〕語見《廣弘明集》卷十五。
〔註3〕語見《弘明集》卷八。

> 月十五日，常以孝慈憶所生父母乃至七世父母，爲作盂蘭盆，施佛
> 及僧，以報父母長養慈愛之恩。

這就是民間所盛行盂蘭盆會——中元節的由來。

除了利用原有的經說來強調孝道外，當時的佛教僧徒也編造了一些專門講孝的佛經，也就是所謂的「僞經」，影響較深的有《父母恩重經》、《梵網經》等。除此之外，中國歷代的佛教僧徒還撰寫了大量闡述佛教道德觀與儒家孝道一致性的論著，如三國時的康僧會於其編譯的《六度集經·布施度無極章》中，便強調孝親在於布施之上，極力調和孝道與佛教的教義。其云：

> 布施一切聖賢，不如孝事其親。〔註4〕

東晉時孫綽的《喻道論》中，更宣揚佛教僧侶出家修行，乃是更高的孝行，其云：

> 父隆則子貴，子貴則父尊。故孝之貴，貴能立身行道，永光厥親。
> 〔註5〕

而明代佛教大師之一的智旭於其《孝聞說》云：

> 世出世法，皆以孝順爲宗。〔註6〕

又《題至孝回春傳》云：

> 儒以孝爲百行之本，佛以孝爲至道之宗。〔註7〕

再再強調佛、儒道德的一致性。而佛教關於孝道闡述最系統、最全面的論著——契嵩的《孝論》，更是會通了佛教與儒家的孝論，進而宣揚「戒孝合一」說，並且認爲佛教的孝高於儒家的孝，其於《孝論·敘》便云：

> 夫孝，諸教皆尊之，而佛教殊尊也。〔註8〕

由以上敘述，瞭解佛教亦是大力宣揚孝道，另一方面也知佛教之所以提倡孝道，實乃受儒家學說的影響。

然至於中國土生土長的宗教——道教，亦是不遺餘力地宣揚孝道。如葛洪在其《抱朴子》中，便將孝列爲成仙的要件，見其《抱朴子內篇·對俗》云：

> 欲求仙者，要當以忠、孝、和、順、仁、信爲本。若德行不修，而

〔註4〕語見《大正藏》第一卷。
〔註5〕語見《弘明集》卷三。
〔註6〕語見《靈峰宗論》卷四之二。
〔註7〕語見《靈峰宗論》卷七之一。
〔註8〕語見《鐔津文集》卷三〈輔教編下〉。

但務方術，皆不得長生也。

而道教最早的經典《太平經》卷一百一十亦云：

天下之事，孝忠誠信爲大，故勿得自放恣。

又《正一法文天師教戒科經》云：

諸欲修道者，務必臣忠、子孝、夫信、婦貞、兄敬、弟順。

然在《太上戒經》中，更是將孝列爲十戒之一。宋、元以後的淨明道派更強調忠孝的履踐爲成仙得道之本，宣揚「忠孝神仙」。道教成教的年代較晚，而其將孝道列爲教義，亦是受到儒家甚深的影響。

孝道就在這儒、佛、道三教的大力提倡下，成爲了中華傳統文化中的重要成分。

今觀不肖生的《江湖奇俠傳》與《近代俠義英雄傳》二書，其對孝道精神亦是無時無刻的強調，實乃爲武俠小說之林中的典範。而最足代表的警世名言，便是第三回〈紅東瓜教孝發莊言，金羅漢養鷹充衛士〉中歐陽淨明教訓柳遲之言，亦足代表不肖生對於孝道的重視，該話敘述如下：

歐陽淨明正色答道：「祇聽說學道的人，有拋妻撇子的，不曾聽說有拋父撇母的。父母都可以拋撇，這道便學成了，又有何用處？並且世間決也沒有教不孝的道術！……」

且其亦有爲佛道被斥爲「六親不認」之教作過辯解，見《近代俠義英雄傳》第六十二回的敘述：

陳樂天正色說道：「修道雖有派別不同，然無論是什麼派別，決沒有不認六親眷屬的道理。不說修道，就是出家做和尚，也沒有教人不認六親眷屬的；不但沒有不認六親眷屬的話，辟支佛度人，並且是專度六親眷屬。不主張學佛學道的人，有意捏造這些話出來，以毀謗佛與道，說佛教是無君無父的教。其實佛家最重的是忠是孝，教忠教孝之文，佛經裡面也不知有多少。……」

此言與前述歐陽淨明之語，實有異曲同工之妙。

不肖生於該二書中，也非常強調《孟子·離婁章句上》之言：「不孝有三，無後爲大」的古訓。如《江湖奇俠傳》第五十五回中，柳遲遲遲不願娶妻，柳遲母便以此話訓誡之。又同該書第一百零九回中，余八叔爲此語而回故居，爭回舊日應得的產業，以侍奉該房香火。又如《近代俠義英雄傳》第四十九回中，陳志遠安排其姪兒成家後，才入山求道。又同該書第六十六回中，王

潤章對其妻妾云:「我對家庭最重的責任,便是生兒子接續煙祀。」等。除此之外,不肖生更於《江湖奇俠傳》第七十六回〈坐渡船妖僧治惡病,下毒藥逆子受天刑〉中,敘述了為人不孝的下場,該回人物張姓木匠,買了砒霜拌入飯中,欲毒死其母,幸一妖僧以皮袍易之,才倖免於難,張姓木匠回來後大失所望,然其因從未穿過皮袍而試穿之,卻變成一人頭有角的黃牛,終無法恢復回人形。以下便將《江湖奇俠傳》與《近代俠義英雄傳》二書中,所描寫人物的孝行事蹟情節分述之,首先就《江湖奇俠傳》而言:

（一）《孝經・開宗明義章》云:「身體髮膚,受之父母,不敢毀傷,孝之始也。」書中第十三回的向樂山本為練拳術之便,卻割了他的辮子,因有此戒言而打消念頭。

（二）第六回中,義拾兒（楊天池）得知其生父生母尚在人世及失敗之因,流淚說道:「……可憐我父母,當我那落水的時候,不知道哀痛到了甚麼地步?我怎的出世才週歲,就有這麼不孝?……」並且立下志願,非找到其親生父母不可。其後的某一日,楊天池正巧回到其養父母居住之地,也湊巧碰上瀏陽二縣在爭水路碼頭,其心中亦言:「義父母養育我的恩典,豈可就是這麼忘恩不報!」因此也牽動了崑崙、崆峒兩派介入了瀏陽二縣的爭鬥中。

（三）第三十回中,歐陽后成常為母仇未報而夜哭。

（四）第二十六回的唐采九、第四十一回的朱鎮岳對於突然而至的私定婚事,皆認為婚姻大事,需先稟明父母,再行定奪。

（五）第四十二回中,劉晉卿為母病求藥。

（六）第一百零六回,柳遲救了卜巡撫,以父母仍在堂,需在家侍奉,而推辭卜巡撫的提拔。而此種行為,也正是《論語・里仁》中所言的「父母在,不遠遊,遊必有方」。

再就《近代俠義英雄傳》言:

（一）第九回至第十一回中,趙玉堂在被其師慈雲和尚強制收徒時,一直直嚷要回家,其云:「我怎麼不要回家去,可憐我母親只怕兩眼都望穿了呢?」其後,趙玉堂事母至孝的性格,也常被他人利用,如其叔趙仲和向趙玉堂的母親投訴,云其在外胡作非為,好保己之鏢銀安全。又如哈爾濱的俄國警察接受隱者獻計,將趙玉堂的母親請到警局,而使趙玉堂就範。

（二）第四十二回至第四十三回的郭成，書中言其雖非純孝之人，然事母從不忤逆，其母責罵他，只是低頭順受。後其母因官府欲郭成出來破案，而被拘至官府，郭成苦於無法破案而云：「七十多歲的老娘，陷在監牢裡受罪，我便是個禽獸，也不能望著老娘受罪，自己倒和沒事人一樣。」

（三）第五十回至第五十一回中，胡九因受他人嫁罪之累，然其事母極孝，為恐使其母受驚，因而獨至居住他處。後幸遇彭紀洲而得以清白，彭紀洲欲收為己用，其以需侍奉老母為由推卻，後經其母訓誨才首肯。不久，彭紀洲要進京引見，欲帶胡九前往，胡九又以前由謝絕而成。

（四）第六十七回中，柳惕安因母親心中難過，變把戲欲讓她歡喜。後遇其單師伯，欲帶他去學道，其以父母尚在而做罷。這亦是「父母在，不遠遊。」的道理。

（五）第六十九回至第七十回中，胡直哉深怕其父為以前仇人所報復，不辭艱辛尋人幫忙。

而《近代俠義英雄傳》中談孝與《江湖奇俠傳》最大的不同，便是畜牲也懂得孝道，就是第二十回中的千里馬——烏雲蓋雪，不肖生對於牠的孝道敘述如下：

> 平日那匹老牝馬，和旁的騍馬，關在一塊兒的時候。老牝馬太弱，常搶不著食料，甚至被旁的騍馬，咬踢得不敢靠近食槽。自從小馬出世，每逢下料的時候，小馬總是一頓蹄子，將旁的騍馬踢開，讓老牝馬獨吃。

除了上面所述的孝行外，該二書中也常藉書中人物來稱某人是孝子。然平江不肖生為何會如此的於書中強調孝道？據施濟群在《江湖奇俠傳》第六回的評論，與陸澹庵於《近代俠義英雄傳》第九回的書評，可知乃是受當時新文化、新人物，所提倡「非孝」學說影響。不肖生的《江湖奇俠傳》與《近代俠義英雄傳》的出版年代，皆是起於民國 12 年（1923）；而所謂的新文化、新人物，便是著名的「五四運動」，其乃成於民國 8 年（1919）。而「五四運動」的新文化運動者，皆是以批評中國的舊文化、舊思想、舊道德為志，尤以批評儒學為盛，孝道亦是反對的對象之一。然新文化運動者之所以要批判儒學，實亦受到袁世凱稱帝與張勳復辟時，皆利用儒學，來作為其稱帝，恢復舊時封建社會有力證據的影響。然於所謂的新人物中，最反對孝道者便是吳虞，其於《說孝》一文便云：

他們教孝，所以教忠，也就是教一般人恭恭順順地聽他們一干在上
的人愚弄，不要犯上作亂，把中國弄成一個「製造順民的大工
廠」。……夫孝之義不立，則忠不說無所附，家庭之專制既解，君主
之壓力亦散，如造穹窿然，去其主石，則主體墮地。〔註9〕

由此文可知，其實新人物所反對的真正對象是忠，然於儒家學說中，忠是由
孝擴充出來，進而新人物們認為只要孝不成立，忠也會跟著垮掉，因此也對
「孝」提出攻詰。除上文之外，民初文壇的大家魯迅亦於其小說《狂人日記》，
更是藉由狂人之口深刻地批判封建禮教對中國的危害，如割股療親為至孝的
事實。正是當時有此「打倒孔家店」社會風潮；再加之不肖生於留學日本時，
曾有祖父身殁，卻無法回國奔喪的經歷，才致使不肖生於其《江湖奇俠傳》
與《近代俠義英雄傳》二書中，極力地宣揚孝道。綜觀上述該二書中的孝道
思想處，可歸結不肖生認為，身為人若不能奉行孝道，是簡直連禽獸、畜牲
也都不如的，而且這世上也絕沒有教人不孝的道術，這也是不肖生對當時持
「非孝」思想者的極力痛斥。

二、天命思想

　　天命思想在我國古代便是一個非常重要的思想，亦是我文化的精髓所
在，至今仍影響到中國人的思想行為。而中國歷代的思想家，對天命的論述
亦眾多不一，有分對「天」、「命」，或「天命」二字合起來作論述。且歷來的
學者們，對於往哲聖賢們有關天命思想的言論註解，亦是各有各的見解。所
以於此處，只作有關概要性的敘述。

　　「天」、「天命」在古代先民的觀念裡，大多指有意志的天，認為「天」
是宇宙萬物的主宰者，它有其人格化的意志和賞善罰惡的權能，也就是勞思
光所謂的「人格天」。而勞思光於其《新編中國哲學史》亦云：

「人格天」之起源，雖無法考定其時代；但無疑是早期便有之信仰。
此種「帝」或「天」之觀念，雖與希伯來教義之「神」相似，然其
性質有一主要不同處；此即：希伯來教義中之神，既是創世者，亦
是主宰者；中國古代思想中無創世觀念，故「帝」或「天」只是主
宰者，而並非創世者。……就中國古代觀念而論，言「天」言「帝」，

〔註9〕語見《吳虞集》，頁173。（成都，四川人民出版社，1985年）

固皆表示對「人格天」之信仰。但中國人似只以人力所不能決定之問題，歸於天意。因此，古代中國思想中，「人格天」並非事事干預之主宰，而只在某些人力所不能控制之問題，表現其主宰力。〔註10〕

然於中國古代先民最感到人力所不能控制的問題，那便是政權的興廢，因此先民們便將其歸爲是上天的旨意。此點可由《尚書》與《詩經》中的部份記載看出，如《尚書·甘誓》載夏王討伐有扈氏時曰：「天用勦絕其命，今予惟恭行天之罰。」《尚書·湯誓》載商湯伐夏桀時曰：「有夏多罪，天命殛之。」《尚書·泰誓》載武王伐紂時亦云：「商罪貫盈，天命誅之，予弗順天，厥罪惟鈞。」《詩經·商頌·玄鳥》云：「天命玄鳥，降而生商。」《詩經·大雅·大明》云：「有命自天，命此文王，于周于京……篤生武王，保右命爾，燮伐大商。」等，皆是言「天」是決定政權興廢的主宰。

到了周代，據《禮記·表記》言「周人尊禮、尚施，事鬼神而遠之，近人而忠焉。」而此時先民們對天的態度，亦是如同對鬼神一樣，採取「敬而遠之」，此點可見於《詩經·大雅·板》云：「敬天之怒，無敢戲豫，敬天之渝，無敢馳驅。」又如在《尚書·大誥》中一直強調著「天命不易」、「天惟喪殷」、「天亦惟休于前寧人」、「天命不僭」。強調敬天，乃成爲周代先民思想的一大特色。

由於周人的天下是取代殷商而起，而商人也常自言其天下，乃是上天所給予，可見前引之《尚書·湯誓》與《詩經·商頌·玄鳥》所云，因此便產生周人「天命靡常」的觀念，如《尚書·大誥》言「天命不僭」，《尚書·君奭》言「周公若曰：『……殷既墜厥命，我有周既受。我不敢知曰厥基永孚于休；若天棐忱，我亦不敢曰知，其終出于不祥。……』又曰：『天不可信，……』」《詩經·大雅·文王》所言「帝命不時……天命靡常」，《詩經·大雅·蕩》「天生蒸民，其命匪諶」。何謂「天命靡常」呢？據唐君毅《中國哲學原論導論篇》云：

> 此所謂天命靡常，即謂天未嘗預定孰永居王位，而可時降新命，以命人爲王。〔註11〕

〔註10〕語見勞思光《新編中國哲學史》第一冊，引書頁92～93。（臺北市，三民書局股份有限公司，民國76年10月）

〔註11〕語見唐君毅《中國哲學原論導論篇》一書，引書頁524。（臺北市，臺灣學生書局，民國75年9月）

其於後文中，也對此種觀念對後世有何影響，作了敘述：

> 使中國古代之天或上帝，成爲非私眷愛於一民族之一君或一人者，
> 而天或上帝乃爲無所不在之天或上帝。此爲後代儒道思想，皆重天
> 地之無私載私覆，帝無常處之思想之所本。〔註12〕

也正因有此「天命靡常」的觀念，漸而形成天之降命是取決於人的道德，也
惟有加緊敬謹德行，如此才能夠永保天命的思想，如《尚書·召誥》所言「有
夏服天命，惟有歷年。我不敢知曰不其延。惟不敬厥德，乃早墜厥命。……
有殷受天命，惟有歷年。我不敢知曰不其延。惟不敬厥德，乃早墜厥命。……
今天其命哲，命吉凶，命歷年。……祈天永命」。由此引，也瞭解到天除了命
吉凶，命歷年外，還能命我以明哲，而我則當以盡明哲，也就是敬德。如此
才能永配天命；否則天命將隨之撤消。又《詩經·小雅·小宛》云：「各敬爾
儀，天命不又……夙興夜寐，無忝爾所生。」亦是說明惟有敬謹修身才可以
不愧於天，才可挽回天意。這便是天命下貫而爲性的思想，也由此可知，此
思想於孔子之前便已有此趨勢，又如《詩經·大雅·烝民》所載「天生烝民，
有物有則。民之秉彝，好是懿德。」《詩經·周頌·維天之命》云：「維天之
命，於穆不已。於乎不顯！文王之德之純。」亦是。由此更瞭解到，周人對
「天」的觀念，已漸漸把「人格天」轉化而爲「形而上的實體」，也開啓了性
命天道相貫通的大門。

　　然「命」在中國古代的觀念又是爲何呢？據勞思光《新編中國哲學史》云：

> 「命」觀念在古代中國思想中，有兩種意義。一指出令，一指限定。
> 前者可稱爲「命令義」後者可稱爲「命定義」。〔註13〕

又據蔡仁厚《孔孟荀哲學》云：

> 「命」有二義。從天之所命、性之所命而言，謂之「天命」「性命」。
> 這一面的命，是「命令義」的命。如詩經「維天之命，於穆不已。」，
> 中庸「天命之謂性」，皆是命令義之命。後儒所謂「天命流行之體」，
> 流行二字便是根據命令作用而說。另一方面，是「命運、命遇、命
> 限」之命，這是「命定義」的命。所謂「命定」，是表示一種客觀的
> 限定或限制。〔註14〕

〔註12〕同註11，引書頁 527。
〔註13〕同註10，引書頁 97。
〔註14〕語見蔡仁厚《孔孟荀哲學》一書，引書頁 123。（臺北市，臺灣學生書局，民

由此可知，古人對「命」的觀念，可分爲「命令義」之命與「命定義」之命，然於《尚書》、《詩經》雅頌中所出現的「命」，皆是指「命令義」的命。而這種「命令義」的命，在古代的典籍中，也大半與意志的天觀念相連。至於「命定義」的命，其較「命令義」的命的觀念晚出，在《左傳》及《國語》中可常常見到，不過在《詩經》國風中，此種「命定義」的命便已有少許的記載，如召南的〈小星〉言「肅肅宵征，夙夜在公：寔命不同！……肅肅宵征，抱衾與裯；寔命不猶。」也由此可知，先民對「命」的觀念，也漸從「命令義」轉爲「命定義」。

天命思想到了先秦百家爭鳴的文化時期，儒家中的至聖——孔子，其對天的論述，有類似「人格天」的天與形上實體的天，今茲舉數例類似「人格天」的天，如《論語》：

> 子曰：「莫我知也夫！」子貢曰：「何爲其莫知子也？」子曰：「不怨天，不尤人。下學而上達，知我者其天乎！」（〈憲問〉）

> 子曰：「天生德于予，桓魋其如予何？」（〈述而〉）

> 顏淵死，子曰：「噫！天喪予，天喪予！」（〈先進〉）

爲何要稱爲類似「人格天」的天呢？因孔子仍受到周人敬天思想的影響，所以其對天的態度，乃是「存而不論」、「敬而遠之」，不是一味的深信；且其更援天以入人事，發展其「天人合德」的修德精神，由己來證知天命，但是「天」仍然保持它的超越性，高高在上而爲人所敬畏。所以在孔子思想的「天」，在客觀上已不是有人格意志的天，因此只能稱爲是類似「人格天」的天。至於孔子有關形上實體天的論述，乃見於《論語·陽貨》，其敘述如下：「子曰：『予欲無言。』子貢曰：『子如不，言則小子何述焉？』子曰：『天何言哉？四時行焉，百物生焉，天何言哉？』」此所謂形上實體的天，亦有稱爲是自然的天，也可由此看出儒家對天的了解，已漸漸走上形上實體這一路，也就是「人法天」——效法「天行健」的精神，亦是「天命下貫而爲性」的思想。

至於孔子對「命」的看法，已大體都屬於「命定義」的命，如《論語》：

> 伯牛有疾，子問之，自牖執其手，曰：「亡之，命已夫！斯人也，而有斯疾也；斯人也，而有斯疾也！」（〈雍也〉）

> 子曰：「不知命，無以爲君子也。……」（〈堯曰〉）

國 77 年 2 月）

……子曰：「道之將行也與，命也；道之將廢也與，命也。……」（〈憲
問〉）〔註15〕

於《論語》中，另有一非孔子所言「命定義」的命，見於〈顏淵〉篇：

司馬牛憂曰：「人皆有兄弟，我獨亡。」子夏曰：「商聞之矣：死生
有命，富貴在天。……」

而「死生有命，富貴在天」一句，亦是經常被後人引用。然孔子對「命」不
只是存著「命定義」或「命令義」的命，其更於「命」中顯「義」，發展其「義
命」學說，「義」對「命定義」的命，乃求盡義以知命，這便是「義命分立」；
而對「命令義」的命而言，乃求盡性以至命，這便是「義命合一」。而孔子之
後的儒家，皆是由盡義以知命著手，而達「義命合一」。雖然「命定義」之命
的觀念，早在孔子前便已出現，然孔子將此觀念化為修身的要件，實為古人
對「命」的一大轉化。然孔子及後儒對「命」的態度又是如何？此點可從蔡
仁厚《孔孟荀哲學》所載得知，其云：

對於「命令義」的命，必須敬畏、服從、踐行。因為無論天之所命
或性之所命，都是善的命令——道德的命令。儒家講道德實踐，都
是和這一面相關聯的。對於「命定義」的命，則應知之、受之、安
之。因為知道了這個客觀的限制，才能夠安然受之，而不存非分之
想，不作非分之求；亦才能夠「不怨天、不尤人」，而回過頭來「反
求諸己」以克盡自己的性分。〔註16〕

然「天」與「命」二字合用，於《論語》中可見者有：

子曰：「吾十有五而志於學，三十而立，四十而不惑，五十而知天命，
六十而耳順，七十而隨心所欲不逾矩。」（〈為政〉）

子曰：「君子有三畏：畏天命，畏君子，畏聖人之言。小人不知天命
而不畏也，狎大人，侮聖人之言。」（〈季氏〉）

後之學者對此二處所載「天命」一詞的解釋，亦是各有各的看法，或是存而
不論，而筆者認為此二處所載的「天命」，應如同前文所言孔子的「天」意義
一樣，只是類似於「人格天」。因從二文所云仍可看出，孔子對天「敬而遠之」
的態度，及由己修德以達「天人合德」的精神，而無強調「天」對人的主宰
性。而在孔子之後的儒家們亦是將「天」作為至上神的形象，但其探討的中

〔註15〕此處的「命」，亦可解作是「命令義」之命。
〔註16〕同註14，引書頁123～124。

心也皆未落在「天」的本身問題上，而是落在「天道性命相貫通」的問題上，進而強調「天人合一」的思想。

天命思想是中國哲學史上的一個重要課題，非此短短數言便能交待清楚，而本文所述之天命思想的範圍，目的乃在於明瞭天命思想的原義，以至到儒家思想中的轉變，以便於瞭解不肖生的天命思想。若將天命思想此課題深論之，實以超出本論文所述範圍。

由以上所述可知，「天」在先秦思想家的眼裡，已漸漸轉化爲自然的客觀實體。但是就從古至今大多數的中國人而言，「天」仍是一個有情感、有意志，有行爲能力的命定主宰。

至於道教，雖然其受到儒家的影響，而有所謂的「天人並尊」、「天人感應」、「天人合發」等說，但因其本身就屬於宗教的範疇，所以道教的「天」亦是有意志的天，可掌一切賞罰，只有一點是天無法主宰的，那便是人的壽命長短。因道教所講求的是長生不老，人可成仙，這就是道教所謂的「我命在我不在天」的思想。〔註17〕

然而在佛教的思想裡，由其業報因果的觀點，乃是認爲眾生今世的一切際遇，皆是前世所造的業所成的果報，這點應可算是佛教對「命定義」之命的看法，這也是唐君毅所稱的佛教「以業識言命根」的說法。〔註 18〕又佛教認爲世界上的一切現象，皆由「緣起」，所以在佛教的教義中是沒有所謂的主宰者，也就是沒有所謂的「天」。

不肖生的天命思想，據范伯群〈從不肖生的黑幕與武俠代表作談起〉一文云：

> 而在《江湖奇俠傳》中，不肖生的「天命論」是自成體系的。他從
> 「命運」、「緣法」、「來歷」、「因果」等說教出發，最後用「天命」
> 來總領一切。〔註19〕

此文中所說的「來歷」，就是該書中在追溯人物的「來歷」時，經常由某位有神力的仙家，來看出此人具有夙慧或夙根。而筆者認爲此方面，應可分歸於「命運」及「因果」等兩方面，所以不肖生的「天命論」，實可由「命運」、「緣

〔註17〕此語語出《西昇經》。

〔註18〕同註11，參見該書頁598～602。

〔註19〕語見范伯群〈從不肖生的黑幕與武俠代表作談起〉一文，該文收錄於其著《禮拜六的蝴蝶夢》一書中，引該書頁195。（北京，人民文學出版社，1989年6月）

法」、「因果」三方面分述之。至於范伯群〈從不肖生的黑幕與武俠代表作談起〉，未提到的《近代俠義英雄傳》亦是如此，不過只是「天命論」成份已漸趨少。以下便針對二書中有關「天命」及「命運」的記載分述之，至於有關「緣法」與「因果」的方面，乃於探討不肖生有何佛教思想時再敘述之。

　　1、「天」、「天命」

　　《江湖奇俠傳》與《近代俠義英雄傳》二書中，所呈現出不肖生對「天」的觀念，是屬有意志的天，也就是「人格天」，也因此「天」具有降罰的功能，如在「孝道精神」小節中，所敘述《江湖奇俠傳》第七十六回的不孝子張木匠，其對於自身變成非人非牛的下場云：

　　　　這是上天降罰，將借我這個忤逆子，以警戒世間之為人子不孝的！

又如該書第六十三回中，藍辛石殺死老虎已經九十九隻，而向來獵虎者至多殺虎不能滿百，所以當眾紳求他除去三條腿的弔睛白虎時，其云：「勉強為之，必有天殃！」其後果真殺了那孽畜，但也失去了其手臂。又如該書第四十八回中，清虛道人解釋其師黃葉道人無法反清復明之因，乃是天命難違。再如該書第一百零四回中，孫耀庭雖有預知的道行，但也不能洩漏天機，因恐遭天譴。不肖生也於該二書中，強調著「逆天而動，必有災殃」及「天數難逃」的思想。由以上種種跡象顯示，不肖生對「天」的看法，實非孔子「敬而遠之」、「存而不論」的態度，也不是先秦思想家眼裡客觀自然的「天」，而是存於大多數中國人所認為的天命觀念，也就是「天」具有主宰一切的能力，也就是接近於道教所認為的「天」（除主宰壽命外）。關於此點，可見於《江湖奇俠傳》第四十七回，清虛道人對朱復之言，其云：

　　　　一啄一飲，莫非前定！豈必大事才是天數，小事便不是天數嗎？

雖然此語涉及了「因果」思想，但其仍顯現不肖生的「天」，是具有主宰任何事物的能力，因此於《江湖奇俠傳》及《近代俠義英雄傳》二書中，諸位人物行事無不「委之天數」、「聽之天命」、「聽天由命」，要不然就是「盡人事以聽天命」。如《江湖奇俠傳》：

（一）第十回中，桂武欲脫離甘家，其妻甘聯珠安慰桂武時，便是道：「走得脫，走不脫，祇好聽之天命」。

（二）第四十七回中，黃葉道人對朱復言：「你自己的冤孽、你父親未了的志願，祇能委之天數」。

（三）第五十五回中，不肖生敘述湖南的風俗時，是作這般的敘述：「每有為

父母的，因爲來替兒子作媒的人太多了，難得應酬招待，就模模糊糊的替兒子定下來；好歹聽之天命，祇圖可以避免麻煩。」

（四）第五十六回中，不肖生敘述柳遲誤入獵人所設的陷井，亦是道：「祇好聽天由命的躺著，靜待有路過此地的人來解救！」

（五）第八十三回中，楊從化勸張汶祥改邪歸正，而張汶祥由於無法撇下曾於綠林中同甘共苦的兄弟，所以云：「暫時惟有盡人事以聽天命。」

（六）第一百零四回中，孫癩子云：「我們修道的人做事，也祇能盡人事以聽天命。」

（七）第一百零五回中，張汶祥求神問卜，欲求知刺殺馬心儀的時機，結果與己所定的日期不同，其心中便想：「我忍氣吞聲的等到了今日，也祇好聽天由命了。顧不得城隍爺賜的卦象，二十日便是報不了，也得下手！」

再如《近代俠義英雄傳》：

（一）第十七回中，霍元甲爲救教民，而與義和團對抗，但雙方實力懸殊，霍元甲只好云：「盡人力以聽天命。」

（二）第十九回中，霍元甲對於與義和團之戰是否會成功時，亦道：「至於成敗利鈍，只好聽之於天。」

（三）第四十四回中，郭成對於己身處險境，「只好聽天由命」。

此例於《江湖奇俠傳》中，不勝枚舉；於《近代俠義英雄傳》中，其成份便比較稀少了。而該二書中的人物若成某事，有時也稱是「僥天之幸」、「叨天之幸」、「如天之福」，〔註20〕而非歸於自己的努力所得來。

　　至於該二書中，另有一牽涉到「天」的主宰功能問題，也就是不肖生在描寫到壞人的下場時，常會用到「惡貫滿盈」、「鬼使神差」二詞來描述，如《江湖奇俠傳》：

（一）第三十四回中，歐陽后成見殺母仇人潘道興不明原因的死亡後，云：「可見得你已惡貫滿盈，我便不來報仇，你也免不了這般結果！」

（二）第四十回中，眾衙役欲捉徐疙瘩，但撲空，一衙役云：「若是徐疙瘩的

〔註20〕此例可見於《江湖奇俠傳》第四十一回，田廣勝言其兒田義周未能傷到朱鎮岳，實屬「僥天之幸」。再如該書第七十八回，柳遲對趙振武言，若能「叨天之幸」，其與陸小青便能將卜巡撫救出。又如《近代俠義英雄傳》第五十五回，程友銘言其如能治好傷者，實是「如天之福」等。

惡貫滿盈，合該死在這裡，我們就拿個正著。」

（三）第七十一回中，呂宣良轉託藍辛石告知其師，他對他徒弟劉鴻采爲惡做亂的行爲，將有所處置，其云：「至於我那個不守戒律的徒弟；祇等到他自己的惡貫滿盈，我自會去收拾他，決不姑息！」

（四）第七十八回中，柳遲言紅蓮寺惡行洩漏之因，乃爲「這也是眾賊禿的惡貫滿盈，該當破露，才鬼使神差的教陸小青兄來這寺裡借宿！」

（五）第一百零六回中，不肖生談到知圓和尚的形跡敗露的原因，其敘述如下：「若不是他惡貫滿盈，鬼使神差的把卜巡撫弄到寺裡來，或者再過若干年還不至於破案！」

又如《近代俠義英雄傳》第五十回中，吳寮一談到胡九要自動投案時，亦云：「這也是他惡貫滿盈，才鬼使神差的，居然答應親自到衙門裡來。」此例亦是不勝枚舉。由以上所述可知，不肖生認爲爲非作歹的人要會有報應，是要等到其「惡貫滿盈」的時候，但是這「惡貫滿盈」要如何界定呢？又是爲何人來界定？不肖生卻未曾於書中明示過，但是從其對「天」的觀念來看，應可推知，仍是由那主宰一切的天來決定。正由於不肖生認爲「天」能主宰一切，所以於其手中描寫的人物，也似乎成爲「天」的附庸，也似乎否定了做人的價值。幸好此種觀念，於《近代俠義英雄傳》中已少見。

2、命　運

不肖生所談的命運，乃是指「命定義」的命，何謂「命定義」的命呢？除前文已敘述過外，今再據蔡仁厚《孔孟荀哲學》所言，再明之，其云：

> 人，本來就不是一個無限體，而是一個有限的生命。……如像生死、壽夭、吉凶、禍福、富貴、際遇……等等，都不能操之在我。到了某一關節，人便感到無能無力。積極地求，求之不可必得；消極地避，又無所逃於天地之間。人到此時，便會感到一個「客觀的限制」──這是人的「德、智、能、力」進入不到的界域。無可奈何，於是歸之於命。這就是「命定義」的命。〔註21〕

不肖生所描寫書中人物的「命運」，也正是此文中所舉證的例子。而於該二書中所呈現出此方面的最大特色，就是無論是英雄俠客、販夫走卒，人人大都是十足的「認命者」。這也代表了不肖生對「命定義」的命的態度，是受儒家

〔註21〕同註14，引書頁125。

的影響，也就是安之，受之。且不肖生在敘述書中人物的命運或書中人物自言己之命運時，常會用到「合該……」、「合當……」或「合裡……」、「命該……」等詞句。以下便茲舉數例，以明瞭上述所云，不肖生對「命定義」的命的態度，以及其用詞的習慣。如《江湖奇俠傳》：

（一）第三回中，柳遲的父母因柳遲不告離家，不知其生死如何？而去求神告知，回途二人邊哭邊走遇歐陽淨明，歐陽淨明見而問柳遲的父母，因何事而哭泣，柳遲的父親回答的話中，便有：「我兒子死了，祇怪我夫婦命該乏嗣！」

（二）第十二回中，不肖生敘述向曾賢、向樂山兄弟欲打知府，替四縣的童生出氣的描寫：「這日也可說是合當有事！曾賢、樂山沒等到一刻工夫，那個倒霉的知府，果然乘著藍呢大轎，鳴鑼喝道的出來了。」

（三）第三十四回中，歐陽后成遇見一道人，而此道人居然知其最近的行事，歐陽后成心中便思量道：「今日又遇見了這道人，必是我命裡應該學道。」

（四）第三十五回中，楊建章因避虎而摔落石岩，幸一道人救之，道人看其傷勢云：「居士合該成個廢疾的人！」

（五）第四十七回中，不肖生敘述到楊祖植夫婦：「誰知楊祖植夫婦，都是三十年前享爺福、三十年後享兒福的命！楊繼新一離家，家中就接連不斷的飛來橫禍，二三年之間，就把家業敗盡了！」

（六）第六十五回中，盧敦甫因其子盧瑞被白衣人帶走，命令胡大個子去追，胡大個子亦云：「追得回來更好，萬一追不回，也是你兒命該如此，不與我相干！」

（七）第六十六回中，孫開華兄弟草葬其母親，卻是陰錯陽差地葬在福地，且葬法得當，其後孫開華兄弟果真發達起來。

（八）第九十八回中，無垢和向道王大門神殺死趙如海之子的事，亦云：「也是趙如海的兒子合當命盡。」

再如《近代俠義英雄傳》：

（一）第十六回中，農勁蓀聽霍元甲講解星科的生平大事後，道：「聖人所謂生死有命，富貴在天，解星科若不是天生成沒有富貴的分兒，怎的會有那種沒有理由的大缺憾呢？」

（二）第三十四回的敘述：「在陳廣泰的意思，原沒打算殺齊保正兩個姨太太

的，奈兩個姨太太，命裡該和齊保正、周金玉死在一塊。當時見陳廣泰殺倒了二人，都嚇得大聲喊強盜殺死人了！陳廣泰被喊得氣往上沖，不暇思索，也就一個給了一刀。」

（三）第四十八回中，吳振楚對於自己的銀兩被偷，嘆聲道：「這銀兩合該不是我命裡應享受的。」

（四）第七十回中，不月生敘述到胡直哉之所以能學道，也是用：「也是他合當要走上這條道路。」

此種例子於該二書中，實在太多了。由於在《江湖奇俠傳》出現的機率比《近代俠義英雄傳》多，也因此於《江湖奇俠傳》所舉證的例子較多。

最後再舉例不肖生談及業報因果所產生的命的看法，如《江湖奇俠傳》：

（一）第二十二回，萬清和云：「數皆前定，豈是一人之力所能挽救？」

（二）第三十一回，慶瑞嘆道：「凡事皆由前定，非人力所能勉強！」

（三）第三十二回，方振藻云：「數由前定，誰也不知道為著怎的！」

（四）第三十五回，書中人物楊建章學富五車，然每到考試之日皆發生事故，以致名落孫山。不肖生對此情形的描述亦歸結為「人生一啄一飲，皆由前定！」、「富貴在天」。

又如《近代俠義英雄傳》第四十一回，廣惠和尚亦是道：「無奈數由前定，佛力都無可挽回。」由以上所載可知，不肖生認為此種業報因果所決定的命，是誰也無法逃脫。

由以上所述，不肖生對「天命」、「命運」的看法可歸結，其認為：為人當做好本分內的事情，也就是「盡人事」。然對於自身的生死、吉凶、禍福、富貴、際遇等的問題，也就是「命定義」的命，都應當處之泰然，並且要無怨無尤的接受它，因為取決、主宰這一切的力量，是來自於「上天」，那個有意志的「人格天」，或是由前世所造之業而來，人是無法預知的。無怪乎當時的學者會批評其《江湖奇俠傳》，為有濃厚的封建社會遺毒，將使民眾永遠無法逃離封建制度的魔掌。不過從另一角度來看，不肖生也正代表了大多數中國人對「天」、對「命」的認知程度吧！

三、男尊女卑、貞女節婦

男女之間的關係，亦是向來儒家所重視的，男尊女卑、夫為妻綱，便是儒家對男女關係的基本格調所在。由《論語·陽貨》所云：「唯女子與小人為

難養也；近之則不遜，遠之則怨。」可知在孔子的思想中，便認為女子和「小人」一樣地卑下。到了戰國時期成書的《易傳》，便開始以陰陽理論來詮釋男女間的相互關係，以陽尊陰卑推衍出男尊女卑的思想，如《易傳・繫辭上》云：

> 天尊地卑，乾坤定矣。卑高以陳，貴賤位矣。動靜有常，剛柔斷矣。
> 方以類聚，物以群分，吉凶生矣。在天成象，在地成形，變化見矣。
> 是故剛柔相摩，八卦相蕩。鼓之以雷霆，潤之以風雨。日月運行，
> 一寒一暑。乾道生男，坤道成女。

便是以自然界的現象來推及男尊女卑。其後的儒家更是遵循《易傳》此條路，用陰陽理論來強調男尊女卑。如宋・程頤的《周易程氏傳》卷四〈歸妹卦〉便云：

> 歸妹，女歸於男也，故云天地之大義也。男在女上，陰以陽動，故
> 為女歸之象。

亦是以陰陽卦象來解釋男尊女卑。

儒家思想對於男女之間的相互關係，除了認為男尊女卑之外，尚有一重要的思想，那便是貞女節婦、從一而終的觀念。於《禮記・郊特性》中，便有吾人所知曉的婦人「三從」觀念，其云：

> 信，事人也；信，婦德也。壹與之齊，終身不改。故夫死不嫁。……
> 婦人者，從人者也：幼從父兄，嫁從夫，夫死從子。

貞節觀念到了宋儒手中，更是強調「餓死事小，失節事大」，此說乃見於程頤的《遺書》卷二十二：

> 問：「孀婦於理似不可取，如何？」
> 曰：「然，凡取，以配身也。若取失節者以配身，是己失節也。」
> 又問：「或有孤孀貧窮無托者，可再嫁否？」
> 曰：「只是後世怕餓死，故有是說。然餓死事小，失節事極大。」

宋代及宋代以後，就在宋儒大力提倡貞節思想的影響下；再加以當時的政府又從精神、物質、法規等方面的獎勵下，貞女節婦大量湧現，尤以明、清二代為烈，貞節牌坊到處林立。

而於儒家的典籍中，更有一套關於女子教育的專書，也就是所謂的《女四書》，分別是《女誡》、《女論語》、《內訓》、《女範捷錄》等四本書，然此四書亦是無不強調女子須「男尊女卑」、「三從四德」。而此觀念也深深根植於古

代中國人的心中。

　　貞女節婦的觀念，亦存於不肖生的思想裡，其於《江湖奇俠傳》與《近代俠義英雄傳》二書中，常言書中某女子為烈女節婦，或言某女子不是三貞九烈，亦有時引用到「嫁雞隨雞，嫁狗隨狗。」的俗語，而其中較特別的是，見《近代俠義英雄傳》：

（一）第五十八回至第六十回中，述及余伯華與美國人卜姐麗的婚姻，惹人妒忌而遭人設計陷害，余伯華不知實情而簽下離婚同意書，卜姐麗見到該同意書之後，傷心地寫封遺書給余伯華，自言其曾讀中國烈女傳並欽佩之，早已存不事二夫之心，其後卜姐麗竟活活的餓死。

（二）第七十六回至第七十七回中，有段類似於「秋胡戲妻」的情節，只不過是書中人物屈蟄齋，是請他人來試其妻張同璧是否會為其守節。

雖然不肖生存有貞女節婦的觀念，但是其對男尊女卑的看法，似乎有點不太認同，如同《近代俠義英雄傳》：

（一）第五十八回，卜姐麗曾言家中的一切物品及余伯華皆可保險，惟獨女子不能保生命險。

（二）第七十五回，敘及黃石屏仍存「女子無才便是德」的舊腦筋，而不願其女兒黃辟非習拳術及點穴的功夫，但黃辟非常私下偷偷學習，終至某日鬧出亂子，黃石屏才願意傳其女兒拳術與點穴、解穴之法。

（三）第七十八回，故大鵬帶著徒弟與兒女拜訪霍元甲時，霍元甲詢問茶房為何五個人只有四張名片，茶房回答道：「那女子是這人的女兒，沒有名片。」

由此可見，不肖生亦稍受到西方思潮的影響，而從另一方面來說，這也不正是處於新、舊交替時代人物思想轉變的情形。

第二節　佛教思想

一、緣起觀

　　緣起觀是佛教學說的一大特色，在佛教思想裡，沒有像其他宗教有所謂的造物主或主宰者，所以在佛教學說中，便以「緣起」來解釋這世界上一切的事物和現象。「緣」是指「條件」、「因果關係」之義，「起」是發生的意思；

而所謂的「緣起」，即是「依緣而起」、「諸法由因緣而起」，意思也就是說世界上一切的事物和一切的現象，都是相對的互存關係和條件，互為因果的。《增一阿含經》曰：「此有故彼有，此生故彼生，此無故彼無，此滅則彼滅。」便是認為萬物隨因緣和合而產生，又隨因緣離散而消亡。而人與人之間的相識也是如此，亦是有個互為的條件，也就是「緣起」，才會互為朋友，中國人常說的「有緣千里來相會，無緣相見不相識」，便是由佛教的「緣起」觀而來。

　　不肖生於《江湖奇俠傳》及《近代俠義英雄傳》中，亦是將人與人之間的相識，歸為是一個「緣」字，也就是曾於上節提過的「緣法」。首先，就不肖生對「緣」的解釋或看法而談，其於《江湖奇俠傳》第五十三回，便解釋：

> 凡事之不可理解的，不謂之天緣，便謂之天數！

又《近代俠義英雄傳》第六十三回，書中人物陳樂天言「緣法」為何時，云：

> 古人引人入道，及向人說道，先得看明白與這人是否投機，投機的
> 見面即相契合，不投機的，即相處終年，仍是格格不入。所謂投機，
> 就是有緣法。我們一雙肉眼，有緣與否，看不見，摸不著。

由上述二文可知，不肖生認為「緣」是人們所無法觸見的，且「緣」似乎是取決於有意志的「天」。此點於上一節中，所引范伯群之言，便已明示，除此仍可從下文所舉之例，看出端倪，可見不肖生所談的「緣」，已純非佛教所道的「緣」。但是其於《近代俠義英雄傳》第六十三回，同書同人物陳樂天所言「緣法」，又似乎與前面所引二文之義，互相矛盾，其敘述如下：

> 世間安有不能學道之人，不過緣法兩字，倒是不能忽視的。這人有
> 不有學道的緣法，以及緣法的遲早，其權衡並不操之於人，還是操
> 之於自己。

由此可見，在不肖生的思想裡，似乎存在著「天」「人」之間的矛盾。然於不肖生所述的「緣法」中，可細分為「相遇、相識之緣」、「師徒之緣」與「夫妻姻緣」及「其他」等方面，以下便就這幾方面來談：

　　1、相遇、相識之緣

　　「相遇、相識之緣」是於《江湖奇俠傳》及《近代俠義英雄傳》中，出現最多的緣法，如《江湖奇俠傳》：

（一）第二回中，清虛道人對柳遲云：「祇是你我相遇，總是有緣，不可教你空手而返！」

（二）第七回中，常德慶醫治陸鳳陽時，云：「今日也是你我有緣；又合該二

三百農人，不應死在梅花針下，湊巧我行乞到此！」

（三）第二十二回中，漢子（李有順）遇見萬清和時，云：「原來先生就是賽
　　　管輅萬清和嗎？我久聞先生道法高深，祇恨無緣拜見！想不到今夜在
　　　這裡遇著，虧了這場大雨，真可算得良緣天賜！」

（四）第四十六回中，銅腳道人告別陸偉成時，云：「此後你我何時再會，就
　　　得看你修持的力量和緣法！」

（五）第七十六回中，柳遲言其能與陸小青相遇：「確是天假其緣，大非易事！」

又如《近代俠義英雄傳》：

（一）第一回中，王老頭遇見周亮時，云：「今日也是有緣，老朽往常總是在
　　　離寒舍三五里地割草，今日偏巧高興，割到十里以外去了，不然也遇
　　　不著老哥。」

（二）第二十回中，言永福被金光祖打敗時，曾放話說：「我們十年後再見，
　　　我若沒有和你再見的緣法，也得傳一個徒弟，來報這一手之仇。」

（三）第六十二回中，韓春圃對於能結交陳樂天，云：「說起來也是天緣湊巧，
　　　我一生好結交天下之士，合該我有緣結交這位異人。」

（四）第六十五回中，霍元甲會見劉天祿和楊萬興時，云：「像楊、劉二公這
　　　種豪傑，兄弟只恨無緣，不能早結識。」

2、師徒之緣

　　所謂「師徒之緣」，也就是於該二書中的人物，於收徒之時，亦是講求「緣」
字，有時是由收徒之人，要不然就是由他人來言其之所以會成師徒，乃是有
「緣」。如《江湖奇俠傳》：

（一）第二十五回中，朱夫人臨死前對了因說的話：「承師傅的恩意，說與小
　　　女有緣，願收作徒弟！」

（二）第四十三回中，笑道人收了戴福成做徒弟後，亦說道：「這也是你的緣
　　　分好，方有這般遇合！」。

（三）第七十回中，方紹德欲收盧瑞為徒時，亦云：「祇因你與我合該有師生
　　　的緣分，我是特地來收你去做徒弟，傳授你道法的！……你有這種緣
　　　分，我才不遠千里前來找你！你若沒有這種緣分，就跋涉數千里找我
　　　也找不著！」

（四）第七十二回中，羅春霖收陸小青為徒時，對陸小青之父陸鳳陽云：「大
　　　凡一種絕藝傳人，非得有緣的不可！每有從中年就到處物色有緣的徒

弟，直到八九十歲臨終才得著的；也有至死不遇有緣人的！令郎能傳我的藝業，是令郎的緣分；於我並無好處！我在長沙若肯胡亂收徒弟，到此刻就沒有一千，也有八百個了！」

再如《近代俠義英雄傳》：

（一）第九回中，慈雲和尚強制收趙玉堂爲徒時，云：「你的根基還不錯，又和我有緣，特收你來做個徒弟。」

（二）第二十二回中，廣慈和尚收陳廣泰爲徒時，亦云：「彼此有緣，才得相遇。」

（三）第二十八回中，李梓清遇其師不知名諱的老尼姑時，說道：「今日算是天賜我學武的機緣，豈可錯過。」

（四）第六十七回中，乞丐（單師傅）對柳惕安不願遠離父母去學道法時，云：「你我兩人師徒的緣分，此刻還不曾成熟，……等到機緣成熟的那日，我自然來接你。」

3、夫妻姻緣

在大多數的中國人，對於兩個人之所以能由陌生而成爲夫妻的看法，皆認爲是「姻緣」，即所謂的「姻緣天注定」。而此種「夫妻姻緣」於該二書中，又是如何敘述呢？如《江湖奇俠傳》：

（一）第二十六回中，和尚（朱復）對唐采九說道：「使女光明，與先生有緣，特教他侍奉先生回府！」因此將光明許配給唐采九爲妻。

（二）第八十六回中，鄭時對施星標道其與張汶祥能與柳無非姊妹結爲夫妻時，云：「誰知天緣湊巧，居然都成了夫婦！」

再如《近代俠義英雄傳》：

（一）第三十九回中，不肖生敘述齊秋霞會嫁給魯澤生，如此的寫道：「眞是有緣千里來相會，誰也想不到齊秋霞，肯嫁一個純粹的文人。」

（二）第五十八回中，敘述到余伯華與卜姐麗會結爲夫婦時，亦是寫道：「也是天緣湊巧」、「眞是千里姻緣似線牽」。

4、其 他

此處所要敘述的「緣」，乃是不屬於上述三項範圍者，如「父子之緣」，可見於《江湖奇俠傳》第六十七回中，開諦長老對方維嶽言其將送一人，作方的兒子時，說道：「倘不是與居士有父子因緣的，老僧也不這麼多事了。」於《近代俠義英雄傳》第六十八回中，有一種是「引誘人作惡、動心的機緣」。

而最後要敘述的「緣」，其似乎可解為時機、機會之意。如《江湖奇俠傳》第三十八回中，未老先生對化裝的小和尚託付，望能將他二位名為祖孫的孫子，拜在沈棲霞的門下，最後其云：「甚想趁我未死之前，為他兩人謀一托身之所，使他有盡人事以聽天命的機緣！。」又如該書第八十二回中，楊從化勸張汶祥之話：「祇要有了這個改邪歸正的念頭，將來一有機緣，飛黃騰達，自是意中事！」再如《近代俠義英雄傳》第六十五回中，農勁蓀談到霍元甲因外國人，動輒欺負中國人，或常罵中國人為東亞病夫，而欲與外來大力士周旋，以揚中國之民威。最後便說：「決心如此，只待機緣。」等。

二、因果輪迴

佛教由其基本教義「緣起」觀，漸擴大為「十二因緣」，也就是「十二緣起」、「十二有支」，用其來解釋人生的現象，也就是佛教的人生觀，把人生劃分為十二個環節。這十二個環節，乃是一環套一環，互為條件，互為因果。演變到後，又把「十二緣起」解釋為三世兩重因果，這也是一般佛教傳統的說法。何謂「十二緣起」？其又如何構成三世兩重因果？今以圖明之：

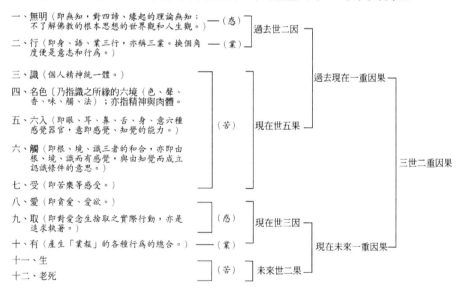

佛教就由這「十二緣起」發展出「三世輪迴」、「業報因果」。首先先談「輪迴」，所謂的「輪迴」，即是指每個眾生的生死相續漂流輾轉，像車輪迴轉般的沒有終斷。然「輪迴」說，並非是佛教所創，而是由剎帝利卜拉瓦羿王創立的，且此說早在佛教之前，便已為印度的某些重要教派所採用，如婆羅門

教、數論派、瑜伽派等，只不過是這些宗派都主張立一常恒不變的靈魂，作為輪迴的主體；然佛教否認有常恒不變的靈魂，而把「業」作為輪迴的主體。也就如眞源於〈依業輪迴說的根源及其演變〉中所云：

> 依佛教的教理說：我們的身心活動，並非這一生的短暫期間就告結束，是依於各人的業行，無始無終的相續。從過去到現在，從現在到未來，有情的身心活動，不斷地在展開。那活動力不會消滅，留著一種潛勢功能，可以左右各人的將來。所以今生的禍福，不是握有權能的任何人格者所授與，完全是自己培來的後果；未來的苦樂，也同樣地是自己活動得來的。〔註22〕

也由此可知，每個今生都有著前生與來世，彼此接續，流轉不停，而「業」是這「輪迴」的原動力。其後佛教又有「六道輪迴」說，所謂「六道」，從最低級排起，便是地獄、畜生、餓鬼、人、阿修羅、天等，而天又可分三界二十八天，前三道是屬於惡道；後三道乃為善道。眾生若無法參透佛法，達於涅槃之境，則眾生將會依業而受果報，不斷地在六道中生死輪迴。也就如《別釋雜阿含經》卷三所云：

> 佛即說偈言，一切生皆死，壽命必終歸，隨業受緣報，善惡如獲果。
>
> 修福上升天，為惡入地獄，修道斷生死，永入於涅槃。

「業」，是梵文 Karma（竭磨）的意譯，即造作、作事的意思，泛指一切身心活動。「業」有三種：身、口、意三業，即各人的行為、語言與意念，也就是眾生在一生中，所行的身、口、意三「業」，決定著眾生於「六道輪迴」中的轉變，也決定了眾生的果報。佛教將果報又大致分為三種：一為現報，也就是現生受報。二為生報，也就是來生受報。三為後報，也就是多生多劫之後才受報。〔註23〕這也正足以解釋，現實社會上某些人沒有「現世報」的現象，

〔註22〕語見眞源〈依業輪迴說的根源及其演變〉一文，該文收錄於張曼濤《佛教根本問題研究（二）》一書中，引該書頁154。（臺北市，大乘文化出版社，民國67年9月）

〔註23〕此種將果報分為三大類的說法，本來在《優婆塞戒經》中是說果報可分為四種，其云：「佛言，善男子，眾生造業有四種：一曰現報（原注：今身作業，善惡業即身受之，是名現報。）；二曰生報（原注：今身造業，次後受報，是名生報。）；三者後報（原注：今身造業，次後來受，更第二第三生已去受者。）；四曰無報（原注：猶無記等業是。）」（法苑珠林卷六十九）到了東晉慧遠時，其據《優婆塞戒經》所講的前三報，加以發揮而成《三報論》，《三報論》中亦云：「現報者，善惡始於此身，即此身受。生報者，來身受報。後報者，或

不是不報，只是時候未到。「業報」換言之便是「因果」，中國人常言「種瓜得瓜，種豆得豆」、「善有善報，惡有惡報」便是這業報因果的思想。

　　因果思想其實在古代中國的儒家經典裡，便早已有之，如《易經・坤・文言》云：「積善之家，必有餘慶；積不善之家，必有餘殃。」不過儒家與佛教的不同是：儒家將善惡因果建立在「天道」觀上，也就是《尚書・湯誥》所講的「天道福善禍淫」，且報應的主體不一定在行為者本人，也有可能是他的家庭子孫；而佛教則是認為善惡報應是由自己的業力感召而來，且受報者一定是行為者本人，即如《妙法聖念處經》上所說的：「業果善不善，所作受決定，自作自纏縛，如蚕等無異。」而後起的道教，於其早期的道經中，也承續著儒家的善惡因果思想。有講前人有過失，由後人來承受其過責，也就是所謂的「承負」，見《太平經》卷三十九云：

> 然，承者為前，負者為後；承者，乃謂先人本承天心而行，小小失之，不自知，用日積久，相聚為多，今後生人反無辜蒙其過謫，連傳被其災，故前為承，後為負也。負者，乃先人負于後生者也。〔註24〕

也云「天」主宰了善惡報應，見《太平經》卷一百一十二云：

> 得善應善，善自相稱舉，得惡應惡，惡自相從。……務道求善，增年益壽，亦可長生。……天責人過，鬼神為使……罰惡賞善人所知，何不自改。天報有功，不與無德。

到了後來的道經，由於吸收佛教的業報思想，也開始強調自身的報應，只不過因道教所重的是「神仙」思想，而輕來世之說，所以談的是自身的「現世報」，如《太上感應篇》云：

> 太上曰：「禍福無門，惟人自召。善惡之報，如影隨形。是以天地有司過之神，依人所犯輕重，以奪人壽。」

又如《文昌帝君陰騭文》云：

> 諸惡莫作，眾善奉行，永無惡曜加臨，常有吉神擁護。近報則在自己，遠報則在兒孫。

也由此可知，道教的因果報應說，不僅是自身受報，更之，還會促使子孫受

經二生三生百生千生，然後乃受。」「三報」之說因此確立，並且深入人心，影響至今。

〔註24〕《太平經》中所說的「承負」有兩種，一種是正文中所引的對一個家族內子孫禍福的根源而言的「承負」；而另一種則是指整個自然與社會的變化而言的「承負」，此種承負可參見《太平經》卷七十三至八十五中的敘述。

報應。

　　而《江湖奇俠傳》與《近代俠義英雄傳》二書中，所談及的因果報應，似乎也有所區別，前者較屬於儒家及道教的範圍，也就是由「天」掌管因果報應；而後者則大都較屬佛教的業報因果範圍。現在便就該二書中，談及因果報應之處述之。如《江湖奇俠傳》：

（一）第二十四回中，曹喜仔平生作惡多端，誘騙小孩。某日大醉後，居處大火，又「湊巧那夜的北風很大」，曹喜仔便被燒成了一個黑炭。

（二）第五十二回起，至五十三回止，敘述錢錫九因蔣育文獻計，而取得韓采霞之身，韓采霞對此事耿耿於懷，而生報復之心；再加之蔣育文破壞了錢家的風水，導致韓采霞使用毒計害死了除蔣瓊姑外的蔣家一家人，其後也連錢錫九一併殺死。然韓采霞的下場，是死於劉鴻采之手，當時劉鴻采亦云：「天理循環，報應不爽。」而該二回中，又敘述另一果報，便是「蔣育文在日，曾替錢錫九主謀，破了韓采霞的身體。所以錢素玉也替楊繼新主謀，破了蔣瓊姑的身體。韓采霞破身，在嫁錢錫九的第三夜；而蔣瓊姑破身，也在嫁楊繼新的第三夜。……因此在下（按：指不肖生）說：照這件事實看來，使人覺得處處都是因果報應！」

（三）第九十六回起，至九十七回止，敘述張一被樹妖吸取了元陽而死，鄧法官因而釘此樹妖的原形——梨樹；然鄧法官此人，平時無不喜歡隨手施用法術捉弄婦人，釘死樹木。最後鄧法官便與樹妖同歸於盡，而鄧法官對於其死歸為是其「木解」的時候到了，及往日釘死木妖太多，今日應受木妖的報。

再如《近代俠義英雄傳》：

（一）第三十回至第三十二回，陳廣泰與張燕賓連續竊盜，官府無法破案。然於偷盜林啓瑞家時，張燕賓因一時貪念，斬斷婦人手，奪取翠玉鐲頭。後來就是因翠玉鐲頭，致使張燕賓身死牢房。

（二）第六十二回中，陳樂天有段以韓春圃為例，談因果的話，其云：「苦樂兩個字，是相倚伏的，是相因果的。即以韓爺一人本身而論，因有少壯時奔南走北，風塵勞碌之苦，所以二十年來養尊處優之樂。然少壯時的苦，種的卻是樂因；而二十年來之樂，種的卻是苦因，所以古人說，樂不可極。凡是皆同一個理，樂字對面是苦，樂到盡頭，不是苦

境是什麼呢？」

（三）第八十四回中，廖鹿苹談到黃老伯（黃璧）的經歷，云其前生本是個
　　　小沙彌，因某日與另一小沙彌對進香的女居士品頭論足，然因其二人
　　　平日尚少惡念，所以被其師打死後，又投胎為人。一人投身於貝勒家，
　　　「於今已因積業身死，仍不免受惡報去了」；而黃老伯生於貧窮之家，
　　　「三十年來惡業還少」，所以尚能見到其前生的師父。

　　再談該二書中有關「輪迴」的敘述，關於此點，從字面上，便可由不肖
生常用到「三生有幸」、「來生變牛馬來償還」的詞語看出。前者所言的「三
生」，即是前生、今生與來生，也就是前文所言的「三世輪迴」；而後者則是
言來生「輪迴」到六道中的「畜生道」。現在便就該二書中有關「輪迴」的觀
念，舉例證明之。如《江湖奇俠傳》：

（一）第五回中，義拾兒（楊天池）失蹤了，其義父母遍尋不到，不肖生便
　　　敘述左右知道此世的人都說其義父萬二獃子：「前生欠了義拾兒的孽
　　　債；這是特來討債的！」

（二）第四十九回中，楊繼新對於能取到貌美的新娘時，云：「我是幾生修來
　　　的福氣，得有今日！」

（三）第八十一回中，楊幻對其子能得無垢和尚這般的名師，亦稱實為「三
　　　生有幸」。

再如《近代俠義英雄傳》：

（一）第四十九回中，吳振楚對於將能報復陳志遠時，對其師云：「不僅今生
　　　今世，感師傅天高地厚的恩典，來生變犬馬，也得圖報答師傅。」

（二）第七十七回中，張同璧感於黃石屏願解救她的丈夫，對天發誓絕不將
　　　此事洩露出去，否則「如有違誤，此身必遭天譴，永墜無間地獄，不
　　　得超生……」

（三）於上文「因果報應」所舉之第八十四回之例，黃老伯（黃璧）此生本
　　　應打落「畜生道」，然因平日甚少惡念，而輪迴至「人道」。

三、人生為苦、人生無常

　　於佛教的根本教義中，另有一重要的思想，即是所謂的「四諦」。佛教就
是依此「四諦」說，來斷定人生為「苦」的。此「四諦」為何呢？乃是指「苦」
（苦的內容）、「集」（產生苦的原因）「滅」、（苦應該消滅，達到涅槃）、「道」

（消滅苦的方法）等四諦。佛教於「苦諦」中，基本上便是講人生的苦有四種，即是生、老、病、死，若是再加上「怨憎會苦」、「愛別離苦」、「求不得苦」、「五取蘊苦」，那又成爲所謂的「八苦」。總之，佛教由此「四諦」，發展出「人生爲苦」的觀點，而「四諦」之說，亦是根於「緣起」觀。爲何人生會有苦呢？這乃是過去世的惑與業所造成的。惑就是指煩惱（三毒），分別說來就是貪、瞋、痴，就是由這三毒所凝成的「慾」，驅使著眾生造身、口、意三業，再由前生所造的業，形成今世的苦果。因此在「十二緣起」中，又可區分爲兩重的惑、業、苦，見前文所表之圖。然眾生要如何免除人生之苦呢，這就要施行佛教所謂的「八正道」，〔註25〕如此才能脫離輪迴，達於涅槃的境界。

　　於佛教中又有所謂的三法印，即是「諸行無常」、「諸法無我」、「涅槃寂靜」等，若是再加上「一切行苦」，便成了四法印。法印，意即「佛法的特徵」。而三法印中爲首的「諸行無常」──「諸行」是指一切生滅變化的現象，「無常」即是不恆常，變化不定，因此佛教認爲世界一切事物都是因緣和合而生的，都受「緣」的制約，遷流不停，無常住性，世間一切事物永遠生滅變化，無始無終。然「諸行無常」的觀念在原始佛教中，原本是用來論證「人生爲苦」的，到了後來的佛教宗派，除了著重「人生爲苦」外，也才漸漸引申用其來解釋世界萬物存在與常變的現象。而現今存於眾生「人生無常」的觀念，其實也就是「諸行無常」。

　　不肖生也常於《江湖奇俠傳》與《近代俠義英雄傳》中，呈現出此種觀念，其中又以在《近代俠義英雄傳》第六十二回中，藉由書中人物陳樂天之口，對於上述思想有著精闢的論述，陳樂天云：

> 我剛才說人世所謂快樂，是極有限的，是完全虛假的。就爲人世的快樂，太不長久，而在快樂之中，仍是免不了有種種苦惱；快樂之境已過，是更不用說。快樂不是眞快樂，而苦乃是眞苦。凡人不能聞至道，誰也免不了困苦到底，因爲不知眞樂是什麼，以爲人世富貴利達是眞樂，誰知越是富貴利達，身心越是勞苦不安。住高堂大

〔註25〕佛教所謂的「八正道」，乃是正見（排除邪念的正確見解）、正思（排除迷妄的正確思慮）、正語（杜絕戲論的言語）、正業（合乎戒律的正當行爲）、正命（合乎戒律的正當生活）、正精進（去惡向善，力臻自我完善）、正念（牢記佛教眞諦）、正定（專心致志，身靜慮寂）等。

廈，穿綾羅綢緞，吃雞鵝魚鴨，這就算是快樂嗎？即算這樣是快樂，幾十年光陰，也不過眨眨眼就過去了。無常一到，這些快樂又在那裡？所帶得進棺材裡去的，就只平日貪財好色傷生害命的種種罪業。

除此之外，尚有如《江湖奇俠傳》：

（一）第二回中，柳遲為求道，對老道（笑道人）求收為徒時，曾云：「人生有如朝露，消滅即在轉瞬之間。」

（二）第二十二回中，盜匪李有順亦云：「我看人生如一場春夢，遲早都有個歸結的時候。」

（三）第二十六回中，不肖生在描寫唐采九的境遇時，亦用到「但是天下事，不如意的多！」

（四）第八十回中，紅蓮寺的知圓和尚對被逮的卜巡撫言：「你要知道人生壽命有限，苦多樂少。我們活在世上，若不自己尋些快樂，簡直從出娘胎以至老死，沒一時一刻不是苦惱！」

再如《近代俠義英雄傳》：

（一）第七十四回中，圓覺和尚對黃石屏的父親言：「萬事都是無常，那有隔別十多年不衰老的人？」

（二）第七十六回中，張同璧疑心其夫屈蟆齋在外有不當行為時，其鄰陳太太笑道：「人生在世有多少年，得快樂的時候，應該盡力量去快樂，我看你此刻是盡力量的尋苦惱。」

第三節　道教思想

在未述及不肖生有何道教思想前，先從其於《近代俠義英雄傳》第六十二回中，曾由書中人物陳樂天云「道」為何物談起，陳樂天云：

這東西（按：指「道」）一時本也不容易明白。因為道是沒有形象，沒有聲音，沒有顏色的。要在道的本身說出一個所以然來，不是說不出，只是說出來，在聽的還是不容易明白；……我所說的至道，也就是人生所必經的，所以有夫道若大路然的說法。不過道有體有用，如孝弟忠信禮義廉恥，是道之用，不是道之體；就是忠恕，也只是道之用的一端，不是道之體。說孔夫子的道，就是忠恕兩個字，是說錯了的。道字包括得甚廣，凡人生所必經的，皆謂之道，然也

皆是道之用，而非道之體。道之體，是無形無聲無色，而爲一切形
一切聲一切色之本；不可以得，不可以見，但可以證。人能證這至
道之體，便可以與天地同其久長，與日月同其明朗，與雷霆風雨同
其作用。因無以名之，而名之曰道。

由此文可見，不肖生所言的「道」，實包融了儒家、道家與道教所談的道。不
肖生所言的道之體，與道之名的來由，是源自道家所講的道。如《老子》十
四章中，便是講述「道」是「視之不見、聽之不聞、搏之不得」。又同書二十
五章云：「有物混成，先天地而生。寂兮寥兮，獨立而不改，周行而不殆，可
以爲天下母。吾不知其名，強字之曰道。」又如同書三十二章，便云：「道常
無名」。再如同書三十五章，亦云：「道之出口，淡乎其無味，視之不足見，
聽之不足聞，用之不足既。」而《莊子·大宗師》亦是把道解爲「有情有信，
無爲無形；可傳而不可受，可得而不可見。」

　　至於不肖生所舉例的道之用，實已相類於儒家的「天道下貫爲性」的思
想，也就儒家思想中，所強調的修己以證天命，天人合一的思想。然證道之
後的神妙作用，卻又有點類似道教，也就是能夠長生不死的感覺。雖然道教
將老子《道德經》列爲該教經典之一，亦如同道家一樣談「道」，不過道教在
談「道」時，皆是從宗教的角度來解釋，此點實與道家不同，且道教還把老
子看作是道的化身，如《老子想爾注》：「一（按：指道）散形爲氣，聚形爲
太上老君。」此便是道教對「道」的基本看法。

　　道教是我中國本土化的宗教，它吸收了古代先民們所累積的文化思想，
而熔冶爲一爐，自成一教。然其與世界三大宗教（基督教、佛教、伊斯蘭教）
最大的不同點，就是於道教中，沒有形成所謂重視「彼岸」的觀念，反而是
講求人可以長生不死，成爲神仙，強調重現世的觀念。而究竟道教融合了那
些故有文化呢？據胡孚琛《道教與仙學》一書中，對道教特徵所下的定義便
可暸解，其云：

所謂道教，是中國古代母系氏族社會自發的原始宗教，在演變過程
中，融合進流傳的巫術禁忌、鬼神祭祀、民俗信仰、神話傳說和各
種方技術數，以道家黃老之學爲旗幟和理論支柱，雜取儒家、墨家、
陰陽家、神仙家、醫家等諸家學派的修煉理論、倫理觀念和宗教信
仰成分，在度世救人、長生成仙，進而追求與道合一的總目標下，
神仙化、方術化爲多層次的宗教體系。它是在漢代特定的歷史條件

下不斷汲取佛教的宗教形式，逐步發展而成的具有中國傳統的民眾
文化特色的宗教。〔註26〕

由此文可知，道教的教義內容實包羅萬千，這也展現了中國文化的融合特性。

一、神仙思想

　　神仙思想是道教學說的核心，道教的神仙說乃是認為人只要通過一定的
修煉，或辟穀食氣，或煉丹吃藥，便可以靈魂肉體皆長生不死，升入仙班。
其實神仙信仰就如同前引之文，早在道教尚未形成之前，便已有之。如於先
秦文獻的記載裡，便可尋得神仙信仰的蹤跡，有如《莊子·逍遙遊》：

　　藐姑射之山，有神人居焉，肌膚若冰雪，綽約若處子。不食五穀，
　　吸風飲露。乘雲氣，御飛龍，而遊乎四海之外。其神凝，使物不疵
　　癘而年穀熟。

其實於《莊子》一書，有關神仙的信仰俯首皆是，只要莊子談及所謂的「神
人」、「真人」、「至人」等，皆是屬於神仙的範疇裡。除《莊子》外，再如屈
原的《楚辭·遠遊》：

　　聞赤松之清塵兮，願承風乎遺則。貴真人之休德兮，美往世之登仙。
　　與化去而不見兮，名聲著而日延。奇傳說之託辰星兮，羨韓眾之得
　　一，形穆穆以浸遠兮，離人群而遁逸。因氣變而遂曾舉兮，忽神奔
　　而鬼怪。時髣髴以遙見兮，精皎皎以往來。絕氛埃而淑遊兮，終不
　　返其故都。

又如《楚辭·涉江》：

　　駕青虯兮驂白螭，吾與重華遊兮瑤之圃。登崑崙兮食玉英，與天地
　　兮同壽，與日月兮同光。

無不呈現出屈原對神仙的仰慕，與其對神仙生活的渴望。而在《韓非子·說
林上》更有關於方士向荊王獻「不死之藥」的記載：

　　有獻不死之藥於荊王者，謁者操之以入，中射之士問曰：「可食乎？」
　　曰：「可。」因奪而食之，王大怒，使人殺中射之士，中射之士使人
　　說王曰：「臣問謁者，曰可食，臣故食之，是臣無罪，而罪在謁者也。
　　且客獻不死之藥，臣食之而王殺臣，是死藥也，是客欺王也。夫殺

〔註26〕語見胡孚琛《道教與仙學》一書，引書頁 5～6。（太原，新華出版社，1991
　　年12月）

－89－

　　無罪之臣，而明人之欺王也，不如釋臣。」王乃不殺。

因此道教對於神仙思想，只能稱爲是將成仙的過程系統化、理論化，並畢力顯揚提倡之，而在這方面的集大成者，便是葛洪，其思想理論見於其著的《抱朴子》。正由於神仙思想是道教的核心，所以道教又被稱爲「神仙道教」。而不肖生的《江湖奇俠傳》一書，本身就屬於劍仙類的武俠小說，劍仙們本身就是能夠長生不死。如《江湖奇俠傳》中的金羅漢呂宣良，便是位不知歲數的得道高人。除此之外，不肖生更於《近代俠義英雄傳》第六十二回中，藉由書中人物陳樂天，解答朱伯益所提之問題——爲何在這世上不見有活到幾百歲幾千歲的人呢？對神仙是否存於世上，提出自己的看法，書中人物陳樂天是作這般的講道：

> 方以類聚，物以群分。你不是修道的人，怎麼能見得著修道的呢！豈僅有幾百歲幾千歲的人活在世上，活幾萬歲幾十萬歲的人都多著呢！世界之大，何奇不有？凡人的耳目，直可謂之閉聰塞明，能見聞多少事物。凡人耳目所不曾見聞的，便說沒有；即聽得人說，也不相信有這麼一回事。那麼我也就無可如何了。

由此可知，不肖生仍存有濃厚的神仙信仰，且認爲凡人的肉眼是看不出神仙的，唯有修道中人，方可尋得仙人蹤跡。

二、方術思想

　　方術亦如同神仙信仰一樣，早在道教未形成前便已有之。然「方術」一詞，在先秦時本指道術而言，也就是指某些特定的學問，如《莊子・天下》所云：「天下之治方術者多矣。」便是，到了秦代才漸漸成了一切非理性的神秘之術的總稱，並且分出「方技」和「術數」兩大類別。《漢書・藝文志》，便記載漢時將醫經、醫方、房中、神仙等四類列爲「方技」；而將「術數」分爲天文、曆譜、五行、蓍龜、雜占、形法等六類。後來「方術」、「方技」、「術數」三者也逐漸混淆，然道教所謂的「方術」，乃是指煉丹服食，可以使人成爲神仙的方法，而符咒更是其修煉之法。而今人所言的「方術」，大致可分爲三大部分，也就是預測吉凶術、長生不老術與雜術。以下便就《江湖奇俠傳》與《近代俠義英雄傳》所提及方術的名稱，或描述方術的內容，除符咒外，因該二書中所出現的符咒太普遍化，非有特殊作用才提示，分門別類敘明之：

　　1、符　類

（1）六丁六甲符

六丁六甲為道教神名，六丁，指六個以丁開頭的干支數，即：丁卯、丁巳、丁未、丁酉、丁亥、丁丑；六甲，指六個以甲開頭的干支數，即：甲子、甲戌、甲申、甲午、甲辰、甲寅。道教認為，六丁為陰神，六甲為陽神，均為天帝役使，能「行風雷，制鬼神」。道士可用符籙召請「祈禳驅鬼」。然於《江湖奇俠傳》第二回中，貫曉鐘所用的六丁六甲符，卻不是此種用途，而是用來與宋滿兒一起借遁，而倖免於難。

（2）甲馬符

此種法術出現於《江湖奇俠傳》第二十六、二十七回中，唐采九被書中那人（來順）在腿摸了幾摸後，居然能健步如飛，身不由己，連想要抱住樹木來止步的時間都沒，這就是甲馬符的功用。

2、占　卦

占卦，乃是觀察卦象來預測吉凶禍福的方法。於《江湖奇俠傳》第二十二回中，某日萬清和早起占卦得知今日於己大利，其後情形果真如己所占之卦一樣。

3、奇門遁甲

此術據李養正《道教與中國社會》一文解釋云：

> 術數家以十干中之乙、丙、丁為三奇。《易繫辭》下：「陽卦奇，陰卦耦」。以八卦的「休、生、傷、杜、景、死、驚、開」為八門，故名「奇門」。十干之中，「甲」最尊貴而不顯露，「六甲」（甲子、甲戌、甲申、甲午、甲辰、甲寅）常隱藏於「六儀」（戊、己、庚、辛、壬、癸）之內。三奇、六儀，分置九宮，而以甲統之，不獨占一宮，視其加臨吉凶，以為趨避，故稱「遁甲」。〔註27〕

由此文可知，奇門遁甲術的作用乃是趨吉避凶，而今人對於奇門遁甲術的看法，乃是以人往何方向行走做事，來趨吉避凶。然於《近代俠義英雄傳》第六十八回中，不肖生更藉書中人物潘師傅來介紹奇門的種類有二：一為理奇門，又叫數奇門；一種是法奇門。之後更言明練法奇門之法：「須設壇四十九日，壇外要豎兩面三丈三尺長的青龍白虎旗。在這四十九天之中，你每日在壇中踏罡佈斗不能離壇，不許有生人撞見；便是豎立在壇外的龍虎旗，也不

〔註27〕語見李養正《道教與中國社會》一書，引書頁77。（北京，中國華僑出版公司，1989 年 12 月）

能給人看見。一經人撞破，便是白練，不得成功。」而不肖生對於方向吉凶的描寫，可見於《江湖奇俠傳》第二十二回中，李有順詢問至東南方，做番生意的吉凶如何？萬清和的回答是去了必有性命之憂，且云西北方最利李有順。再如《近代俠義英雄傳》第五十四回中，達光和尚命令海川公往東南方逃去，惠化和尚掐指一算云：「你此去東南方吉利，出寺後就不必改換方向，直去東南方可以成立家業。」

　　4、星　命

　　所謂的星命之學，乃是指每個人的命運同星宿的位置、運行有關，一般以出生的年、月、日、時，配合日月和水、火、木、金、土五星的位置和運行，來推算一個人的命運。而此處所要談的星命，是泛指各種推算個人命運的方法。如《江湖奇俠傳》第二十八回便有「算八字」與「揣骨」的算命方法。又同該書第九十三回中，老頭（畢南山祖師）揣了孫癩子的骨相，云孫癩子頭上有根仙骨，因此有求仙訪道的緣分。且同該書的第二十二回中，萬清和占卦後高興對其妻云：「今夜有上客自西方來，於我的命宮有利！」其中所謂的「命宮」，即是立命之宮，此亦屬星命之學的範疇，因為推命宮是為術者推命的第一步驟。另外於《江湖奇俠傳》與《近代俠義英雄傳》二書中，皆有「相術」的算命方法。所謂相術，即是以觀察人的形貌來占測命運的方法，又稱「相人」。此可見《江湖奇俠傳》第八十三回，鄭時曾對馬心儀言己粗知相人之術，且言馬心儀後來必位極人臣。又見《近代俠義英雄傳》第八十四回，該回廖鹿苹對龍在田道，其父生平好友黃璧善於看相，無不應驗，某日黃璧看過龍在田後，對其曾言，龍在田生壞了一雙豬眼，因此心術不正，將來必不得善終，勸其少和龍在田交往。所謂「豬眼」，是指昏濁斜視、眼皮腫厚的眼相。此看相方法是相術家所用的「人像禽獸形」相法，也就是以禽獸形相比擬人相，認為其人形相與某禽獸相類，其性格及命運亦與該禽獸相類的相人之法。

　　5、堪輿術

　　為選擇宅地或墳地看風水地勢，據以附會人事推斷吉凶的一種術數，亦稱為「看風水」。於《江湖奇俠傳》第五十三回中，蔣育文便是蓋了房屋，破壞了錢錫九家的祖墳風水，而結下了後來的惡果。再如同該書第六十六回中，也言及孫開華的舅父懂得堪輿術。

　　6、煉丹術

　　道教的煉丹術乃是指外丹與內丹，外丹即是用爐鼎燒煉丹砂等礦石藥物而成，服之能使人長生不死；內丹則是以身體爲爐灶，修煉「精、氣、神」而在體內結丹，可以成仙。然內、外丹的名稱是相對而來的。先談不肖生如何於書中，運用外丹術。如《江湖奇俠傳》第六十七回中，方維嶽爲求長生之術，反因服食的丹藥不得法，而得不能人道的毛病。又如《近代俠義英雄傳》第六十八回中，潘師傅亦是言丹藥的重要，且叫柳惕安去找尋煉丹所須的藥材。另外於《近代俠義英雄傳》第六十八回中，有一邪門的煉丹法，就是以胎兒來配藥。

　　再談內丹，如《江湖奇俠傳》第三十八回中，沈棲霞便是外丹已成，須有適宜的場所潛修內丹。再則不肖生於書中，常言的內丹修煉方法便是吐納導引之術。吐納，即呼出陳舊污濁之氣，吸收天地間之生氣，又稱爲「服氣」、「食氣」。導引，則是肢體運動與行氣、按摩、漱咽相配合的一種健身治病的方法。於《江湖奇俠傳》第四十四回中，便是講服氣功夫做到好的地步之後，便能成遁法及道法，且能不食人間煙火。再於《近代俠義英雄傳》第六十二回中，陳樂天言其將傳韓春圃吐納導引之術，以減輕韓春圃戒掉大煙後的痛苦。

7、辟　穀

　　辟穀，也就是不食五穀之意。因爲道教認爲人體中有三尸（好寶物、好五味、好色欲），而此三尸在人體中是靠穀氣生存，所以要益壽長生，就必須辟穀。於《近代俠義英雄傳》第五十五回中，言及程友銘習易筋經，「能做到辟穀數十日不饑，日食千羊不飽的境界！」而其中所言的「易筋經」，亦是道教的養生法之一，也就是增強、變易筋骨的方法。該回亦再描寫易筋經功夫，是周身的氣血筋絡，皆可由己自由支使，且無法放置一物於其身。

8、雜術類

（1）遁術

　　所謂「遁術」，即指按五行的變化，也就是憑藉不同的物質遁身隱形。即逢金而「金遁」，逢木而「木遁」，逢水而「水遁」，逢火而「火遁」，逢土而「土遁」。然不肖生於《江湖奇俠傳》與《近代俠義英雄傳》二書中，大都只言「遁術」二字，甚少言明是屬五遁中的何種遁法，有表明者如《江湖奇俠傳》第六十回中，方紹德受到呂宣良的奚落，借土遁而走。再如該書第九十八回中，趙如海借金遁而免於被砍之刑。而於《江湖奇俠傳》第五十一回及第七十九回，另有「遁甲符」的法術，然依該二回的敘述，可知遁甲符的用

途是可隱身或遁走，與遁術相似，所以於此一併述之。

（2）縮地術

古代傳說的一種異術。能收縮地脈，化遠爲近。如《江湖奇俠傳》第三十一回中，方振藻帶歐陽后成從習武的山中，回到街上的描述：「方振藻挽了后成的手，一步一步的走下山來。后成留神細看所經過地方的情景，剛行到山腳下，覺得兩腳軟了一軟，以爲踏著了甚麼軟東西。低頭看時並不見有甚麼！再抬頭看兩邊，祇見兩面都是房屋，原來已在街上行走。」這便是縮地術神妙之用。

（3）五鬼搬運法

五鬼搬運法，也稱「五鬼術」。據稱運用此術能役使狐鬼，搬運物件。首先就此法術於《江湖奇俠傳》一書的運用而言，如：

（一）第四十二回中，魏壯猷（笑道人）的黃金被盜，但其皮箱的鎖及封條卻絲毫未曾被動過，完好如初。

（二）第四十四回中，戴福成被笑道人破功後，欲在貫曉鐘面前賣弄五鬼搬運法，結果卻差點連自己的性命被五鬼帶走的描述：「祇見戴福成一面用手畫符，一面口中念咒；畫念了一會，兩腳在地下東踮到西，西踮到東……就在這時候，石穴外面陡起了一陣狂風，祇刮得山中合抱不交的樹，都連根拔了起來；斗大的石塊，被風吹得在半空中飛舞，彷彿有千軍萬馬，狂呼殺敵的氣象！在這狂風怒號的當中，貫曉鐘分明看見有五個高二三丈的惡鬼，在石穴外面盤旋亂轉……突然一個霹靂從石穴門口打下來，煙火到處，五個惡鬼已燒得無影無形了。」

再言《近代俠義英雄傳》一書中的第六十七回，柳惕安因下雨苦無油餅可吃，而與柳惕安要好乞丐（潘師傅）居然隨手伸出，便有熱烘烘的油餅出現。這也是運用了「五鬼搬運法」。

（4）雷法

雷法，是道教最爲盛行的法術，施用此法時所需的物品，乃爲「符」或「雷令」，而掌心雷與五雷天心正法便是屬於雷法的種類。「掌心雷」，即畫符於掌心，合掌念咒，則有雷從掌心生。而「五雷天心正法」，又稱「五雷」、「五雷正法」，據傳雷公有兄弟五人，道士得雷公墨篆，依法行之，可致雷雨，祛疾苦，立功救人，故稱之。而此「雷法」的法術可見於《江湖奇俠傳》：

（一）第二十四回中，萬清和欲以掌心雷將智遠和尚打死，結果卻劈在一棵

松樹上。

（二）第三十六回中，碧雲禪師於小和尚手中畫雷符，好為引誘旱魃時防身。

（三）第三十七回中，慶瑞以五雷天心正法戰妖怪藍辛如的描述：「祇見一個
　　　山坡之內，一團黑煙，有四五丈寬廣、二三丈高下，團圓如一個大黑
　　　桶。黑煙裡面有甚麼東西，在外面看不清晰。圍繞著黑煙的，也是雷
　　　電交作。」

（四）第七十九回中，常德慶欲殺柳遲的功夫，亦是掌心雷，不肖生的敘述
　　　如下：「舉左手向樹林中一照，隨手起了一個霹靂。祇震得山搖地動，
　　　樹林跟著一起一伏，如被狂風摧折。」

（五）第九十五回中，孫癩子用雷法傷害狐狸的描寫：「當下就用左手結了一
　　　個雷訣，才舉起來，……就這一舉手之間，煙雷生於掌握；霹靂起於
　　　空中，眼見那狐狸被雷劈得就地一滾，山嶺都搖搖震動！」

　　（5）看鬼法

　　由其名稱便可得知此為能使生人見到死者的法術，如《江湖奇俠傳》第
二十九回中，劉景福從濟法師學看鬼之術，後來道行漸為高深，連大羅金仙
也看得見。

　　（6）屍解

　　屍解，即謂道徒可通過各種途徑遺其形骸，而得道成仙。而於《江湖奇
俠傳》第九十五回的書中人物雪山和尚講道：「左道是注重屍解的，屍解有兵
解、木解、水（按：正文疑少「解」字）、火解等分別。」例如該書第九十七
回的鄧法官便是木解。而其他有過屍解的同該書中人物有：第九十三回的畢
南山祖師，其已曾經屍解過七次了。再如第九十八回的趙如海亦是。

　　（7）紙人紙馬、撒豆成兵

　　此種法術於《江湖奇俠傳》第二十二、二十三回中，萬清和曾使用過。
萬清和乃是利用它來收服李有順等匪寇，為其統御。再如《近代俠義英雄傳》
第六十三回中，陳樂天表演紙人扛刀、紙人扛桌，及以紙變成老虎及蝴蝶等
法術。再如《江湖奇俠傳》第五十四回中，另有一類似的法術，那便是乘紙
鳶凌空，該回中的人物錢素玉便是欲利用此術逃脫。

　　（8）代替法

　　如《江湖奇俠傳》第五十一、五十二回中，新娘（蔣瓊姑）以雄雞代楊
繼新之命，躲過飛劍追殺之劫。再如同該書第五十一回所講到的「替身符」，

亦是相同，皆指以他物代己，然旁人不知，仍以爲是己的法術。

（9）替換法

替換法，乃是以物換物的法術，此法術可見於《江湖奇俠傳》第二十九回中，濟法師顯「替換法」給劉景福看時，「隨手指一張方桌，說是一隻牡牛；那方桌便立時成了牡牛。」

（10）禹步

禹步，指古代方士作法時所用的特殊步法。相傳夏禹治水，積勞成偏枯之疾，行走不良。巫師效其跛行姿勢，故稱。於《江湖奇俠傳》第六十四回中，藍辛石便是以禹步作法，來與老虎對抗。

（11）分身術

分身術，據稱能使人分一身爲數身而同時顯現於不同地方。又稱「分形」。於《江湖奇俠傳》第二十九回中，濟法師又顯此法給劉景福看時，乃現出無數的濟法師出來。再如《近代俠義英雄傳》第五十回中，彭紀洲對於胡九能同時在相隔百多里作案時，說：「然他沒有分身法，如何能同時在相隔百多里的地方，打劫兩處呢？」由此也可知分身術的功效。

（12）移山倒海術

《江湖奇俠傳》第三十六回中，怪物垂死前以此法使石山崩落，欲壓死歐陽后成與楊宜男，二人幸碧雲禪師及時搭救，才免於一死。

（13）天眼通　天耳通

「天眼通」之術，見於《江湖奇俠傳》第二十九回，該回言劉景福可以看見鬼物，實爲其天眼通的根基。而「天耳通」之術，則見於同該書第五十八回，藍辛石是修天耳通的，自言己能：「十里之內，我聽蒼蠅的哼聲，與雷鳴相似！」可見此二項法術是將人類的視聽器官，擴展到凡人能力所無法達到的範圍。

（14）百魂幡法

《江湖奇俠傳》第五十一回，敘述此法爲旁門左道最厲害的東西，須一百個讀書人的靈魂，才能成就此法，書中未明其功成後其用途，只言用處大得不可思議。

（15）採補

採補，是道教的房中術之一，古代房中家認爲，男子能通過和女子交合而採得「陰氣」，補益「陽氣」，以益壽延年。而在《江湖奇俠傳》第二十八

回的敘述中，周敦秉雖是修道之人，但經常涉足風月場所，便有人說他是做採補功夫的。再如同該書第六十九、七十回，藍辛石貪口腹之慾，而被妖精隔空攝取元陽，雖是採陽補陰，亦是求延年益壽。

（16）八陣圖

陣圖是我中國非常深奧的一門學問，然其用途在古代中，是常被利來作戰。而此處所明的「八陣圖」，乃為諸葛亮所作。於《江湖奇俠傳》第四十三回中，笑道人便云此圖為諸葛武侯所作，而他仿此法佈於戴福成修鍊的穴口，以防有人或獸入穴，妨害戴福成的修鍊。再如該書第四十七回，朱復誤入八陣圖奔逃了二三十里，仍在原地。

（17）雪山水法術

雪山水法術，於《近代俠義英雄傳》第六十一回中出現，由該回的敘述，可得知此術的作用在使飯蒸不熟。

（18）飛行術

飛行術是神仙們最常用的法術，於《近代俠義英雄傳》第五十四回中，惠化、達光二位和尚以「御風而行」之術，逃過火燒少林寺的劫難，其實「御風而行」就是飛行術。再如同該書第六十二回中，韓春圃初遇陳樂天，時值陳樂天在練習飛行術，書中且述明欲飛行前要燒符籙；練習完後，須於寅時前謝神，否則會受神道譴責。

（19）感攝法

此法於《近代俠義英雄傳》第六十七回中出現，書中人物柳惕安當想吃油餅時，只要合眼、心想往日其師拿油餅給他吃的情景，並輕喚其師「潘老師」三次便有之。乞丐（單師傅）對柳惕安解釋此術為何法時，道：「……因你的精誠，與他（按：指柳師潘師傅）生了感應，他的精神，雖相隔數千里，也能代替他在你跟前運用法術，所以叫做感攝法。」

（20）雲雀法

於《近代俠義英雄傳》第六十九回中，書中人物單老頭的不知名小徒云：「江湖上走索的是使的雲雀法，雲雀法最怕鳥槍，用不著真個開槍，只要向他一瞄準就把他的法破了。」

（21）神行法

《近代俠義英雄傳》第八十三回中，出現了「神行法」的方術。神行法，乃是能日行千里的法術。不肖生在敘述修鍊此法時，講到須擇日設壇，念咒詞，

每日子、午、卯、酉四次功課，逢庚、申日須二十四小時不睡，名叫「守庚申」。且更描寫了修鍊的過程：「第一七中，不至有什麼現象；在做功課的時候，只身上有些出汗。第二七中身體震動，不由自主，甚至懸空或倒豎。第三七中，有時滿眼所見的都是紅光，彷彿失了火的情景。以後下去，日子越深，所見紅光的時間越多。直到七七完了，紅光變成了兩盞紅燈；有童男女各一出現，一人擎一盞紅燈，立在你的面前，這便是你神行法練成了的現象。此時心想去什麼地方，童男女自會擎燈前行。你無須管東西南北，只顧跟著紅燈行走，到了自然停止。這童男女和紅燈只你能見，旁人什麼也看不出。」

（22）其他

就是不肖生於該二書中，未賦予名稱的法術，計有：

（一）禁制法：此名稱乃葉洪生於批校《江湖奇俠傳》時所給予的。〔註28〕此法可見於同該書第二十七回中，周敦秉捉弄排客時，以竹筷插入飯桶中，於湖中流行正急的木排便立刻停住。再亦同該書第九十七回中，鄧法官垂死前吩咐其妻在其死後，將七隻鐵蒺藜燒紅塞進其喉管，好便於報仇雪恨。其妻當時不肯，鄧法官便著急的說：「……我此時不曾咽氣，這身體還是我的；祇一口氣不來，我就有法術能使我的屍體，立刻變成那妖精的替身；你塞鐵蒺藜，不是塞進我的喉管，是塞進那妖精的喉管！」由此可知，此術同於吾人常聽知的以草人作法，使人生病或致死的法術一樣。

（二）障眼法：此法不肖生雖曾於《近代俠義英雄傳》第十一回中提及，但只言名稱，未言該術內容為何，然於同該書第六十一回中，客棧裡的飯蒸不熟，客棧老板朱伯益本認為是有人施雪山水之術，但後經使用該術者陳樂天解釋說：「並不是真法術，不過是一種幻像而已。」葉洪生於此處批校時，賦予其名稱曰「障眼法」。〔註29〕

（三）偷天換日：此名稱亦是葉洪生於批校《近代俠義英雄傳》時所給予的。〔註30〕此法可見於同該書第六十八回中，潘師傅薄懲飯舖主人，與柳惕安師徒二人猛吃白飯，似乎不曾餵飽，結果其師徒所吃下的白飯，

〔註28〕參見《江湖奇俠傳》第二冊，頁338，葉洪生的眉批處。（臺北，聯經出版事業公司，民國73年）

〔註29〕參見《近代俠義英雄傳》第三冊，頁786，葉洪生的眉批處。（臺北，聯經出版事業公司，民國73年）

〔註30〕同註29，參見該書頁949，葉洪生的眉批處。

都在柳惕安所擔負的破蘿筐中。然柳錫安問潘師傅此為何種法術，潘老師是回答其也不知其名稱。

（四）隨心所欲：此法名稱亦是來自葉洪生所批校的《江湖奇俠傳》。〔註31〕也就是該書第三十四回中，歐陽后成隨手一指，心想或道某願，馬上應驗的法術。

9、別　論

最後要談的雜術類方術，就是飛劍與隱身術。劍於道教中的用途，是它可以用來驅鬼辟邪，如吾人所知曉得道士們常用木劍來作法，所以正一派道士更是把劍列為該派兩大法寶之一。然於道教中似乎沒有講到飛劍，反而是於佛教密宗有關於飛劍的說法，提出此看法者乃是清代的沈曾植，其懷疑唐人的劍俠小說是出自於密宗，見其《海日錄雜記》卷五「成就劍法」云：

> 《妙吉祥最勝根本大教王經》有成就法云：「持明者，用鑌鐵作劍，長三十二指，巧妙利刃。持明者執此劍往山頂上，如依前法作大供養，及隨力作護摩。以手執劍，持頌大明，而劍出光明。行人得持明天，劍有烟焰，得隱身法。劍若暖熱，得降龍法，壽命一百歲。若法得成，能殺魔冤，能破軍陣，能殺千人。於法生疑，定不成就。」又有聖劍成就法。又云：「若欲成就劍法，及入阿蘇窟，當作眾寶像，身高八指。」云云。按唐小說大抵在肅、代、德、憲、之世，其時密宗方昌，頗疑是其支別。如此經劍法，及他諸神通，以攝彼小說奇蹟，固無不盡也。

而沈曾植的此種疑點是正確的，因「成就劍法」在密宗經典裡多有記載，如《聖迦伲忿怒金剛童子菩薩成就儀軌經》卷上云：

> 又法：對舍利塔前，誦真言六十萬遍，即先成就。然後以補沙鐵作劍，長六指或八指或十六指或三十二指，或依餘真言教中劍量，劍成之後，以五淨洗之。右手把劍於道場中念誦，乃至劍現光焰，持誦者則得變身，為持明仙，飛騰空虛，名為持明劍仙。

又《佛說大摩里支菩薩經》卷三亦云：

> 若聖劍得成就者，手執聖劍即得一切持明天主，與諸天女長受娛樂，此名聖劍成就。

〔註31〕同註28，參見該書頁426，葉洪生的眉批處。

由以上諸引文可知，吾人觀念中的劍俠小說與飛劍、隱身法之術，實乃出自於佛教密宗的故實，而非源於道教。只不過唐代以後的小說家們，運用其想像力加以藝術渲染，於飛劍、隱身法之術之外，更創造許多變化莫測的劍術與道教的方術，才致使有此觀念。

而不肖生的《江湖奇俠傳》本身就是劍俠小說，也因此毫不例外的，劍仙們的基本武器就是飛劍。至於《近代俠義英雄傳》中，亦有述及飛劍之處，此可見該書第六十八回，且該回亦描寫修道人的劍有四種：「一種是用木製的，上面畫符，每日用咒向木劍唸誦，練成之後，能在五十里內殺人除妖。一種是用金屬製的，比木劍難練，力量也比木劍大些，能在百里之內指揮如意。一種是練氣的，練法更難，能及千里。最上的練神，無間遠近，練神練氣，都非尋常肉體凡夫所能。」然道教似乎沒有此種說法，葉洪生於此處批校為「亂說乎！」，〔註32〕不過這也展現了不肖生的想像力吧！

至於隱身術，乃是能使人身體隱形不見的法術，又稱為「隱形」、「隱淪」。於《江湖奇俠傳》一書中便常利用到「隱身法」一詞，如：

（一）第二十四回，萬清和不敵智遠和尚，想藉隱身法逃走，但為時已晚。

（二）第五十三回中，韓采霞滅蔣育文一家的計劃與始末，皆被劉鴻采借隱身法所聽到，所看到。

（三）第一百零三回，孫癩子受無垢和尚之託，藉隱身法入馬心儀的府邸，欲指點張汶祥。

而於《近代俠義英雄傳》亦有「隱身法」一詞的出現，如第十一回，火車站的雇役對趙玉堂能躲過警局的圍捕，以為是趙玉堂會隱身法。及第五十四回，海川公心想其又不會隱身法，又如何使官兵看不到他，而不造殺孽呢？

正由於此二術實出佛教故實，而非一般人觀念中的源於道教，故立以別論敘之。

由以上所舉方術思想之例，可明顯看出《近代俠義英雄傳》一書言此方面的文字較少，且該書第六十九回中，不肖生也藉書中人物胡直哉，言明法術誠不可恃，這正也明白地區分該書與《江湖奇俠傳》性質的不同點。

上述便是《江湖奇俠傳》與《近代俠義英雄傳》二書，有關儒、佛、道三教的思想傾向之處；而從另一方面，也瞭解到儒、佛、道三家思想，影響文學創作的程度，及其如何構建融合成中華文化，與大多數人分不清何者究

〔註32〕同註29，參見該書頁935，葉洪生的眉批處。

竟原屬何教，三教混雜觀念的情形。〔註33〕

〔註33〕三教混雜的情況，常見於中國古典小說中，也就是「僧不僧、道不道」。平江
不肖生《江湖奇俠傳》亦是有此情形，如第十八回中，智遠和尚居於玄妙觀。
又第二十四回中，水月庵主持了因尼姑，曾因練丹走火而傷了左眼。再如第
七十六回，老和尚（妖僧）居然會言玉帝有旨要如何如何。這皆是「僧不僧、
道不道」所呈現的地方。

第六章　藝術結構與寫作技巧

第一節　結　構

　　結構，乃爲小說的骨架，大凡小說創作者在寫作小說之前，皆會先賦予其欲寫作小說的結構，方能按此骨架建構成書。而於中國古典小說的領域裡，單線式的結構，也就是以一個主人翁或以一主要事件來貫穿全書的結構，是比較多見的。至於《江湖奇俠傳》與《近代俠義英雄傳》二書，大體上而言仍是以單線式的架構爲主，以下便對該二書的結構方式細論之。

一、《江湖奇俠傳》

　　《江湖奇俠傳》全書是以平、瀏兩縣的居民爭水陸碼頭，及崆峒、崑崙兩派的互相參予爭鬥爲主線，而發展出許多的奇俠故事；但是該書卻未以此線——單線來貫穿全書的首尾，而是常藉由書中某一人來帶出另一人，來作爲該書的骨架，這也是不肖生作品的寫作特色。葉洪生於〈平江不肖生小傳

此章將要探討的是《江湖奇俠傳》與《近代俠義英雄傳》二書的藝術手法。至於所依據的分析方法，乃主要是以中國傳統通俗小說的評點方法來作論述輔以少數近來的評論小說的觀點。也順帶瞭解身爲通俗小說中一員的武俠小說，它的類型架構健全的年代，嚴格上來講雖是形成於民國成立以後；但是它的寫作藝術技巧，亦是有著和傳統古典小說相同的地方。

及分卷說明〉一文中，便論及不肖生的創作技巧爲：

> 喜採「劈竹法」及「剝筍法」，由一人帶出一人；分別就其角色輕重，
> 或作列傳，或記世家：娓娓道來，引人入勝。〔註1〕

而此種寫作方法的最大缺點，便是如果駕馭不當，故事情節將會偏離主線而行，不肖生的作品亦是犯有這項毛病。因此，范伯群於〈從不肖生的黑幕與武俠代表作談起〉一文中，便評論道：

> 《江湖奇俠傳》幾乎談不上什麼藝術性，不肖生在寫作之前缺乏一
> 個通盤的考慮，因此小說的結構極爲散漫。充其量也不過是各種片
> 斷的奇談怪聞的連綴和補綻而已。〔註2〕

張贛生於〈平江不肖生（武俠小說）〉一文中，也談及：

> 向氏初撰《江湖奇俠傳》時，並無完整構思，只是隨手摭拾湖南民
> 間傳說，加以鋪張誇飾，以動觀聽，用類似《儒林外史》的那種集
> 短爲長的結構，信筆寫來，可行可止。〔註3〕

王海林於《中國武俠小說史略》一書中，亦評《江湖奇俠傳》爲：

> 全書並沒有完整的一貫到底的故事情節，而是效法《儒林外史》的
> 結構法，集短篇爲長篇。〔註4〕

其實不肖生在撰寫此書的時候，便已自明此書有著結構鬆散的毛病，因此於該書的第一百零六回中，其便現身解釋《江湖奇俠傳》一書的結構，其云：

> 然在下寫這部奇俠傳，委實和施耐庵寫《水滸傳》、曹雪芹寫《石頭
> 記》的情形不同：

> 《石頭記》的範圍祇在榮、寧二府；《水滸傳》的範圍祇在梁山泊；
> 都是從一條總幹線寫下來，所以不至有拋荒正傳、久寫旁文的弊病。

> 這部「奇俠傳」卻是以奇俠爲範圍：凡是在下認爲奇俠的，都得爲

〔註1〕 語見葉洪生〈平江不肖生小傳及分卷說明〉一文，該文收錄於其編《近代中
國武俠小說名著大系》所收平江不肖生作品，每種的第一冊，引正文前頁84。
（臺北市，聯經出版事業公司，民國73年）

〔註2〕 語見范伯群〈從不肖生的黑幕與武俠代表作談起〉一文，該文收錄於其著
的《禮拜六的蝴蝶夢》，引該書頁198。（北京，人民文學出版社，1989年6
月）

〔註3〕 語見張贛生〈平江不肖生（武俠小說）〉一文，該文收錄於其著的《民國通俗
小說論稿》，引該書頁119。（重慶，重慶出版社，1991年5月）

〔註4〕 語見王海林《中國武俠小說史略》一書，引書頁155。（太原市，北岳文藝出
版社，1988年）

> 他寫傳。從頭至尾，表面上雖也似乎是連貫一氣的；但是那連貫的
> 情節，祇不過和一條穿多寶串的絲繩一樣罷了！

由以上不肖生的自述，與後人對《江湖奇俠傳》的評論，可以歸結該書的結構型式乃爲接力式，也就是書中人物像是在接力賽一樣，一人接替一人輪流粉墨登場。又由於此種結構，乃是由眾多短篇小說集結成爲一長篇小說，所以也可稱其爲短篇式的結構、故事組式的結構。雖然此種結構所成之書，沒有貫穿全書首尾的線索，也無貫穿全書的中心人物，但是仍屬同一性質的故事組，所以在籠統上，仍可以稱爲是單線式的結構，也正如前引之文不肖生所講的「一條穿多寶串的絲繩」。然以此種結構方式成書的，最早可由《水滸傳》看出端倪，但是《水滸傳》一書以接力式的方法來建構該書，也只限於該書的第七十一回前而已。因此最完整以接力式結構成書的始祖，可以說是《儒林外史》。然以此種骨架建構而成的小說，有何優缺點呢？方正耀的《晚清小說研究》一書，便談的很清楚，優點是：

> 接力式結構內部不定前後順序，甚至可以顛倒或跳躍排列，事件多寡任作家而爲，在這意義上，這類結構不受時間、空間的限制，因而有極大的靈活性，而且易於窮極命題的各個方面，集中、透徹地表現主題。〔註5〕

至於缺點則是：

> 這一類型結構，也有與生俱來的致命弱點，即散。因爲它不像短篇散文那樣容易凝「神」，沒有貫穿全書的情節線索和人物，很難體現長篇結構的間架骨骼。……人物雜遝，互蔽光色，難以凸現主要人物的立體形象；事件枝蔓，結構臃腫，殘留無數斷痕。〔註6〕

而不肖生的《江湖奇俠傳》正是有著上述的優缺點，下面便將《江湖奇俠傳》的全書結構，簡明以圖表示之：

（1）柳遲（第一回～第四回）

（2）楊天池（第五回～第十二回）

　　　　──陸小青（第七回）──常德慶（第八回）→甘瘤子（第九回）
　　　　→桂武、甘聯珠（第九回～第十一回）→紅姑（第十一回）

〔註5〕語見方正耀《晚清小說研究》一書，引書頁279。（上海，華東師範大學出版社，1991年6月）

〔註6〕同註5。

｜

（笑道人）

｜

（3）向樂山（第十二回～第十九回）

　　→向樂山、解清揚（第十八回～第十九回）

↓

（笑道人）

↓

（4）朱復（第十九回～第二十五回）

　　→胡舜華（第二十一回）（第二十一回起爲朱、胡二人合傳）→
　　萬清和（第二十二回）

｜

（5）唐采九（第二十五回～第二十七回）

｜

（6）智遠、朱復（第二十七回～第三十回）

　　→周敦秉（第二十七回～第二十九回）──劉景福（第二十九回）

｜

（7）歐陽后成（第三十回～第三十七回）

　　→銅腳道人楊建章（第三十五回）→楊宜男（第三十五回～第三
　　十六回）（第三十六回起爲歐陽、楊二人合傳）

｜

（第三十七回，朱復匆匆一瞥）

｜

（8）末老先生（第三十七回～第三十八回）

　　（第三十八、九回，朱復又匆匆一瞥）

｜

（9）陸偉成（第三十九回～第四十六回）

　　→朱鎮岳（第四十回～第四十二回）→笑道人魏壯猷（第四十二
　　回～第四十四回）（第四十六、七回，朱復再現）

｜

（10）楊繼新（第四十七回～第五十五回）

　　　　→錢素玉、莊瓊姑（第五十二回～第五十三回）（第五十三回起
　　　　為楊、錢、蔣合傳）

　　　　　　　　　　　　　｜

（11）柳遲（第五十五回～第七十一回）
　　　　→藍辛石（第六十回～第六十四回）→盧瑞（第六十四回～第六
　　　　十六回）——孫開華（第六十六回～第六十七回）→方紹德（第
　　　　六十七回～第七十回）

　　　　　　　　　　　　　｜

（12）陸小青（第七十一回～第七十五回）——陸小青、柳遲（第七十
　　　　五回～第一〇六回）
　　　　→（趙振武）→趙星橋（第七十六回～第七十八回）——知圓和
　　　　尚楊從化（第八十一回～第八十二回）→張汶祥（第八十二回）
　　　　→張汶祥、鄭時（第八十三回～第一〇六回）→孫耀庭（第九十
　　　　二回～第一〇四回）→鄧法官（第九十四回～第九十七回）→趙
　　　　如海（第九十八回～第一〇一回）

　　　　　　　　　　　　　｜

（13）趙五（第一〇七回～一一〇回）——（柳遲）——余八叔（第一〇
　　　　八回～第一一〇回）

〔說明〕

一、本簡圖所示人物，乃以該書有為該人物立傳者為主。而不肖生的描寫手法，也常有立一主
　　傳，底下統攝著諸多小傳，所以於下圖中，若遇此種情況，則是先明主傳人物，後表小傳
　　中的人物。

二、人名之下，明其立傳之起迄回數。

三、符號表示：括號內的人名，乃表接駁兩個主傳的人物，也就是所謂的「接筍點」。若無此
　　項記載者，乃是表示無有接筍的人物。箭號，乃表人物的接序，也就是所謂一人帶出一人
　　的「劈竹法」。若非為此法接序者，則以一條線來明之。

二、《近代俠義英雄傳》

　　《近代俠義英雄傳》雖仍展現了不肖生「劈竹」、「剝筍」等的寫作特色，
但該書在結構上，實優於《江湖奇俠傳》一書許多。雖然該書仍是由眾多短
篇集結而成，但是已似有貫穿全書首尾的中心人物，全書開始乃以王五及霍

元甲兩人雙線共構，由此雙線發展出許多俠義之士的故事。但王五之線在第四十四回，隨著王五身亡便收結了，其後便剩以霍元甲為中心的主線再繼續進行。雖有部份情節，其二人雖未參與，但皆是由其二人推展出來的。所以《近代俠義英雄傳》一書的結構，已非是《江湖奇俠傳》的接力式結構，而是類似於《孽海花》一書，傘狀花架式的結構。此種結構方式，是以書中中心人物為核心，綻放出許多相關事件與人物，所以仍可稱為是由單線式結構派生而出的結構方式。雖此種結構有何優缺點呢？據方正耀的《晚清小說研究》一書中所云：

> 其整體結構不但貫穿了人物，有一條發展脈絡，且突現了主人公的造型；同時，又因宕開筆墨，勾連它事，而同樣體現了反映生活廣闊的特點。當然，由於作家仍未能以全力集中刻劃主要人物，且分散筆墨所涉事件的關係複雜，頭緒繁多，難以寫深寫透，因而不免存在喧賓奪主或羅列瑣事致使結構內部並不緊密的局限。
> 〔註7〕

而《近代俠義英雄傳》一書的結構，正是有著上文所述的優缺點，如該書第二十回〈金祿堂試騎千里馬，羅大鶴來報十年仇〉以王五為虛架的引線，引出一長串的俠客英雄與事件的情節，至第四十一回才又回到王五的主線上。由此可知，此種結構亦是有與接力式結構相同的缺點，雖其能夠展現作者所要反映的社會狀況，但是仍不免有時會偏離主線而行。下面便以圖表簡明《近代俠義英雄傳》一書的結構：

〔註7〕同註5，引書頁283。

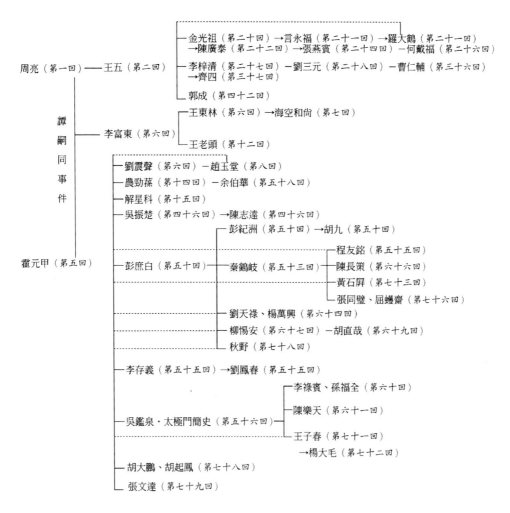

〔說明〕

一、本簡圖所示人物，乃以該書有爲該人物立傳者爲主。

二、人名之下，明其登場之回數。

三、符號表示：箭號，乃表人物的接序，也就是所謂一人帶出一人的「劈竹法」。若非爲此法
　　接序者，則以一條線來明之。

四、譚嗣同事件是王五帶出霍元甲的引線，而李富東是書中唯一於兩條主線上出現的人物。

五、若副線所衍生的人物，有與中心人物相會者，則以虛線表明。

綜上所述，無怪乎會有不肖生在創作短篇小說上的功夫，實優於其長篇小說
的作品。若將不肖生的這兩部長篇小說，分爲諸多的短篇小說來看的話，實
爲是非常嚴謹的短篇小說的說法。〔註8〕

〔註 8〕此種說法可參見范伯群〈武俠小說開山祖——平江不肖生〉一文，該文收錄

第二節　情節設計技巧

　　情節設計與人物塑造，是一部小說之所以能夠吸引廣大讀者的兩個主要因素，缺一不可。而所謂的情節設計技巧，也就是作者在安排描寫情節時，所運用的藝術手法。底下便對《江湖奇俠傳》與《近代俠義英雄傳》的情節設計技巧細論之，至於該二書的人物塑造方面，則留於下節再述。

一、敘事角度與角度轉移技巧

　　中國傳統通俗小說由於深受「說話」藝術的影響，所以在敘事角度上，大都是以作者全能全知第三人稱的觀點為主，也就是作者以說話人的身份，常常於書中現身說法，表明自己對某一人物事件的主觀態度和價值判斷，或者是對文物典章制度、社會風情加以解釋，或是知道故事情節中人物所不知的秘密等的寫作方式。然而如果一部小說祇是以此種角度來作敘事，未免會使小說呈現呆板化，所以傳統通俗小說家們有時亦會兼以書中人物的第三人稱限知的內視點來作為敘事角度，也就是藉由書中人物的眼、耳的角度，來鋪寫情節的方式。至於不肖生的《江湖奇俠傳》與《近代俠義英雄傳》二書的敘事角度，亦是如同大多數的中國傳統小說一樣，以全能全知的角度為主，兼以故事人物的內視點為輔。如於該二書中，所遺留的說書痕跡，及不肖生常於該二書中，講述到各種的社會現象與各地的民俗風情等，皆是這種全能全知敘事角度的運用。再則如上節所提到的不肖生曾於《江湖奇俠傳》中，自述該書結構的文字記載，又如《近代俠義英雄傳》第七十七回中，張同璧請求黃石屏救她的丈夫屈蠖齋的時候，曾對黃石屏發誓這個秘密，絕對不給第三人知道的情形，再再皆是以此種敘事角度寫作的例證。

　　至於書中人物耳目的內視角度運用方面，如在《江湖奇俠傳》第二回的敘事角度，便是藉由書中人物柳遲的眼與耳的角度，來鋪寫崑崙派聚會的情景。又如該書第四十七回，玄妙觀裡崑崙派大老雲集的景況，乃從朱復的耳、眼的角度作描述。再如《近代俠義英雄傳》第四回便藉王五的眼睛，與王五心裡的推測，來為霍元甲的出場作鋪墊。又該書第四十一回，再從王五的眼睛與耳朵的角度出發，描述郭成與周錫仁兄弟於客棧上的所做所言等，皆是

　　　　於其編的《武俠鼻祖──向愷然》，見該書頁 5～6。(臺北市，業強出版社，1993 年 2 月)

以書中人物的內視角度，來敘述事情。而以此種角度來作為情節敘述的好處，就是少了作者的這一層隔閡，進而可以拉近書中人物與讀者的距離。

至於此兩種敘事角度的轉移技巧，不肖生又是作何處理呢？答案是如同傳統通俗小說一樣，只要是一講述到書中某位人物眼睛「只見」、「祇見」、「但見」、「忽見」等的人物主觀觀察，有時是運用到「望」、「看」等字，或是書中人物的耳朵聽見某事等，便是從全能全知的角度轉移到以書中人物內視點的角度來作敘述了。而內視點的敘述角度的作用，也就如魯德才於《中國古代小說藝術論》一書中所講的：

> 內視點除了介紹人物方面的作用外（按：魯德才於此引文後，另提到「只見」一詞，亦有引出人物的作用。），它同時還有表現人物心理活動的作用。人物的眼睛就像一架透鏡，一方面照出外部世界的種種幻相；另一方面，又透露出人物對所看物像的內心反映。〔註9〕

不肖生的《江湖奇俠傳》與《近代俠義英雄傳》亦不例外，因為不肖生便常用此方式，來引出、簡介下一個登場的人物後，然後再以第三人稱全知全能的角度來詳細描述之。至於前引之文所提另一項作用的最佳例證，就是於《江湖奇俠傳》第四十八回中，楊繼新依著老頭（呂宣良）之引，來到他路上奇遇的女子住所，從門上的鑲縫窺視花園，盼望能再一看那女子的美貌，而後的情節敘述如下：

> 祇見一個淡粧幽雅的女郎，率領著四五個年齡都在十二三歲的丫鬟，各人手中提著一把澆花的水壺，往來汲水，澆灌花木。看這女郎的年齡，比在路上所看見的，略大一兩歲；天然秀麗，擯絕鉛華，玉骨冰肌，如寒梅一品，比較在路所見的，更覺名貴！祇是看這女郎的容色，黛眉眉斂怨，淥老凝愁，亭亭玉立在花叢之中，望著這些丫鬟奔走嬉笑；自己卻不言不動，好像心中有無限抑鬱憂傷的事，無可告語，祇擱在自己心裡納悶似的！
>
> 楊繼新看了這種憔悴的容顏，不知不覺把初來時的一團熱烈的好色念頭，冷退了大半！心想：這女郎必是那老頭所說的，和在路上所見的是同胞姊妹。但是何以那個是那麼不識憂、不識愁的樣子；而這個卻如此鬱鬱不樂呢？大概是因他的年齡大一兩歲，對著這黃鶯

〔註9〕語見魯德才《中國古代小說藝術論》一書，引書頁141。（天津市，百花文藝出版社，1988年12月）

作對、粉蝶成雙的景物，不免有秋月春風，等閒度卻的感慨！

楊繼新正在心坎兒溫存，眼皮兒供養，忽聽得遠遠的有笑語的聲音，眼光便向那方望去。祇見在路上遇的那個女子，分花拂柳的，向澆花的所在走來；……

……那年齡小些兒的，已走過來，雙手一把，將年齡大些兒的頭抱住，向耳根唧唧噥噥的說了一陣；放開手，又做了做手勢，好像是比譬看見了甚麼東西的形狀。說得這年齡大些兒的低頭不語，憂怨之容，益發使楊繼新看了心動！

那年齡小些兒的，拉住他姊姊的衣袖，並招呼這四五個灌花的丫鬟，緩緩的往園外走去。

楊繼新心裡急起來了！恨不得跳過粉牆去，追上前一手一個把這兩個初離碧霄的玉天仙摟住！祇是那有這麼壯的勇氣呢？從這條鑲縫裡張看一會，看不完全；連忙又換過一條鑲縫張看，一行人越走越遠，使楊繼新越遠越看不分明；連換了幾條鑲縫，仍被許多花木，遮了望眼！祇聽得拍的一聲，估料是出了花園，關得園門聲響！

再看園中景物，蝶戀花香，風移樹影，依然初見時模樣；祇玉人兒去也，頓覺得園中花木，都減了顏色！楊繼新也不免對景傷懷，惘然了許久。

此段的情節描述技巧，實為高明。一方面從楊繼新之眼，照出花園裡眾女子澆花的美景，幕幕如歷在讀者的面前；而另一方面，又加上楊繼新的內心獨白，正是將楊繼新一顆急欲美色的內心，刻劃得活靈活現。由此可知，不肖生的敘事角度轉移技巧，仍實汲取自傳統通俗小說。

二、敘事技巧

敘事技巧，可說是情節設計最重要的一門，亦可言為是一部小說的主要藝術手法。至於不肖生運用了那些敘事技巧，以下便分析之。

1、敘事順次的方式

在敘事順次的方式上，不肖生於該二書中，運用了正敘、倒敘、插敘和補敘等的寫作方法。《江湖奇俠傳》一書在第四回中，於講述完畢崑崙、崆峒兩派爭予平、瀏兩縣爭水陸碼頭之事後，所展開的數十回的情節，大抵而言可以算

是屬於用倒敘的寫法來創作，也就是將崑崙、崆峒兩派的諸多豪俠的經歷，及為何兩派會成為世仇，且涉入平、瀏兩縣鬥爭的來龍去脈交代清楚。然至於《近代俠義英雄傳》一書，故事的敘述時間乃從「戊戌變法」橫跨至清末的革命運動風潮洶湧為止，展現了清末一般的社會狀況，所以大體上是以正敘的筆法來描寫。以下便細述不肖生於該二書中，運用了那些述事順次的方式：

（1）正敘

所謂的正敘，就是按照故事情節發生的時間、過程依次敘述。前文中便已談到《近代俠義英雄傳》一書，大體上是以此種方法來創作。至於《江湖奇俠傳》，其主體雖是運用倒敘手法，但是在講述每一位奇俠的時候，卻大都是以正敘的方式來述說，如該書第四回起的楊天池傳、第十二回起的向樂山傳等，皆是以此方式來撰寫。

（2）倒敘

倒敘，就是作者在描寫某一個事件時，先寫結果，後談原因的寫作方式。此例姑且不談《江湖奇俠傳》，而論《近代俠義英雄傳》一書，如：

（一）第三十一回中，先談到張燕賓已被捉入獄，後才述及張燕賓被逮的經過。

（二）第七十二回中，先云彭庶白與柳惕安於夜裡救了一名少婦，後才描寫此事的經過。

以上諸例，皆是運用了倒敘的方式，來述說該情節。

（3）插敘

插敘，就是在一個主要情節正在進行時，忽然插進另一個情節，然這個插進的情節是要與主要情節有關，而在插敘完畢後，原來被中斷的主要情節又得重新延續起來，從而保持情節完整性的寫作方式。也就是金聖嘆所謂的「橫雲斷山法」。此種敘述的方式，可見於《江湖奇俠傳》第二十一回，正描述曹喜仔誘拐了朱復及一名七歲女孩的時候，便插入了這位女孩（胡舜華）的小傳，而後才回到主要情節。又如《近代俠義英雄傳》第六十七回中，述及彭庶白返家途中，遇一少年打退眾流氓，而正欲與此少年結納時，便插進這位少年（柳惕安）的傳記，也順便帶出胡直哉的小傳，在這一切描述完畢後，才又歸回主要情節。再同該書第七十八回，胡大鵬會見了霍元甲，不肖生便插述了胡大鵬、胡起鳳兄弟的經歷等，皆是此種寫作方法的運用。

（4）補敘

補敘，就是一個情節的前因後果不是一次說完，而是分為幾處才補足。
而不肖生運用此種寫作方式之處，可見於《江湖奇俠傳》：

（一）第二十七回登場的周敦秉傳，不肖生先描寫周敦秉因捉弄排客而致生
命垂危後，才再補述周敦秉的履歷事蹟。

（二）第三十九回中，朱鎮岳押銀返常德，巧成美姻緣之事，先由徐書元之
口大略說出，到了第四十回不肖生才詳細述之。

（三）藍辛石被妖精吸取元陽之事，共分別於第六十九回與第七十一回中，
才將此事述說完整。

（四）陸小青傳分別見於該書的第七回與第七十一回。第七回中，乃是敘述
陸小青少時的聰資；第七十一回，則補述了陸小青其後的遭遇。

至於《近代俠義英雄傳》一書，則如第七十七回中，先寫黃石屏於勘察地形
後，順利救出屈蟂齋。至於黃石屏如何入獄救人的經過，其後才由獄卒的口
中的大略補述之。

　　2、「伏筆」與「照應」

　　寫作小說，就如同行軍佈兵一般，需先設有埋伏，方能克敵制先。而「伏
筆」與「照應」，就是能把一部小說構成為前後一致藝術結構的基本筆法。「伏
筆」，是對即將登場的人物、情節先作一個暗示；而所謂的「照應」，則是對
書中所埋設的伏筆，所作的呼應。此種手法的運用在中國古典小說，如《水
滸傳》、《三國演義》、《紅樓夢》……中是屢屢可見的。而不肖生的敘事筆法
中，便是最擅長運用這兩種技巧。然伏筆在小說的創作過程中有何作用呢？
據賈文仁的《古典小說大觀園》一書所述，便可瞭解，其云：

　　　伏筆在小說創作中的作用是多方面的，一個最明顯的作用，就是增
　　　強故事的合理性。……伏筆的另一個明顯的作用就是使故事情節血
　　　脈一貫，使故事情節的來龍去脈、前因後果自然而又合乎邏輯。……
　　　有了這個伏筆，情節發展的來龍去脈就會顯得自然而不突兀，事件
　　　發生的前因後果也就顯得真切而不矯偽。〔註10〕

底下便茲舉數例，以見不肖生運用伏筆與照應的技巧，如《江湖奇俠傳》：

（一）第四回中，呂宣良曾指示柳遲於明年八月十五日子時到嶽麓山頂，而
到了第七十回才照應此伏筆。

〔註10〕語見賈文仁《古典小說大觀園》一書，引書頁222～223。（臺北市，丹青圖書
　　　公司，民國72年3月）

（二）第三十回中，方振藻曾問歐陽后成是否認識他，后成回答認識，慶瑞疑之問后成如何認識方振藻，后成尚未回答時，方振藻便說道：「認識，認識！不是冤家是對頭！」一話，其後到了第三十三回，方振藻果真死於歐陽后成之手。

（三）第七十二回中，不肖生在敘述陸小青於紅蓮寺度中秋之夜時，曾隨月光的移動，瞧見了一口安放在地上的大銅鐘。到了第八十回，才得知原來那口鐘原來是拘禁卜巡撫的場所。

（四）第八十八回中，張汶祥曾對鄭時說明他對與柳無儀婚事的看法，於第一百零三回裡，孫癩子受張汶祥的師父無垢和尚之託，欲點化張汶祥。本來孫癩子以為張汶祥是個好色之徒，死本應當，然其因為偷聽到了第八十八回的那番話，才知道張汶祥實為一條漢子，重燃解救之心。

又如《近代俠義英雄傳》：

（一）第八回中，提到了霍元甲籌了一萬串錢，予其結拜兄弟胡震澤，到了第四十六回，霍元甲為了填補此虧空的款項，才到上海找自稱大力士的奧比音比武，後來又牽扯了一些事件，才導致霍元甲死於上海。

（二）第十五回中，霍元甲曾自道其真想出來，竭立提倡中國的武術。此伏筆正為於第七十七回所述上海教育界欲霍元甲出來主持「精武會」鋪路。

（三）第二十三回至第二十四回中，陳廣泰以為將有人互相廝殺，而欲往排解，以致踢破了門板，到了第二十九回，便敘述了就是因為此破的門板，才使陳廣泰與張燕賓的竊案有一半因此而破案。

（四）第五十四回中，秦鶴岐對彭庶白曾言，霍元甲身上有一大毛病，而霍元甲本身不知道，且更言說不定霍元甲的身體，將壞在此毛病。不幸於第七十三回，果真被秦鶴岐言中。

　　由以上諸例也可知，不肖生的伏筆技巧頗高，常於平凡之處設下伏筆，且埋下的常是千里之線，常有令讀者無法預料之處。不過不肖生偶爾也會犯一毛病，就是告知讀者此處是伏筆，望讀者留意，如所舉《近代俠義英雄傳》中的第一個例子便是，此種寫法實已不是埋下伏筆的原意了。

　　3、「收」與「放」

　　「收」與「放」，就是金聖嘆所提的「欲合放縱法」，亦是蔡元放於《後水滸傳讀法》中，所云的「欲擒故縱法」。此種寫作方式，乃是在一般讀者的

心理，皆是有著希望能馬上知道事件結果的心態，而作者卻在結果之前，故施狡猾，另外描寫另一情節，而置留了該情節的懸念，到了某一個階段才公佈結果。而不肖生於此方面，亦可算是個中好手，如《江湖奇俠傳》：

（一）第二十七回中，智遠禪師曾言欲懲治傷周敦秉的老頭時，不肖生便放了此段情節，而道周敦秉的小傳；可是不肖生卻犯了一大毛病，就是忘了將該故事情節收起來，使讀者不知智遠禪師是否有懲治那老頭。

（二）第三十回中，朱復拿了智遠禪師的信，欲解救朱惡紫與胡舜華時，不肖生的筆鋒卻一兜寫起歐陽后成小傳來，到了第三十三回才結果分曉。

（三）第七十六回中，柳遲與陸小青正欲前往紅蓮寺搭救卜巡撫時，卻崁入了三個回數的趙星橋傳後，才繼續進行主要情節的故事。

而此種寫作的方式於《近代俠義英雄傳》一書中，可見於：

（一）第八回中，霍元甲正欲拜訪李富東時，在路上巧遇趙玉堂，便敘述了約三個回數多的趙玉堂傳。成行之後，又於第十二回起，放進約兩個回數的王老頭傳，其後才回到主線上，敘述了霍元甲與李富東過招的勝負。

（二）第二十回中，金光祖與言永福的徒弟羅大鶴欲作生死之鬥時，不肖生卻運用其最擅長的「劈竹法」，敘述了長達二十個回數，由羅大鶴展開的故事情節後，金光祖與羅大鶴二人才同歸於盡。此例由於放得太遠，實破壞了主要情節的進行。

（三）第六十七回中，霍元甲等人籌備擂台賽正方興之時，插進了約五個回數的柳惕安傳、胡直哉傳及彭庶白的救人事件，使得讀者欲知霍元甲所辦擂台賽盛況如何的心，暫得一緩。

由以上諸例，亦可知道此種寫作方法的好處，乃是留下了懸念給讀者，弔足了讀者的胃口。也是讓讀者有個想像空間，明瞭自己對結果的猜想，是否和作者一樣，好促使讀者有繼續閱讀之心。不過若是處理不妥，是會招至反效果的，如所舉《近代俠義英雄傳》一書的第二個例子便是。

4、「犯」與「避」

「犯」與「避」此種敘事技巧，是中國古典小說評論家，常依之來評論小說的方法，如金聖嘆所謂的「正犯法」、「略犯法」，毛宗崗的「同樹異枝、同枝異葉、同葉異花、同花異果」之法，張竹坡的「犯筆而不犯」之法等皆是。而於「犯」中求「避」的手法，乃是「犯」與「避」的敘事技巧中最上

乘者，也就是作者有意以此種手法，巧妙地將雷同重複的情節，作本質上的劃分。而不肖生亦是擅於此道的能手，如《江湖奇俠傳》：

（一）第十三回、第十五回，周敦五、洪起鵬均因握住向樂山的辮子，而皆以為即將獲勝，結果卻皆被向樂山所打敗的描寫，雖二人同是敗於向樂山的辮子功，但方式不同。周敦五是只被蹾了一個倒栽蔥；而洪起鵬則是像被大風吹起的旗子一樣，被向樂山拖著跑，最後仍是以被蹾了一下收場。

（二）第六十二回、第六十三回，藍辛石分鬥兩虎，第一次藍辛石雖被猛虎唾了一臉白沫，但其眼睛連眨也不眨一下，後以其鋼叉殺死了那隻老虎；然第二次鬥虎，雖前面的過程和第一次一樣，但此老虎是隻三隻腳的老虎，所以其鋼叉對這隻老虎起不了作用，幸最後其祖師爺附其身，才收服了這隻老虎。

又如《近代俠義英雄傳》：

（一）霍元甲三打從外國來中國表演的大力士，這三位大力士分別為俄國大力士（第十四、十五回）、奧比音（第四十四至四十六回、五十三回、七十二至七十三回、七十七回）與孟康（第四十九至五十回、五十二回）等，第一、二次的消息皆是由報紙的廣告得知；而第三次是先聽旁人說起後，才查閱報紙上是否有此廣告的登載。至於霍元甲找他們比武的主因，皆是為了證明中國人絕不是外國人所謂的「東亞病夫」；只有第二次向有另一原因，就是為了填補私下借錢給胡震澤，所造成藥棧的虧空。然三打大力士的結果也不一樣，俄國大力士是不戰而應霍元甲的條件，離開中國；奧比音是在尚未履約前，訂約的律師與做保的公司，都早已結束營業，逃之夭夭，以致此約無疾而終；至於孟康，乃是因其主人亞猛斯特朗提出近乎霍元甲只能被打，不能還手的條件要求下，霍元甲認為此種比武方式不比也罷，而結束此事。

（二）第二十一回、第二十二回，言永福與廣慈和尚分別創造了八式的拳法，然前者是因觀鶴、蛇相鬥，而創「八拳」；後者則是觀鷹、蛇相鬥，而創「字門拳」。

（三）第八回至第十二回的趙玉堂，與第五十回至第五十二回的胡九，不肖生在描述他們時，皆言他們事母至孝，皆因有竊案在身，而被官府追捕，但是他們的分別處，乃是趙玉堂實有犯案；然胡九都是受人之累，

幸賢明的彭紀洲才得以還他清白。雖他們的結局一樣，皆爲官府所用，但趙玉堂是爲俄國人所用；而胡九就較爲幸運地爲中國官府所用。然不肖生於此二人的傳記中，運用了「犯而避」筆法的用處，似乎是反應其對「楚材晉用」情形的不平之氣。

（四）第七十四回中，黛利絲與雪羅分別腰上長贅瘤，皆是先找同一位德醫醫治，而德醫言惟有開刀才能治好此病，且開刀有著身命的危險。而後此二位女士皆是找黃石屏醫治才痊癒。然此二段情節描寫不同的地方，在於黛利絲是個喜好中國事物的人；而雪羅則是有個對中國事物存著懷疑態度的丈夫，且藉由此段的情節，發展描述了中西醫學的不同點。

5、「虛」與「實」

作者對情節的發展作正面、詳細的交代，這就是「實寫」。至於「虛寫」，則是對情節發展衹作側面、簡單、暗示性的交代手法。而中國古典小說家，在處理這種「虛寫」的手法時，大都是將情節簡略地追敘、補敘，或是以書中人物的耳朵聽到和口中說出，來展現情節。而此種寫作技巧，也正是繪畫影響小說創作的地方──近者濃抹，遠者輕描。至於不肖生在寫作《江湖奇俠傳》與《近代俠義英雄傳》時，亦是有利用到「虛寫」來敘述情節，如《江湖奇俠傳》第二十六回中，由光明之口道出朱復有個不共戴天的大仇人，且幾次報仇皆未果，而今仇人到了雲南，是個報仇的最佳時機，便動身前往尋仇。然書中並未述及朱復的仇人爲何名何姓，和此次前往報仇成功與否的經過。

至於《近代俠義英雄傳》，則如第七十七回中，黃石屏如何入獄解救屈蟄齋，不肖生並未詳細描寫，只是以一個獄卒之口，作輕描淡寫。

由以上二例，亦可瞭解「虛寫」的作用，乃可避免文字敘述上的嘮叨、繁瑣和重複，亦可同時擴大作品的範圍，留給讀者聯想的餘地。

6、「弄引法」與「獺尾法」

在中國古典小說裡，有時完整的情節還有端引、有餘波，也就是金聖嘆所謂的「弄引法」與「獺尾法」。所謂的「弄引」，是指在描寫一個重要人物、事件之前，所作的先聲、鋪墊；至於「獺尾」，乃是作者在描述一段故事情節時，其收尾並不嘎然就止，而是如同餘波盪漾般的進行後才結束的寫作筆法。然不肖生在運用此兩種手法時，並非完全是如同古典小說般一樣地合用，此點也正好巧妙地避開傳統小說模式化結構的弊端──減少給讀者回味的餘地。現先論

不肖生對「弄引法」的運用，如《江湖奇俠傳》第八、九回中，先由常德慶傳，引出其師甘瘤子，再引出甘家本事。再如《近代俠義英雄傳》第四、五回中，霍元甲尚未登場之前，先由王五之眼與耳，來鋪墊霍元甲的神力等諸例便是。

至於「獺尾法」的運用，又是如何呢？如《江湖奇俠傳》：

（一）第二十一回中，朱復與胡舜華為曹喜仔所誘拐，幸一場大火為方濟盛所救，但情節進行至此並不收結。不久，其二人又被萬清和夫婦施行騙術，從方濟盛手中給帶走，故事最後其二人終為智遠禪師所救。

（二）第五十九、六十回中，藍辛石原本可順利將五鬼收服，但是在快收第五鬼時，卻讓此鬼跑了，而導致後有此鬼幻化為女子，找藍辛石報仇之事。

至於《近代俠義英雄傳》，可見於霍元甲二打大力士奧比音的過程，先是霍元甲等人至上海時，奧比音已離開中國。霍元甲等人幾經波折後，才與奧比音的經紀人沃林簽定合約，決定了比賽日期。情節結束：奧比音方面的人士，先派人試探霍元甲的力量，結果自知奧比音無法與霍元甲相比，因此，與此事相關的外國人皆逃之夭夭。

7、反跌法

反跌之法，乃是作者在描寫某一個人或某一件事前，先以該事或人的反面來進行敘述的寫作方式，也就是欲貶先揚。此法不肖生大都用其來撰寫其情節中的人物形象，所以有關於人物塑造時，所用的反跌法，則留待下節論之。至於關於事件的反跌，則例如於《江湖奇俠傳》中的紅蓮寺是個十分淫惡的賊窟，但是不肖生於第七十二回剛開始描寫其時，卻是道紅蓮寺中的和尚，每個人皆是循規蹈矩、注重禮儀，而頗得人民的讚揚。這便是反跌的筆法。

最後不肖生的寫作手法中，另有兩點是值得注意的，先談關於不肖生的寫景技巧方面，今觀《江湖奇俠傳》與《近代俠義英雄傳》二書，不肖生似乎不喜描寫此道，因為在該二書中，關於景色的描寫實在稀少，即使有，也都或輕或重地描述，如《江湖奇俠傳》：

（一）第十六回的敘述：「向樂山將兩眼一開，祇見一座巍峨的雲麓宮，被清明的月色籠罩著，彷彿如水晶宮殿一般。低頭看湘河裡的水，光明澄澈，映著皎潔月光，曲曲彎彎，宛如一條白銀帶。抬頭遠望長沙城，但見萬家煙霧，沈寂無聲，幾點零落斷續的漁火和寒星雜亂，辨不分明。」此例中的景色的描述，隨著書中人物的視角移動而展開，可算

是不肖生在寫景方面的特例和最佳之作。

（二）第二十六回中，唐采九身不由己的跟某人跑時：「上到半山之中，就見有許多參天古木，擁抱著一所石砌的廟。遠望那廟的氣派，倒是不小！石牆上藤蘿曼衍，看不出屋簷牆角；估量那廟的年代，必已久遠。」

再如《近代俠義英雄傳》第一回描述周亮押鏢經過故城，此時：「因是三月的天氣，田野間桃花柳綠，燕語鶯啼。」等。然小說中的風景描寫，大都是在反映書中的社會生活，且也正如同現實人生一樣，自然界的變化常會對人的思想感情發生影響，因此於書中有風景的敘述，也可正反映書中人物那時的心境。不肖生的不喜描述風景此點，可說是其作品的一項缺憾。

　　而另外值得留意的一點是，不肖生常以書中人物之口來道某人之事，或以書中人物的對談方式，來作為敘述的方法。而這種寫作方式，也就是葉洪生所評道的「話中有話」，[註11] 也就是書中人物也在說書，意即作者的職務轉移到書中人物身上。此例如《江湖奇俠傳》一書的第七十六回至第七十七回，趙星橋與呂宣良之事，乃從趙振武的口中道出。而於《近代俠義英雄傳》中，此種例子更是不勝枚舉。如該書第十五回至第十七回，解星科之事由霍元甲的口中述出。再如該書第五十三回，秦鶴岐在未登場前，先由彭庶白與霍元甲的對話，簡介了秦鶴岐的生平事蹟。又如該書第六十二回至第六十三回，由朱伯益之口，講述了韓春圃與陳樂天相識的過程等皆是。此種寫作方式，雖可賦予情節描述方式的變化，然若慣用之，實會破壞了全書的整體性，而令人有情節瑣碎、無法一氣呵成的感覺。

第三節　人物形象的塑造技巧

　　人物的塑造，亦是創作小說的重要課題，小說中若無人物的串場，那將無法成之為小說，可見人物對於小說是多麼地重要。而且人物若是塑造成功的話，也常是讀者所崇拜、希望成為的對象。以下便敘述不肖生在《江湖奇俠傳》與《近代俠義英雄傳》二書中的人物塑造技巧。

一、人物的塑造原型

　　所謂的「原型」，乃是指作者在塑造人物形象時，所依的現實根據。而在

〔註11〕同註1，參見該書前頁84。

通俗小說中最先引起注意的人物塑造原型，便是依據歷史人物加以虛構、想像而成的，如歷史演義類的小說便是，其中最著名的便是《三國演義》；到了晚清、近代才又有「索隱」式的人物塑造原型出現，所謂「索隱」是指小說中的人物形象影射現實中的真人或作者本身，晚清小說中的人物大都是屬於此範圍，如《老殘遊記》中的主人翁老殘，便是作者劉鶚本人。至於《江湖奇俠傳》與《近代俠義英雄傳》中的人物原型，也是跳脫不了此兩大範圍，《江湖奇俠傳》一書是一些鄉野傳奇的大雜匯，所以其人物原型大多是依據這些鄉野傳奇中的人物，加以想像而成。除此之外，亦是有著上述兩大類的人物原型，如「張汶祥刺馬案」的情節，本身就屬於清末四大奇案之一，因此該情節中的人物大皆屬於歷史人物；至於「索隱」式的人物原型，一般論者最常道的，便是書中人物柳遲，就是影射當時湖南怪傑柳森嚴，如王海林《中國武俠小說史略》云：

> 不肖生《江湖奇俠傳》中塑造了兩個很有特色的怪傑形象，即笑道人和柳遲，其實這兩個人物並非純屬子虛，他們的原型就是湖南武術家笑道人和柳惕怡（按：就是柳森嚴。），笑道人本名李農田，居江西龍虎山，它因無論什麼時候總是笑臉相迎而得名，而柳惕怡則是李農田的門徒。〔註12〕

再如古南湖的〈江湖奇俠長沙柳森嚴的奇聞怪事〉一文中的前言云：

> 五四運動以後，東南最流行的一本武俠小說平江不肖生向愷然所著《江湖奇俠傳》，一直風行了十餘年，電影商把它拍成「火燒紅蓮寺」，真是風魔了不少人。在此奇俠傳中有個主角便是以長沙柳森嚴事蹟作為藍本。〔註13〕

此文雖未言及書中主角為何人，然其實指為柳遲。又如張水江於其〈寥落江湖窮俠影〉一文中道：

> 昔年大陸的武林高手，如李景林，顧汝章，孫祿堂，萬籟聲，柳森嚴等人，都與他（按：指不肖生。）有過深淺各異的一段交情，後來這些人物竟因而被附會，聯想為就是《江湖奇俠傳》裡的各個傳奇俠客，例如李麗久被認為是陳繼志的影射，常德慶即是顧汝章的

〔註12〕同註4，引書頁141。
〔註13〕語見古南湖〈江湖奇俠長沙柳森嚴的奇聞怪事〉一文，收錄於《湖南文獻》第五期，引該雜誌頁52。

　　　　化身，……活神活現，騰之眾口，若真還假。〔註14〕

由此文也知道書中某些人物，被認為是影射現實中某人的原因。至於《近代俠義英雄傳》本身就是描述清末俠客的英雄事蹟，所以該書的人物都是據一些歷史人物加以虛構、潤飾而成。

　　然而在以歷史上真人真事為模特兒所創作的說上，由於深受中國長期以來尊崇經史的影響下，因此一些傳統小說的理論家們，便認為小說中的人物應嚴格按照歷史的本來面貌加以塑造。所以不肖生依據歷史人物所成的《近代俠義英雄傳》，亦是有些論者評該書某些情節不符史實，如葉洪生於〈平江不肖生小傳及分卷說明〉一文中，便指出該書中「三打東海趙」的情節與事實上不同，進而評道不肖生未詳查虛實，道聽途說信以為真。〔註15〕此種觀點實在是完全抹殺文學作家們的想像能力，也混淆了文學與史學的界限，況且不肖生也曾於該書第六十三回現身說過，他是在這裡寫小說給人消遣，而不是替拳術家做傳記，所以錯了些兒也沒要緊。總之，不管是歷史人物的原型，或是索隱式的人物原型，小說家們在利用他們時，大都只是屬於參考性質，進一步而將之豐富化、深刻化，並非完全是得要按照史實來創作，只要不顛倒是非即可。

二、人物肖像的刻劃

　　大凡小說中的人物給讀者的第一印象，便是該人物的肖像，且由作者對人物肖像的描寫，多少也可知道該人物的性情，及於書中所扮演的角色。然而不肖生在描述人物肖像的方式，其慣用以重人物的神韻，而輕人物肖像的平實和準確的筆法帶過，少時以誇張渲染、虛實相濟的寫法摻之，而此兩種筆法也是傳統小說，在塑造人物肖像時所常用的。至於不肖生塑造人物相貌的寫法，亦是受傳統通俗小說的影響，也就是以作者的角度直接描寫，或是以「烘雲托月」的方式來描寫，所謂的「烘雲托月」，意思是指由書中人物來看出或道出某位人物肖像的寫法。不肖生以後者方式來描寫的較為豐富，而此種寫法的好處，乃在於有時可藉由書中觀看者的反應與觀點，使讀者更能瞭解書中人物的個性。

　　〔註14〕語見張水江〈寥落江湖翦俠影〉一文，收錄於《興大法商》第四十期，引該
　　　　　　學報頁65。
　　〔註15〕同註1，參見正文前頁91。

今先看不肖生直接描繪人物肖像的手法，如《江湖奇俠傳》第一回柳遲的相貌，不肖生是這般的描述：「生得十二分醜怪：兩眉濃厚如掃帚，眉心相接，望去竟像個一字；兩眼深陷，睫毛上下相交，每早起床的時候，被眼中排洩出來的汙垢膠著了，睜不開來；非經陳夫人親手蘸水，替他洗滌乾淨，無論到甚麼時候，也不能開眼見人；兩顴比常人特別高，顴骨從兩眼角，插上太陽穴；口大脣薄張開和鱷魚相似；臉色黃中透青；他又喜歡號哭，哭時張開那鱷魚般的嘴，誰也見著害怕。」再如《近代俠義英雄傳》：

(一) 第六回李富東的肖像描述：「因他生得相貌奇醜，臉色如塗了鍋煙；一對掃帚眉，又濃厚，又短促；兩隻圓鼓鼓的眼睛，平時倒不覺得怎樣，若有事惱了他，發起怒來，兩顆烏珠暴出來，兇光四射！膽量小的人，見了他這兩隻眼，就要嚇的打抖。他口大脣薄，齒牙疏露；更怕人的，就是那只鼻子，兩個鼻孔，朝天翻起，彷彿山巖上的兩個石洞；鼻毛叢生，露出半寸，就如石洞口邊，長出來的茅草。」此例與上例柳遲相貌的敘述，雖屬不同作品中的人物，但在肖像描寫上有其類似之處，兩人皆有掃帚眉，皆口大脣薄，然二人的相貌也存有不同處，這也似乎反映著不肖生在刻劃人物肖像時，有著互為借鏡的筆法。

(二) 第七十八回胡大鵬的肖像為：「生得瘦長身材，穿著青布棉袍，青布馬掛，滿身鄉氣，使人一見就知道是從鄉間初出來的人，態度卻很從容。」

至於「烘雲托月」式的肖像描寫，先觀《江湖奇俠傳》：

(一) 第七回中，陸小青看破子叫化（常德慶）的相貌是：「身材矮小，望去像是一個未成年的小孩；一頭亂髮，披在肩背上，和一窩茅草相似；臉上皮膚漆黑，緊貼在幾根骨朵上，通身祇怕沒有四兩肉；背上披一件稿荐，胸膛四肢，都顯露在外；兩個鼻孔朝天，塗了墨一般的嘴脣，上下翻開，儼然一個喇叭；兩隻圓而小的眼睛，卻是一開一闔的，閃爍如電；發聲自單田出來，宏亮如虎吼。」

(二) 第三十回中，慶瑞看歐陽后成：「生得貌秀神清，珊珊如有仙骨。」

(三) 第三十五、四十二、四十六回中，三寫黃葉道人的形貌。第一次是由楊建章的眼裡看出：「身穿黃色葛布道袍，撐著一條三尺多長的鐵如意當拐杖；腰間絲縧上，繫著一個六七寸長的黃色葫蘆；鬚眉髮髻，也都透著黃色；面目十分慈善！」第二次則是從魏壯猷眼中瞧去：「但見一個鬚髮皓然、身穿黃袍的老道，手中拿著拂塵，盤膝坐在雲床之上。」

第三次由陸偉成觀看：「祇見一個鬚髮如銀的老道，身穿杏黃色道袍。瀟灑風神，望去如經霜之菊，全沒一些兒塵俗之氣；不問是甚麼人見了，都得肅然起敬！」三次描述，除了黃袍為共同特徵外，各有各的看法，也正代表了書中三人的觀點有著不盡相同之處。

（四）第八十八回中，張汶祥言其所見怪物（孫癩子）的面貌是：「那副臉嘴，可是醜得怕人：面盤瘦削得不到一巴掌寬，皮色比刨了皮的南瓜還要難看；頭髮固然是蓬鬆散亂的；連兩道長不過半寸的眉毛，也是叢叢的如兩堆亂草；兩眼合攏去祇留了兩條線縫；鼻孔朝天；一張闊口，反比尋常人口大了一倍；口角在兩腮上，淌出許多涎來。」

再觀《近代俠義英雄傳》：

（一）第八回中，霍元甲見趙玉堂：「生得面白脣紅，眉長入鬢，兩眼神光滿足，顧盼不凡。」

（二）第六十一、六十二回中，兩寫陳樂天的形貌，一由茶房所見：「滿臉的黑麻，好像可以刮得下半斤鴉片煙的樣子；頭上歪戴著一頂油垢不堪的瓜皮帽，已有幾處開了花。一條辮子，因長久不梳洗，已結得彷彿一條蜈蚣，終日盤在肩頭上，一個多月不曾見他垂在背後過。兩腳跐了一雙塌了後跟的舊鞋，衣服也不見穿過一件乾淨整齊的。」另一則由韓春圃的門房所道：「我看他頭上歪戴著一頂稀爛的瓜皮小帽，帽結子都開了花；一條結成了餅的辮子，盤在肩上，滿臉灰不灰白不白的晦氣色，還堆著不少的鐵尿麻。再加上一身不稱身和油抹布也似的衣服，光著一雙烏龜爪也似的腳，套著兩隻沒後跟的破鞋，活是一個窮痞棍。」雖描述的地方相同，但寫法不同，也足見不肖生的筆力超凡處。

（三）第七十回中，該書唯一描述到霍元甲的肖像，是由柳惕安的眼中觀出：「柳惕安看這人身材並不高大，生得一副紫色臉膛，兩道稀薄而長的眉毛，一雙形小而有神光的眼睛，鼻樑正直，嘴無髭鬚，那種面貌，使人一望便知是個很強毅而又極慈祥的人。」此例實已快接近以平實、客觀的角度，來刻劃人物的肖像。

由以上諸例亦可知，不肖生在以誇張渲染、虛實相濟式的筆觸，來刻劃人物肖像時，是多麼極盡地遣詞用句來突出人物不同常人之處。但是在運用之時，不肖生有時也會犯一毛病，那就是人物肖像重疊，或是用來比喻的詞彙雷同，使得讀者會覺得人物的肖像似曾相識，如上述諸例中，《江湖奇俠傳》裡的常

德慶與孫癩子的相貌便是大同小異，且皆用到「草」來作為比喻的詞句。甚至就如曾於前文中所提及的，不肖生在兩部作品之間，亦是存著相同情況，如《江湖奇俠傳》的柳遲與《近代俠義英雄傳》的李富東的肖像，有著類似的地方。並且於該二書之間，也有運用雷同的比喻詞彙的地方，如「茅草」一詞，於上述諸例中，便出現在描寫《江湖奇俠傳》的常德慶與《近代俠義英雄傳》的李富東，二人的相貌上。不過此點不能稱之為缺失，只能稱不肖生於自己的諸作品中，有著彼此互相為鑑的寫作習慣。

三、人物語言的表現

　　人物的語言，亦是人物塑造上的一項技巧。因為小說中的人物語言，不僅能推動小說情節的發展，甚至讀者可透過人物的語言，知道書中人物形像的個性特徵與內在氣質；再加之通俗小說本身對於語言的利用，是要求通俗化、口語化，所以通俗小說家們無不朝這方向創作，以求人物的語言合乎人物的個性、身份。不肖生亦是如此，不過尤以其在刻劃一些尖酸刻薄、官場中人物的語言，更十足反映了該人物的性格特徵，這是因為不肖生早期曾創作過社會諷刺小說，如《留東外史》，所以在寫作此類人物的語言有其獨到之處，今茲舉數例以供參考，譬如《江湖奇俠傳》：

（一）第十三回中，向樂山四處遊學，一日到了陶守儀的莊院，先有一番波折後才入大廳，隨即有一小夥子當差的出來：「小夥子裝腔作勢的，翻起一對白眼，望了向樂山一望；待理不理的道：『帶手本來沒有？』說時，遂高聲朝著下面門房罵道：『怎麼呢？門房裡的人死了嗎？不問是人是鬼，也不阻擋，也不上來通報一聲，聽憑他直撞進來。這還成個甚麼體統？』」從此段當差的言語，使人一看便知道是個猶如「狗仗人勢」的奴才。

（二）第七十六回中，欲解救卜巡撫的武官與士兵，以為柳遲與陸小青不是善類，武官命令士兵們捉拿他們，結果被柳、陸二人打得落花流血，武官便馬上換成另一副嘴臉，對士兵們喝道：「還不快給我滾開些！你們跟我在外面混了這麼多年，怎麼還一點兒世情不懂得？冤枉生了兩隻眼睛在你們的臉上，全不認識英雄！這兩位都是有大本領的英雄，你們居然敢當面無禮！幸虧今日有我一同出來；若不然，你們不到吃了大苦頭，那裡會知道兩位的能耐！」活活呈現了這位武官死要面子，

「牆頭草」的性格。

再譬如《近代俠義英雄傳》：

（一）第九回中，趙玉堂以瓦片打碎玻璃燈，而入其叔趙仲和的房裡盜走兩
　　　包銀子，趙仲和認爲是有人開他玩笑，等一切善後清理完畢，趙仲和
　　　妻問趙仲和爲何要將存放在櫃裡的銀子搬出來，趙仲和笑道：「我辛苦
　　　得來的這許多銀子，怎麼不時常見見面呢！我見一回，心裡高興一回，
　　　心裡一高興，上床才得快活。誰有本領，能在手裡搶得去嗎？」待其
　　　發現銀子短少時，又馬上換一臉色問他老婆說：「你掃瓦屑，把我兩大
　　　包銀子掃到那裡去了？」這兩段人物的語言，眞是將趙仲和視財如命
　　　的個性，表現得栩栩如生。

（二）再則就是在人物肖像的刻劃中，所提到的陳樂天相貌，由韓春圃門房
　　　眼睛的角度道出的例子（見頁 207），雖此言語由朱伯益轉述，但也襯
　　　托了韓春圃門房是個勢利眼的人。

四、人物心理的描寫

　　人物心理的描寫，亦是小說創作者於塑造人物形象時所注重的。因爲透
過人物心理的剖析，可以使讀者迅速捕捉到人物的性格特徵，亦可使讀者瞭
解書中人物爲何會有下一動作，而不致有唐突感。至於《江湖奇俠傳》與《近
代俠義英雄傳》中的人物心理描述也有不少，大都是人物內心的獨白，用途
上也大都是用來維持故事情節的一貫性與連續性，也頗多刻劃精彩之處。今
茲舉數例：如《江湖奇俠傳》，也就是於上節論及敘事角度轉移技巧中，所舉
書中人物楊繼新的例子（見頁 197～198）。該段情節的寫法，乃是以楊繼新所
看的外在美景與其內在的心裡剖析交替運用而成，活將楊繼新好色而且堅持
的個性，表現得十分生動。再如該書第九十七回中，不肖生便以故事人物王
大門神的主觀意識，來鋪寫情節。又如《近代俠義英雄傳》第一回，便以周
亮親眼所見的事物，來描寫周亮心裡變化的歷程。

五、人物性情、武藝強弱的刻劃

　　上文所提到的人物肖像刻劃、人物語言表現與人物心理描寫等三方面，
亦是屬於刻劃人物性情的技巧，只是因爲肖像與語言是人物的具體特徵，是
給讀者的第一印象，是塑造人物的基本技巧。而人物心理的描寫，是人物內

在的活動，所以才別而論之。然又因爲《江湖奇俠傳》與《近代俠義英雄傳》二書的性質，是屬於武俠小說的範疇，因而人物武藝的強弱刻劃亦是在創作之時所要注重的技巧。下面所要論述的，便是不肖生另外一些對人物性情及武藝強弱的刻劃筆法，其實可以歸結爲一，那就是襯筆的運用。而據周啓志等著的《中國通俗小說理論綱要》一書云，中國通俗小說襯筆的運用，可分爲單人刻劃、雙人刻劃與群體刻劃等三方面，〔註16〕以此套用於《江湖奇俠傳》與《近代俠義英雄傳》二書，因此底下便分單人刻劃與雙人刻劃來談不肖生的襯筆運用。

1、單人刻劃

不肖生對於刻劃單人的性情，所慣用的寫作技巧，就是曾於上節中的敘事技巧裡提及的「反跌法」（見頁 210），且不肖生在運用此法的主要目的，乃是在於襯托情節中的主要人物，至於不肖生對於人物的武藝高低刻劃亦是如此，例如《江湖奇俠傳》第十四回中，先極言洪起鵬的武藝如何如何的好，可是到了第十五回卻被向樂山以幾近嘻鬧式的方法打敗。相同的例子，又可見該書第五十二回，以力量號稱全新城縣無人能比的武舉人錢錫九，襯韓采霞。再譬如《近代俠義英雄傳》第十四、十五回中，不肖生先極言俄國大力士的高超神力情景，可是霍元甲觀後卻不因此膽寒，仍要找其比武，結果俄國大力士不願比武而離開中國。此段情節的描述，正是以俄國大力士來襯出霍元甲的膽量與識力。又第七十七回，先描述張九和捉共和會的革命志士是如何的容易，其後奉命捉拿屈蟓齋時，結果反被屈蟓齋設計所殺等，皆是此種襯筆法的運用。而「反跌」筆法的作用，就是在這使被施用者起先被抬得很高；其後使其跌得愈重，而使欲得的效果更加顯著，且能更襯出被襯者的超凡處。

另外不肖生在刻劃人物性情上，還有一種技巧，就是於情節裡，製造事件、衝突點，藉以強化人物的性格，而使人物形象漸爲顯著。如《江湖奇俠傳》第一至三回中，便以柳遲先後遇笑道人及金羅漢呂宣良，來強調柳遲訪道求師的心態。另如不肖生於《近代俠義英雄傳》中，刻劃霍元甲性情的手法，亦是一個實證，於該情節中，便先後製造了三位外國大力士來華的衝突點，來強化霍元甲愛國、愛民族的性情；至於霍元甲另一不好的個性——剛愎自用，便是於第七十七、七十八回，以霍元甲先後兩次發病來顯著此點。

〔註16〕參見周啓志、羊列容、謝昕等合著《中國通俗小說理論綱要》，頁 130。（臺北市，文津出版社，民國 81 年 3 月）

　　然至於不肖生在描寫人物的武藝強弱方面，除了上述「反跌法」外，還尚有一種寫法，就是以書中人物的眼、耳的角度，來觀另一人的武藝。此種寫法可見《近代俠義英雄傳》第三回中，先言王五最會腿功，到了第四、五回，再由王五的眼睛看出、耳朵聽出尚未出場霍元甲以腿踢走兩個石滾的神力，而使王五自感不如，燃起結交之心。此種以先言某人武藝如何，再由某人看出某人的武藝如何的刻劃技巧，更能使讀者明白被觀者的武藝造詣程度。

2、雙人刻劃

　　中國通俗小說在雙人刻劃中最常用的技巧，便是襯筆。襯筆的用法，一般是以一人為主角，另一人為配角，以配角來襯托主角。又襯筆的寫作方式可分為反襯和正襯。而不肖生於此方面的運用，亦是如此。

　　反襯，也就是金聖嘆所謂的「背面鋪粉法」，意指將兩個性格相異的人物在某段特定的情節描寫中進行對比。如《江湖奇俠傳》第十一回，以甘聯珠的細密來襯桂武的粗心、第二十二、二十三回，以李有順襯萬清和的狡詐和功於心計、第四十四、四十五回，以戴福成顯現貫曉鐘的狡猾個性。又如《近代俠義英雄傳》第三十五回，以胡菊成襯楊先績的懦弱、第六十至六十三回，以李祿賓襯孫福全的見識。皆是以此反襯的筆法，來進行人物彼此間的對比。

　　正襯，也就是將性格相近相類的人物在一定的情節中進行比較，此種寫作技巧，其實就是上節曾講的「犯而避」筆法（見頁 206），只不過此處是將欲作比較的人同放在一定的情節裡。至於不肖生運用正襯來作雙人刻劃的筆法，如《近代俠義英雄傳》的霍元甲與農勁蓀便是，這也是不肖生此兩部作品中，唯一用到正襯筆法的地方。

　　最後另外要談的，是不肖生於《江湖奇俠傳》中四處可尋的一種寫作習慣，就是該書中已登場、已知姓名的人物，於後面故事情節再出場時，不肖生常不直言其為何人，而是以其身份、特徵為其符號，如道士、乞丐、跛子……等，到了一定的故事情節後，才會道此人為誰。不過偶爾不肖生也會先暗示一下，如笑道人在說話時，必會「哈哈」或「笑」，有時也會將其隨身攜帶的小紅漆木箱給顯著出來。再如金羅漢呂宣良每次出場，必有其二位愛徒——鷹伴隨著。此點正也可看出不肖生用筆的狡猾處，因為此點寫法可使讀者以為將有新人物登場，結果出場者卻是書中早已出現的人物，而令讀者大失所望。

　　綜上所述，不肖生雖是身處近代深受西方文藝思潮影響的時代，但是其作品的創作藝術，仍是循著中國傳統通俗小說的寫作軌跡而走。雖然此兩部

作品有著些許的瑕疵，但是整體而言，仍是瑕不掩瑜，有其藝術創作的獨到之處。由此也大概可知，由不肖生所帶領的民國舊派時期的武俠小說，應是往此方向創作，這便是此章所要論述的目的。

第七章　主題內涵

　　本章主要探討是《江湖奇俠傳》與《近代俠義英雄傳》所反映的社會性，因為小說中人物所處的環境，就好像是一個縮小版的社會，所以有時小說創作者，也會藉由小說來反映作者自身所處的社會狀況，或是表達自己對社會環境的觀感。其實不僅是小說而已，凡是屬於文學範疇裡的作品，都是有著這種傾向，也正如何金蘭於《文學社會學》一書中緒論所論述的：

> 在所有的文學現象中，社會都佔有一個不可或缺的地位。文學產生
> 之先，社會早已存在，作家無可避免地要生活在社會裏，為社會所
> 制約、限制、影響；作家總是努力反映它、解釋它、表達它，甚至
> 於設法改變它；社會也存在於文學之中，我們可以在文學作品中看
> 到它的存在、它的踪跡、它的描繪；社會更存在於文學之後，因為
> 文學作品要有讀者、要被銷售、要被閱讀、要被接受。〔註1〕

可見社會跟文學有著密不可分的關係，而且社會也常影響到作家在寫作時的創作態度和意識型態。

　　原名向愷然的平江不肖生，由於所處的年代正是清末民初、西方勢力與思想風潮，進入中國的動盪背景下；再加上他個人歲月累積所得的知識，由於他的《江湖奇俠傳》與《近代俠義英雄傳》兩部作品描寫的年代是清末，也正是他自己親身經歷過的社會，因此在該二書中就反映著不肖生的社會經歷與觀感。

〔註 1〕語見何金蘭《文學社會學》一書，引書頁 1～2。（臺北，桂冠圖書股份有限公司，1989 年 8 月）

第一節　所反映的社會狀況

一、各地的民風與習俗

　　不肖生原籍湖南省平江縣，曾居住在多深山多老虎的地方，跟獵人們頗為嫻熟，也曾將此從獵人們得來的知識揮筆而成《獵人偶記》一書，所以在《江湖奇俠傳》與《近代俠義英雄傳》中，就多有述及湖南省或湖南省裡各縣的民情風俗，或是談及一些打獵的情形。底下便是從該二書中歸納整理得來的結果：

1、湖南省

　　先就該二書中提及湖南全省的風俗描述而言，計有：

> 湖南的叫化，內部很有些組織，階級分的極嚴；不是在內部混過的人，絕看不出這叫化的階級來！他們顯然的表示，就在背上馱著的討米袋；最高的階級，可有九個袋；以下低一級，減一個袋。(《江湖奇俠傳》第一回)

　　不肖生在該回也緊跟著介紹了叫化組織的一個規矩，也就是階級較高的叫化可以在火洞上豎起一片尖角瓦，稱為「起寶塔」；或者是在火洞旁邊豎一根柴枝，稱為「豎旗杆」，而所謂的火洞也就是叫化燒飯的地方。如果燒飯的叫化遇到了這種表示，一定要停飯不吃去找做這種表示的人，尋著了彼此攀談後，如果做這種表示的叫化本領不錯，就請來一起享用。

> 湖南人稱做木排生意的，謂之排客。照例當排客的，不是有絕高的武藝，便得有絕高的法術。湖南辰州地方，本來產木料；風習又最迷信神權，會符咒治病的極多；所以辰州府，是全國有名的。辰州的排客，沒有一個不是有極靈驗極高強法術的。因為湖南人迷信。(按：不肖生於此下文便以洞庭湖的龍王傳說為例說明。)(《江湖奇俠傳》第八回)

> 湖南的風俗極鄙陋，凡是略有貲產的人家，無論如何不成材的兒子，從三五歲起，總是不斷的有人來作媒。若是男孩子生得聰明，百數十里遠近有女兒的人家，更是爭著託了情面的人出來做媒。每有為父母的，因為來替兒子作媒的人太多了，難得應酬招待，就模模糊糊的替兒子定下來；好歹聽之天命，祇圖可以避免麻煩。(《江湖奇

俠傳》第五十五回）

湘俗：每家正廳上必設神龕，或供天、地、君、親、師，謂之五祀。
或供財神，或供魁星以及其他神像。（《江湖奇俠傳》第五十九回）

湖南的風俗：小兒滿週歲的這一日，照例用一個木盤，裡面陳列士
農工商所用的小器具，以及喝的、糖果；當著親戚六眷，給這週歲
小兒子伸手到盤裡去抓。抓著甚麼，便說這小兒將來必是這一途的
人物。那時風俗重讀書人，小兒抓著筆墨書本最好。這種辦法，謂
之抓週。抓週的這日，是要辦酒席款待親戚六眷的；吃這種酒席，
叫做吃抓週酒。（《江湖奇俠傳》第七十六回）

湖南的風俗，或是發生了瘟疫；或是人口多病，六畜不安，都有租
一條黃牛，道家裡來殺了，祭奠土神的。（《近代俠義英雄傳》第三
十五回）

湖南的風俗，教拳的沒人敢懸金字招牌。（《近代俠義英雄傳》第六
十四回）

湖南人的習慣，忌諱龍字，普通叫龍為溜子，又叫做絞舌子。（《近
代俠義英雄傳》第八十一回）

再觀湖南各縣的風俗描寫：

（一）瀏陽

瀏陽的民性，本來極強悍，風俗又野蠻。過路的人，常有一言不合
即就動手打起來的。本地人打贏了便罷！若是被過路的打輸了，一
霎時能邀集數十百人，包圍了這過路的毒打：打死了，當時揀一塊
荒地，挖一個窟窿，將屍首掩埋起來：便是有死者家屬尋到了，也
找不著實在的兇手！（《江湖奇俠傳》第七回）

（二）平江

平江人本來尚武，不知道拳棍的人家很少。越是大家庭，牆壁上懸
掛的木棍越多。（《江湖奇俠傳》第十三回）

（三）萬載

萬載縣當時的風俗習慣，拿住了野男人，除痛打一頓之外，就將野
男人的辮子割了，前清時，這人沒了辮子，便不能出外；出外就給
人指笑。（《江湖奇俠傳》第十五回）

（四）長沙

這時長沙城裡的居民，飲的是河水；每條街上，或是巷子裡面，都有吊井；各家自備吊桶，打水就帶去，打完了，又帶回來。（《江湖奇俠傳》第十七回）

長沙鄉下的人家，廚房裡多有吊井。（《江湖奇俠傳》第一○八回）

長沙社會的習慣，凡是辦喪事或辦喜事的人家，門口總有些叫化，或坐或立的等候打發。雖有警察或兵士們在門外維持秩序，也不能禁止他們；唯有請一兩個叫化頭兒來，和他說妥出若干錢，給他去代替主家打發，門口方得安靜。然猶不能完全禁絕，不過沒有成群結隊的罷了。（《近代俠義英雄傳》第六十七回）

（五）長沙、湘陰

每到新年，士農工商各種職業的人，都及時行樂。不過行樂的方法極簡單，除了各種賭博之外，就是元宵節的龍燈。

龍燈用黃色的布製成，布上畫成鱗甲；龍頭、龍尾，用篾紮絹糊；形式與畫的龍頭、龍尾無異。連頭尾共分九節；每節內都可點燈。由鄉人中擇選九個會舞龍燈，並身強力壯的人，分擎九節。再用一個身手矯捷的人，手舞一個斗大的紅球，在龍頭前面盤旋跳舞；謂之「龍戲珠」。會舞的能舞出種種的花樣來。配以鑼鼓燈綵，到鄉鎮各人家玩耍。所到之家，必燃放鞭炮迎接。殷實些兒的人家，便安排酒菜款待；也有送錢以代酒菜的。長、湘兩縣的風俗都是如此。每年在這種娛樂中，所耗費的鞭炮、酒菜的錢，為數也不在少。

這種龍燈，並非私家製造的；乃由地方農人按地段所組成的鄉社中，提公款製成。每縱橫數里之地，必有一鄉社；每鄉社中必有一條龍燈。因為龍燈太多，競爭的事就跟著起來了：甲社的龍燈，舞到了乙社，與乙社的龍燈相遇；彼此便兩不相讓，擇地競舞起來：甲舞一個花樣，乙也得照樣舞一個，以越快越好。不能照樣舞的，或舞而不能靈捷好看的，就算是輸了！舞這條龍的人，安分忠厚的居多；輸了就走，沒有旁的舉動！若是輕躁兇悍的人居多，輸了便不免惱羞成怒，動手相打起來！……

舊例：各人家對待龍燈，本境的無不迎接；舞龍燈的也無須通知，

　　挨家舞去就是了。外境的謂之客燈；便有接有不接，聽各人家自便。
客燈得先事派人通知，這家答應接燈，舞龍燈的方可進去。辦酒菜
接待客燈的極少；因為客燈多是不認識的人，平日沒有感情，用不
著費酒菜接待。……

　　照例龍燈舞到元宵日為止。（《江湖奇俠傳》第一〇七回）

《江湖奇俠傳》此回所提及長沙舞龍燈的風俗，可以胡樸安的《中華風俗志》
一書中的第四冊描述互相印證，該書記載的湖南長沙新年紀俗詩，即有：

　　紙紮龍燈奉作神，香花處處表歡迎，堂前一度兜圈子，步步龍行百
草生。

胡樸安解釋云：

　　省城各廟如定湘王朗公元帥諸神，每歲紮一紙龍，沿街行走，鳴鑼
擊鼓，甚為熱鬧。家家焚香頂禮，若迎接真神然。

又有：

　　前度神龍今又來，沿途收水取錢財，可憐菩薩亦遭厄，砲火重圍避
不開。

胡樸安亦解釋云：

　　元宵日各廟龍燈，再到各家一次謂之收水。各將封錢送之，並多備
爆竹圍繞燃放，不令外出。相傳放砲越多，神愈保佑之。〔註2〕

由此可見，不肖生在談及湖南省的民情風俗，是極為可信的。

　　（六）醴陵

　　醴陵的淫風素盛，湖南那時六十三州縣，沒一縣有醴陵那麼淫亂無
恥的風俗！小戶人家的女兒，偷人漢子，照例算不了甚麼事！（《江
湖奇俠傳》第三十回）

　　（七）安順、畢節

　　那時安順、畢節一帶的風俗：普通人家的女兒，多是十三四歲出嫁；
越是富貴人家，越定婚的早。（《江湖奇俠傳》第三十六回）

　　（八）襄陽

　　襄陽的民俗也很強悍，本地會武藝的人，自己起廠教徒弟的事，到
處多有，只有花一串兩串錢，便可以拜在一個拳師名下做徒弟。練

〔註 2〕以上四則引文，均見胡樸安《中華風俗志》一書第四冊，引書頁23～24。（國
立北京大學中國民俗學會《民俗叢書》第一四八種）

四五十天算一廠。(《近代俠義英雄傳》第七十八回)

由以上不肖生所述種種湖南的民俗風情,可瞭解不肖生常會以自己主觀性的角度,來進行當地民俗風情的論述。也清楚地知道湖南一地的民風頗為強悍,而此點,葉洪生〈論平江不肖生的《近代俠義英雄傳》〉一文中,便講道:

> 湘省民性強悍,自古以然。遜清名士楊晳子(度)曾作詩曰:「若道中華國果亡,除非湖南人盡死!」足見其地民氣之盛。〔註3〕

2、四川省

> 四川的鹽商,原有幫口的;幫口的規則很嚴,凡是經同行開除的人,同行中沒人敢收用。(《江湖奇俠傳》第四十二回)

3、福建省

> 福建人的特性,就是會排擠外省人。……
>
> 福建人最膽小。(《近代俠義英雄傳》第二十二回)

不知是否因不肖生對福建人很反感呢?才會有這般的描述。其實地域觀念不僅是福建人才有,凡是身為人類,或多或少都會存有此種不好的觀念。

4、苗 峒

> 在描述苗峒的風俗時,不肖生首先就對苗人獵虎的方法,作了詳盡的敘述,共有兩種方法:

(1)挖陷阱

> 苗人都好武,歡喜騎馬射獵,箭簇上都敷有極厲害的毒藥;祇是猛虎、金錢豹那一類的兇惡野獸,不容易獵得;因藏匿在深山的時候居多。而出來傷人的,又多是這類惡獸。所以就倣效我漢人的法子,在猛獸必經之地,掘成陷阱;阱中並有鉤繩細網;阱上蓋些浮土。
>
> 猛獸身軀沈重,踏在浮土上,登時塌陷下去,阱底有許多鉤繩,陷下阱去的猛獸,不動不至被綑縛;祇一動,便觸著鉤繩,即刻被綑縛了四腳。猛獸落下了陷阱,安有不動的呢?但是祇綑縛了四腳,一則恐怕綑不結實,二則恐怕齒牙厲害的,能將鉤繩咬斷逃走。更有一種細網,懸在阱的兩旁,和鉤繩相連的;不用人力,祇要牽動了鉤繩細網自然能向猛獸包圍攏來。猛獸越在阱中打滾,那網便越

〔註3〕語見葉洪生〈論平江不肖生的《近代俠義英雄傳》〉一文,收錄於《明報月刊》1983年四月號,引該雜誌頁98。

網得牢實！（《江湖奇俠傳》第五十七回）

（2）豎釣竿

文中述及此法爲苗人所獨創，也就是像釣魚的方式一樣來獵虎，而所用的器材是粗壯的竹子、繩索、鐵鉗等：

> 放釣的時候，須有七八個壯健漢子，先擇定猛獸必經之處，掘一個四五尺深淺的窟窿；將釣竿豎起來，插進窟窿裡面，用磚石將周圍築緊。
>
> 釣竿尖上那些繩索鐵鉗，在不曾豎起之前都已紮縛妥當；豎起後，就得用七八個壯健漢子，牽住竹尖的另外一根長繩索，盡力向下拉。竹性最柔，任憑怎麼拉，是不會拉斷的！拉到竹尖離地不遠了，才用木樁將長繩栓住，打一個活結；那些虎口鐵鉗，分佈在青草裡面。野獸走這地方經過，祇要有一個腳爪，誤踏在鐵鉗口裡；那鐵鉗很靈巧，必登時合攏來，緊緊的鉗住，不能擺脫！野獸的腳，忽然被鐵鉗鉗住了；自免不了猛力向前，想要將鐵鉗掙脫。
>
> 那知道栓在木樁上的長繩是打的活結；一拉扯便解發了！你想：用七八個壯健漢子，才拉彎下來的竹竿，全賴這點長繩繫住；長繩的結頭一解，竹竿勢必往上一彈。竹竿越粗，上彈的力量也越大；三四百斤重的野獸，都能彈得起來！（《江湖奇俠傳》第五十七回）

並且於該回及該書第六十九回中，皆談到苗峒的野猴子，最高大的有跟成人差不多高，而且牠們什麼都不怕，祇略略怕虎豹。獵人們的陷阱對牠們起不了什麼作用，就算是誤入陷阱也會被其同伴所救，更厲害的是牠們可以找出安裝陷阱的人，並施以報復。而在第六十九回述及的「猴子過河法」，更是一絕：

> 猴子的知識，有時比人還高。猴子是不會洇水的；遇了水深又闊的山澗，跳也跳不過，浮也浮不過的時候，居然能從他們本身上想方法過去。那種方法，確是好看又好笑。
>
> 他們遇了那種所在，知道山澗那邊多有可吃的東西，非過去不可，就邀集附近所有的猴子，立在一塊。由其中最大的，爬上澗邊一棵大樹，兩腳和尾巴用力勾住樹枝；兩手倒懸下來，抓住第二隻猴子的雙腳；第二隻猴子的尾巴，緊緊纏住第一隻猴子的腰，兩手也向

下懸著。第三隻照第二隻的樣。是這般一隻一隻的聯絡起來，看山澗有若干寬，便聯絡若干長。

聯絡好了，即由多餘下來的猴子，推的推，挽的挽，將這一串猴繩，和打秋千相似的擺動起來；越擺越高，擱到與對面澗邊的樹枝相接了；聯絡在尾上的猴子，就一把將樹枝撈住，死也不放；兩頭牽起成了一道橋樑。多餘下來的猴子，就由這橋樑上爬過去。等到都過去完了；第一隻將抓住樹枝的腳和尾巴一鬆，又和前打秋千一般的，擺到了對岸。這種猴子過河的事，在苗峒時常能見著，一點兒不稀罕！

那時苗峒裡的風俗，素來不許漢人到裡面窺探遊覽的，若漢人無端跑進苗峒，被苗子打死了，絕不算一回事；不僅有冤無處申訴，往往連屍都無法能取出來。（《江湖奇俠傳》第六十九回）

5、不知地名

《江湖奇俠傳》第八十七回，不肖生曾述及一個地方的風俗，但書中未明該處的地名為何，而該地的風俗為：

每人生日，逢著明九、暗九，都有禁忌。據老輩傳說：若這人逢明九或暗九的生日，不依照老例熱鬧一番，這人必不順利，並且多病多煩惱！……

遇著明九的生日，須在白天安排些酒菜，邀請若干至親密友。男子生日邀男子，女子生日邀女子，已成親的邀已成親的，未成親的邀未成親的，大家團坐在一處。

每人由生日的人敬九杯酒。酒杯可以選用極小的，酒也可以用極淡的；但是少一杯也不行！這就是托大家庇蔭的意思！各人盡興鬧一整日，越鬧得高興越好！暗九就在夜間，一切都依照明九的樣，也是越鬧得兇越好，務必鬧到天明才罷！

平常生日做壽，至親密友都得送壽禮；惟有逢著明九、暗九，無論什麼人一文錢的禮也不能送！若是明九、暗九有人送禮；簡直比罵人咒人還屬害！過了六十歲的人，便沒有這種禁忌了！

該回也解釋了明九和暗九的意思，所謂明九也就是歲數末位數字為九者；而所謂的暗九，則是歲數為九的倍數，但末位數字非九者。

除了上述各地的奇風異俗外，不肖生在《江湖奇俠傳》第五回中，也談到農人牧牛的習慣及牛的特性：

> 農人牧牛，照例是清早和黃昏兩個時期。……黃牛、牯牛都有一種劣性；不惹發牠這劣性就好，馴服得很，三五歲的小孩，都能牽著去吃草；若是牠的劣性發了，無論甚麼人，也制牠不住。
>
> 每次發劣性的時候，總是乘牽牠的不防備，猛然掉頭就跑；牽牛的十九是小孩，手上沒有多大的力氣，那裡牽得住呢？有時還將小孩一頭撞倒才跑。跑起來，逢山過山，逢水過水，隨便甚麼東西，都擋牠不住，遇人就鬥。必待牠跑得四蹄無力了，又見了好青草，才止住不跑了！這種事，在冬季最多；因為冬季是農人休息的時候；牛也養得肥肥的，全身是力，無可用處，動不動就發了劣性。

至於打獵的知識，除了上述的苗人獵虎的方法外，於《近代俠義英雄傳》的第十八回中，另外還述及到一種打獵時，做為防身用的器具——火蛋：

> 這是一種嚇人的玩意兒，本名火彈，因其形和蛋一樣，所以人都呼為火蛋。原是獵戶用的，獵戶在山中，遇了猛獸時，只一個火蛋，能將猛獸嚇跑，有時也能將猛獸炸傷。做法甚是簡單，用皮紙糊成蛋殼形的東西，將火藥灌在裡面，紮口的所在，安著引線，引線要多要短，多則易於點著，短則脫手就炸。紙殼越糊得牢，火藥越裝得緊，炸時的力量就越大。

觀上所云種種，在在足見了不肖生的閱歷與其見多識廣之處。

二、江湖內幕與黑話

江湖，換言之就是現在的黑社會。在《江湖奇俠傳》與《近代俠義英雄傳》中，不肖生亦有時描述到當時黑社會的情形，且可說是頗悉此道，如於《江湖奇俠傳》第二十一回，便將拐販人口組織介紹得十分詳細，該回談及了他們的內部組織有著種種極嚴厲的分別：第一便是他們將有拐販人口組織的地方稱做碼頭，一處碼頭只有一個頭目，稱為是看碼頭的。而且碼頭還有水旱兩路、府縣之分；若是某地有碼頭，別的碼頭的人絕不能到這碼頭做事，即使是在別處拐帶了人口，經過這碼頭的時候，也得有許多手續。雖然別的碼頭的人，不能到這碼頭來拐帶人口，但是可以於這碼頭販賣人口，而且還可以得到同業的幫忙，至於是多大的忙，那就得要看自己的情面了。次之談

論到的便是拐騙的手法，雖然同是用迷藥，但是各派各有各的方法，分得很清楚，其中又以捉飛天麻雀的勢力最大，分佈於雲、貴、兩廣四省。而所謂的捉飛天麻雀，也就是祇須沾少許迷藥在小孩的頭上或頸上，即時就能使他迷失本性的方法。至於其他拐帶的方法還尙有湖南、四川用得最多的迷魂香，江、浙一帶則是多用豆等。

不肖生除了於該二書中詳介拐販人口的組織外，另還述及江湖概況的地方有：

> 兩廣的綠林，有一種特性：這案件不是他做的，打死他也不認！如確是他做的；問官一提起，他就立刻承認，無須乎動刑。狡賴的便不算漢子！大家都得罵他不值價！連子孫都在綠林中說不起話，做不起人！（《江湖奇俠傳》第二十回）

> 江湖上有句例話：「黃包袱上了背，打死了不流淚。」江湖上人只要見這人馱了黃包袱，有本領的，總得上前打招呼，交手不交手聽便。有時馱紅包袱（按：疑誤，應是黃包袱。）的人，短少了盤川，江湖上人多少總得接濟些兒。若動手被黃包袱的打死了，自家領屍安埋，馱黃包袱的只管提腳就走，沒有轇轕。打死了馱黃包袱的，就得出一副棺木，隨地安葬，也是一些沒有轇轕，所謂打死了不流淚，就是這個意思。（《近代俠義英雄傳》第七回）

> 他們保鏢的被人劫了鏢，自己去討，或托人去討，本是兩種交還的方法。一種是立刻交討鏢人帶回，一種是不動聲色的，由劫鏢人送還原主。送還原主的面子最大，非保鏢的有絕大的能爲，或最大的情面，劫鏢的決不肯這麼客氣。（《近代俠義英雄傳》第十回）

並月於《近代俠義英雄傳》還詳細描述了人皮面具與夜行衣的式樣和穿法，另外於該書也提及一些清末的幫會名稱及江湖黑話，共計有：

（一）四川省勢力最盛的幫會——哥老會。（第二十一回）

（二）於四川一省比其他各省勢派都來得大些的青皮會黨，也敘述了該會的一個規矩，即是過客路人到了該會的管轄範圍，只要是要在當地做下九流的買賣，如看相算命、賣藥賣武、走索賣解、以及當流娼的，初到的時候，都要孝敬該會的頭目，名叫「打招扶」。若不打招扶者，遲早免不了該會徒眾的鬧場。（第三十八回）

（三）「初做強盜，沒有幫口的，稱爲『新水子』。」（第五十一回）

（四）上海浦東的沙船幫。（第五十三回）

（五）上海的流氓的特性最是欺軟怕硬。而對付他們的唯一好方法，就是打他們一個落花流水，否則到巡捕房打官司也是無濟於事，因為：

> 上海的巡捕，除了印度安南兩種人外，絕少不是青紅幫的。紅幫在上海的勢力還小，青幫的勢力，簡直大得駭人；就說上海一埠的安寧，全仗青幫維持，也不為過。青幫的領頭稱為老頭子，便是馬路上的流氓，也多拜了老頭子，其中也有一種結合。（第七十回）

此回所提到的紅幫也就是「洪幫」，是舊中國最大的幫會組織，相傳是殷紅盛於康熙年間所創，目的是在於推翻滿清。至於青幫，則是由翁麟瑞、錢保、潘安三人合創於清・雍正年間，其本來是為清廷做事的，所以又稱為「安清幫」；不過到了清末也以反清為該會月標。

三、武術界情形

　　不肖生本身精於中國武術之道，且與當時期許多武術名家頗有來往，亦曾寫過多篇談論武術的著作，所以在他的武俠小說作品裡，所談到的武術都是行話，非常實在的。尤以《近代俠義英雄傳》一書，更是有助於讀者瞭解清末民初的武術界情形。

　　在《江湖奇俠傳》與《近代俠義英雄傳》兩部作品中，除了不肖生常提示當時武術界的門戶之風頗深，及教法欠缺科學化，是致使中國武術停滯不前，反而失傳的主因外，尚敘述到的武術界情況有：

1、門戶之見

> 長沙、湘陰兩縣的拳師，多有仗著本身武藝，得人幾串錢，就幫人打架的；……照例：拳師所住的地方，周圍十數里之內，不許外來的拳師設廠教拳；要在這地方教拳，就得先把本地的拳師打敗。若不然，無論有如何的交情，也是不行的！（《江湖奇俠傳》第一〇八回）

> 他開了一個廠教徒弟，我不許他教，就是拆廠。（《近代俠義英雄傳》第三十五回）

其後於該書的第七十回，不肖生更道出了中國武藝人喜歡拆場的原因：

> 門戶習氣，和嫉妒旁人成名，雖也是前去拆廠的原因，但主要的原

因，還是發生於地域觀念。(《近代俠義英雄傳》第七十回)

2、過　堂

所謂的過堂，就是習武之人的比武方式。不肖生於《近代俠義英雄傳》第五回，便將當時過堂的方法描寫的相當詳盡，並且是慘不忍睹。其敘述如下：

> 中國從來會武藝人的習慣，第一就是妒嫉；兩人的聲名一般兒大，兩人便誓不兩立，總得尋瑕抵隙的，拚一個你死我活。所以會武藝的人，不和會武藝的人見面則已，一見面，三言兩語不合，就免不了動起手來。有時雙方情憑中保，書立字據；甚至雙方湊出錢來，買好了一副衣巾棺槨，擱在旁邊，兩人方才動手。誰被打死了，誰就消受這副預置的衣巾棺槨；被打死的家屬，自去領屍安葬，沒有異言。這種相打，名叫「過堂」。

> 過堂也有好幾種過法，北方有所謂「單盤」、「雙盤」、「文對」、「武對」；南方有所謂「硬劈」、「軟劈」、「文打」、「武打」，名稱雖南北不同，意義卻是一樣。北方的單盤，就是南方的硬劈。這種單盤、硬劈的過堂法，說起來甚是駭人。譬如兩個人過堂，講好了單盤，就是一個立著不動，聽憑這一個打他幾拳，或踢他幾腳；被打被踢的，有許避讓，有不許避讓，然總之不許還手還腳。照預定的數目，打過了，踢過了，這人又立著不動，聽憑剛才被打被踢的人，照數踢打回來。若是兩人勢均力敵，常有互打互踢至數十次，還不分勝負的。

> 在這種單盤和硬劈之中，又有個上盤、中盤、下盤的三種分別：預先說明了二人都打上盤，就只能專打頭部，中盤專打胸部，下盤專打腿部，彼此不能錯亂。其中又有文、武的分別；文盤和文劈，是空手不用器械；武盤和武劈，或刀或槍，兩人用同等的器械。也有兇悍的，周身被劈數十刀，血流滿地，還全不顧忌的。雙盤和軟劈，就是兩人都立著不動，同時動手，你打來，我打去，大家都不避讓，也有用器械的，也有空手的。文對和文打，是各顯本領，躥跳閃躲，惟力是視。不過彼此議定不下毒手，不卸長衣。這種過堂的方法，大半是先有了些兒感情，只略略見個高下；彼此都沒有麼拚命決鬥

的念頭，才議了是這麼文對文打。武對武打，就得請憑中保，書立字據，各逞各的本領，打死了不償命！

3、躓跤的形式與方法

躓跤不比拳術，會拳術的較量起來，沒有一定的制服；無論長袍短掛，那怕赤膊，皆可隨意。躓跤就不然，都有一定的制服；不穿那種制服，廠裡的人，不肯交手。穿了制服的，有定章，打死了不償命。制服的形式極笨，棉布製成的，又厚又硬，任憑人揪揉扭扯，不至破裂。一件一件的掛在廠門口，凡是進廠要躓跤的，自行更換制服。

躓跤有兩種，一種大躓跤，一個小躓跤；大躓跤多講身法，小躓跤多講手法。大小一般的要穿制服。(《近代俠義英雄傳》第七回)

其後又在第七十九回再次提及大躓跤與小躓跤：

躓跤有兩種，一種大躓跤，一種叫小躓跤，都是從蒙古傳進關來的。清朝定鼎以後，滿人王公貝勒，多有歡喜練躓跤的；御林軍內，會躓跤的更多。後來漸漸的城內設了躓跤廠，御林軍內設了善撲營。……

小躓跤中多有躺地上用腳的方法，大躓跤不然；大躓跤的手法，比小躓跤多而且毒。

4、內外家功夫之別

做內家功夫的人，對於做外家的，照例不甚恭維，內家常以「鐵櫃盛玻璃」的譬喻，形容挖苦做外家的，這是武術界的天然界限，經歷多少年不能泯除的。這譬喻的用意，就是說做外家功夫的人，從皮膚上用功，腑臟是不過問的；縱然練到了絕頂，也不過將皮膚練得和鐵櫃一樣。而五臟六腑，如玻璃一般脆弱；有時和人相打起來，皮膚雖能保的不破，臟腑受傷，是免不了的。(《近代俠義英雄傳》第十三回)

5、習武之人的地位

我國練武藝的人，因爲有一些讀書人瞧不起，多半練到半途而廢。近年來把文武科場都廢了，更使練武藝的人，都存一個練好了無可用處的心，越發用功的少了。(《近代俠義英雄傳》第六十回)

除了上述之外,《近代俠義英雄傳》一書更出現了當時許多盛行拳術的派別名稱,計有形意拳(第五十六回、第六十回)、岳氏散手(第七十一回)、通臂拳(第七十一回)、崩拳(第七十八回)、擒拿手(第七十八回)等等,並且還詳細介紹了太極拳與八卦掌:

1、太極拳。(第五十六回、第五十七回、第六十三回)

不肖生本人便是吳氏太極拳的個中好手,所以在《近代俠義英雄傳》中,不肖生便將清末太極拳的流派傳承情形,融入而成為該書的部分情節,也可稱是為太極拳的門派做簡史。

2、八卦掌。(第六十回、第六十一回)

此套拳法的簡史與方式,於該書的第六十一回中,便有詳盡的描述:

> 這遊身八卦掌的功夫,與尋常的拳腳姿式,完全不同。不練這遊身八卦掌便罷,練就得兩腳不停留的走圈子,翻過來、覆過去,總在一個圓圈上走,身腰變化不測,儼如遊龍,越走越快,越快越多變化。
>
> 創造這八卦掌的,雖不知道是什麼人,然其用意,是在以動制靜。因為尋常的拳腳功夫,多宜靜不宜動,動則失了重心,容易為敵人所乘。創造這八卦掌的人,為了避免這種毛病,所以創造出這以動制靜的拳式。這類拳式的功夫,完全是由跑得來的。單獨練習的時候,固是兩腳不停留的,練多麼久,跑多麼久。就是和人動起手來,也是一搭上手便繞著敵人飛跑。平時既練成了這類跑功夫,起碼跑三五百個圓圈,頭眼不昏花,身腰不散亂。練尋常拳腳的人,若非功夫到了絕頂,一遇了這樣遊身八卦掌,委實不容易對付。

雖然該回不肖生將八卦掌的傳承弄錯了,誤以為是李洛能傳給孫福全、李祿賓,但是其後於第六十三回中,又將此處的錯誤加以補正了,不過此注還是錯誤。總之,就如前章中所云,據歷史故實所成的小說,並不一定完全就得依照史實來描寫,而此章所要論述的,也只是不肖生的作品有何社會性,所以藉此例乃是在說明該作品所呈現那段時期武術界的情形。不過大致上來講,不肖生在該書中所談到的武術家事蹟,是和史實差不多相符的。如第五十五回起所出現的人物李存義,便是一例,書中云其是董海川、李洛能的徒弟,精於形意拳,人稱單刀李,為人任俠尚義,在北五省以保鏢為業,而他的得意門生有尚雲祥、黃柏年與郝海鵬等幾個人;然據與不肖生相同年代的

吳圖南所著的《國術概論》云：

> 李存義，字忠元。直隸深縣人也。慷慨好義，性喜拳術，自幼工長
> 短拳，後遇劉奇蘭，學形意拳，執弟子禮。存義精研數十年，往來
> 各省，無不知名。又以精於刀術，故有單刀李之稱。民初，在津創
> 辦武士會。教授門徒，未嘗稍有倦意。年七十餘而終。傳黃柏年，
> 尚雲祥，郝恩光，李文豹等。〔註4〕

由上可知，不肖生所述大致上與現實相合，而唯一有誤的地方，乃是李存義
所學形意拳的師父是劉奇蘭，而非李洛能。不過李洛能也是形意拳的高手，
並且是劉奇蘭的師父，李存義的師公。至於董海川則是李存義學八卦掌的老
師。

　　觀上種種所述，可以瞭解不肖生於《近代俠義英雄傳》中所道的武術概
況，絕非是憑空虛造，子虛烏有的事情。

四、西方勢力影響下的中國社會

　　清朝末年，由於西方勢力進入中國，西方思潮也跟隨衝擊著中國舊有思
想，也因此產生了一些中西文化的差異性與衝突性，而不肖生的《近代俠義
英雄傳》的書中年代，也正是此段的動盪時期，亦是其本身所經歷的社會，
所以在該書裡也經常呈現出他對那時期社會的深刻體察。因此該書對當時的
中國社會受到西方影響的描述，可分為以下幾個方面：

1、西方思潮的影響

> 無如此時戀愛自由，結婚自由的潮流，雖已傳到了中國，但遠不及
> 民國成立以後的這般澎湃。(《近代俠義英雄傳》第七十六回)

除了戀愛自由、結婚自由的思想影響外，西方對於當時中國影響最深的便是
政治思想，由於清廷歷經了幾次政治革新，仍是無法振衰起弊，因此導致清
末革命事業風湧雲起。然在《近代俠義英雄傳》的第七十七回，便談到了當
時的一些革命組織：

> 那時在國外的革命團體，叫做同盟會，在國內的革命團體，叫做共
> 和會。同盟會的革命手段，重在宣傳，不注重實行，一因孫中山的
> 主張，宣傳便是力量；二因會員中多是外國留學生，知識能力比較

〔註 4〕語見吳圖南《國術概論》一書，引書頁 85。(北京，中國書店，1984 年 3 月)

一般人高，而犧牲的精神，反比較一般人低了。

共和會的革命手段，恰與同盟會相反。全體的會員，都注重實行，不但不注重宣傳，並且極端秘密；有時為實行革命而犧牲了生命，連姓字多不願給人知道。凡是共和會的會員，大家都只知道咬緊牙關，按著會中議決的方略，拚命幹下去，如刺孚奇刺李準、炸鳳山炸王之春、殺恩銘炸五大臣種種驚天動地的革命運動，都是共和會的會員幹出來的。在那時滿清政府的官吏，和社會上一般人，多只知道革命黨行刺，也分不出什麼同盟會共和會。

但是南洋群島的華僑，及歐美各國的學生，平日與革命黨接近的，卻知道同盟會中人，並沒有實行到國內去革命的；除卻首領孫逸仙，終年遊行世界各國，到處宣傳革命而外，其餘的黨員，更是專門研究革命學理的居多。然每次向各國華僑所募捐的錢，總是幾百萬；共和會倒不曾向華僑募捐過錢，也不曾派代表向華僑宣傳過革命理論。因此之故，華僑中之明白革命黨中情形的，不免有些議論同盟會缺乏革命精神。

該文之後，也順帶談到就是因為共和會的影響，才促使同盟會的黨員，漸漸回國從事革命運動。

2、租界的情況

由於清廷的積弱不振，所以便有了外國「租界」的產生，而租界中的規矩和中國人的生活狀況又是如何呢？不肖生描述的有：

在上海租界裡面，不問要做什麼買賣，都得先向工部局裡領執照。

（《近代俠義英雄傳》第四十五回）

其後在該書的第八十回，又再提到在租界裡，無論是擺擂臺或做肩挑手提的小生意，都得向捕房領執照。

租界的規矩，不許有人在馬路上打架，打架兩邊都得拿進捕房，一樣的受罰。（《近代俠義英雄傳》第八十二回）

中國人在租界上和外國人打官司，不問理由如何充足，也沒有不敗訴的。（《近代俠義英雄傳》第八十三回）

除了上述的租界情形外，該書的第七十七回中，描寫到革命志士屈蠖齋先被三個人強擁上車後，車子直駛到法租界與中國地相連的地方，才交由十多個

中國的公差押解至縣衙的故事情節。此種情況，也正是外國租界享有「治外法權」的例子。

3、文化上的差別

（1）中西武學的差別

a、練武的方法不同

外國的武藝，可以說得笨拙異常，完全練氣力的居多。越練越笨，結果力量是可以練得不小，但是得著一身死力。動手的方法，都很平常。不過外國大力士與拳鬥家，卻有一件長處，是中國拳術家所不及的。中國練拳棒的人，多有做一生一世的功夫，一次也不曾認真和人較量過的。儘有極巧妙的方法，只因不曾認真和人較量過，沒有實在的經驗；一旦認真動起手來，每容易將極好進攻的機會錯過了。機會一經錯過，在本勁充足，功夫做得穩固的人，尚還可以支持，然望勝已是很難了。若是本勁不充足，沒用過十二分苦功的，多不免手慌腳亂，敗退下來。

至於外國大力士和拳鬥家，就絕對沒有這種毛病，這人的聲名越大，經過比賽的次數必越多，功夫十九是由實驗得來的。第一得受用之處，就是無論與何人較量，當未動手以前，他能行所無事，不慌不亂；動起手來，心能堅定，眼神便不散亂。（《近代俠義英雄傳》第六十回）

b、拳術用力的不同

我中國拳術家與外國拳術家不同的地方，不盡在方式，最關重要的還在這所用的氣力。外國拳術家的力與大力士的力，及普通人所有的力，都是一樣，力雖有大小不同，然力的成分是無分別的。

至於中國拳術家則不然，拳術上所用的力，與普通人所有的力，完全兩樣。外國拳術家大力士及普通人的力，都是直力，中國拳術家是彈力，四肢百骸都是力的發射器具。譬如打人用手，實在不是用手，不過將手做力的發射管，傳達這力到敵人身上而已。這種力其快如電，只要一著敵人皮膚，便全部傳達過去了。平日拳術家所練慣的，就是要把這氣力發射管，練得十分靈活，不使有一點兒阻滯。這氣力既能練到一著皮膚，便全部射入敵人身上，……

這種力，絕對不是提舉笨重東西，如大鐵啞鈴及石鎖之類的氣
力。……中國還有許多拳術家，手提肩挑的力量，還不及一個普通
的碼頭挑夫，然打人時所需要發射力量，卻能與霍先生相等，甚至
更大（筆者註：因為這些見解，乃借由書中人物農勁蓀之口道出，
所以才有此以霍元甲為例的言語。），這便是中國拳術勝過世界一切
武術的地方。（《近代俠義英雄傳》第七十三回）

（2）中西醫的差別

但可以斷定絕對不是和西醫一樣，由解剖得來的。因解剖的是死人，
與活著的身體大大相同，不用說一死一生的變化極大，冷時的身體
與熱時的身體，都有顯明的變化；即算你們西洋人拼得犧牲，簡直
用活人解剖，你須知道被解剖的人，在解剖時已起了變化，與未受
痛苦時大不相同了。（《近代俠義英雄傳》第七十四回）

（3）中日提倡武術方式的差別

雖然日本是屬於東方國家，但在中國近代史上，其亦如同一些西方國家
一樣地侵凌中國，享有強國應享的一切權利，所以也將其納入此範圍來談。
至於不肖生敘述到中日文化的不同點，也只有一處，那就是中日提倡武術的
方式不同：

日本人提倡柔道，是用科學的方式提倡，是團體的，不是個人的。
無論何種學問，要想提倡普遍，就得變成科學方式，有一定的教材，
有一定的教程，方可免得智者過之，愚者不及的大缺點。我們中國
有名的拳教師收徒弟，一生也有多到數千人的，然能學成與老師同
等的，至多也不過數人，甚至一個也沒有。這不關於中國拳術難學，
也不是學的不肯用功，或教的不肯努力，就是因為沒有按著科學方
式教授；便是學的人天份極高，因教的沒有一定的教程，每每不到
相當時期，無論如何也領悟不到，愚蠢的是更不用說了。（《近代俠
義英雄傳》第七十八回）

最後在《近代俠義英雄傳》中，有關於描寫到西方勢力影響下的中國社
會概況的情形，那便是中國民間為何會仇外的原因，此點敘述見於該書第六
十五回，該回以湖南一省為例，述及由於中外彼此間的語言不通，溝通橋樑
欠缺；再加上那時中國民智尚未完全開化，大多數的鄉民皆屬愚昧無知；又
一些不利於外國人的謠言四起，鄉民們信以為真，而外國人則是常因百口莫

辯而跑，進而更促使中國鄉民們更加相信他們是作賊心虛，因此便有產生了中外之間的衝突。然而衝突的範圍，並不僅限於對外國人而已，甚至還包括一些信仰外來宗教的中國人。至於衝突的方式，就是將那些外國人，或所謂的教民捉起來「點天燭」。何謂「點天燭」呢？於該回便解釋道：

> 所謂點天燭，便是用棉絮蘸了火油，將人細綁包裹著豎立起來，用
> 火點著，活活的燒死。

這便是當時民間仇視外國人，進而引發衝突的原因。

綜上所述，於《江湖奇俠傳》與《近代俠義英雄傳》兩部作品中，常常反映出不肖生個人對那時期的社會觀察力，以及他的生活體驗，雖然在描述的時候，常有他個人非常主觀的意識在內，但是無論在反映當時期的社會風俗、江湖概況、武術界的情形，以及新舊交替時的社會狀況等，都有他獨到一面的見解，且有助於瞭解清末的社會情況，也深深知道當時中國人的一個醜陋的習性，那便是勇於私鬥，自己的同胞都無法相親相愛，更何況要團結起來，共抵外來的侵略呢？這也許是不肖生在寫作該二書時，所隱含的意義吧！

第二節　作品精神

中國文學無論是何種類型的文學作品，或多或少會反映出作家們所欲強調的精神，即使是傳統通俗小說也不例外，雖然它的主要功能是在於娛樂，但其仍是有內涵著小說作家們借題發揮的思想精神存在，武俠小說亦是如此。而一旦作家的作品之中有了這種傾向，也就如**龔鵬程**於〈文學與社會〉一文中所云：

> 但就作品所欲呈現的意義來說，作者很可能會具有一些社會意圖；
> 一篇作品如果作者確實賦予了社會意圖，希望在其中表現、暗示某
> 些社會狀況，甚至進而激發或促進社會行動（如改革、重視……）
> 時，文學與社會的呼應關係就十分緊密了，像白居易所主張的：「詩
> 歌合為時而作、合為事而作」，就是如此。〔註5〕

文學的社會性就更加濃厚了。

至於不肖生於《江湖奇俠傳》與《近代俠義英雄傳》兩部作品中，想要

〔註 5〕語見龔鵬程〈文學與社會〉一文，收錄於《文藝月刊》一八八期，引該雜誌
　　　　頁 48。

強調的精神又是爲何呢？底下便細述之：

一、民族精神、愛國主義

　　《近代俠義英雄傳》一書所描寫的背景，是清末時期的社會情況，又由於該書從第六十六回起的諸回寫作時間，正是值日本大肆侵華的時期，而此刻的社會狀況，也正類似於清末一樣，所以也就如葉洪生於〈平江不肖生小傳及分卷說明〉中所說的：

> 由於心恨日寇侵華，乃於《近代俠義英雄傳》後半部中，借題發揮，
>
> 大張撻伐；其民族主義色彩之強烈，爲近代武俠說部所罕有。〔註6〕

而該書的中心人物霍元甲，簡直可以說是民族主義的化身。至於不肖生如何於該書中強調民族精神、愛國主義呢？首先明顯地就可以從人物的語言方面得知，雖然在《近代俠義英雄傳》此種揭示民族主義的言語頗多，且於第六十六回起出現的次數頻繁，但是所談的可以歸納爲一，那就是不要讓外國人輕視我們，要洗刷「東亞病夫」這個臭名。而其中最具代表性的言語見於第五十六回，書中人物霍元甲所說的：

> 殊不知我中國是幾千年的古國，從來是比外國強盛的，直到近幾十
> 年來，外國有些什麼科學發達了，中國才弄他們不過。除了那些什
> 麼科學之外，我中國那一樣趕他們不上！我中國人越是餒氣，他外
> 國人越是好欺負。我一個人偏不相信。講旁的學問，我一樣也不能
> 與他外國人比賽，只好眼望著他們猖獗；至講到拳腳功夫，你我都
> 是從小就在這裡面混慣了的，不見得也敵不過他外國人。我的意思，
> 並不在打勝了一個外國人，好借此得些名譽，只在要打給一般怕外
> 國人的中國人看看：使大家知道外國人並不是神仙，用不著樣樣怕
> 他。

除了激勵民心的言語外，於該書中不肖生也狠狠地責罵了外國人，計有：

> 外國人若是肯講信義的，也不至專對中國行侵略政策了。（第四十五
> 回，農勁蓀所言）
>
> 只聽說外國人做事，都是說一不到二的，原來要是這麼處處用法律

〔註6〕語見葉洪生〈平江不肖生小傳及分卷說明〉一文，收錄於其編《近代中國武俠小說名著大系》所收平江不肖生作品，每種的第一冊，引正文前頁85。（臺北，聯經出版事業公司，民國73年）

提防著，這也就可見得外國人的信用，不是由於自重自愛，是由於
處處有所謂的法律手續，預爲之防的。（第四十五回，霍元甲所言）

外國大力士拳鬥家，不要說大富豪，連有中人貲産的都不多，其所
以能賭這麼大的輸贏，並不是他們本身的錢，就和我們中國人鬥蟋
蟀一樣，輸贏與蟋蟀本身無關，蟋蟀是受人豢養的，外國大力士拳
鬥家，略有聲名的，無不受幾個大富豪的豢養，就是到各處賣藝，
也是受有錢人的指揮，完全自動的絕少。日本人雖不敢公開的賭博，
然大力士與柔道家受富豪貴族的豢養，也和西洋人一樣。（第五十二
回，彭庶白所言）

這種下流的美國人，比中國的下流人，還來得卑鄙勢利。（第五十八
回，農勁蓀所言）

我聽人說過，東洋的女人最不規矩，世界上都稱東洋爲賣淫國。（第
七十六回，陳太太所言）

日本人氣度狹小，……普通一般日本人，氣度無不狹小的。而且普
通一般日本人，說話做事，都只知道顧自己的利益，不知道什麼叫
信義，什麼叫做道德。（第七十九回，農勁蓀所言）

　不肖生除了利用人物的語言來強調民族精神、愛國主義外，《近代俠義英
雄傳》一書中也描寫到了外國人的特性：

西洋的習慣，白人從來不把黑人當人類看待。（第五十回）

白人的性質多驕寒自大，尤其是瞧不起黃色人；黑人受白人欺負慣
人，就是對黃色人，也沒有白人那種驕矜的氣燄。（第五十三回，農
勁蓀所言）

書中人物黃石屏談及西洋科學進步駭人的原因，乃是在於不顧性命
地研究學術的精神。（第七十五回）

他們日本人有些地方實在令人佩服，無論求一種什麼學問，都異常
認眞，決不致因粗心錯過了機會。（第七十八回，彭庶白所言）

日本人最好學，最喜邀集許多同好的人，在一塊兒專研究一種學問。
有多少學問是從中國傳過去的，現在研究得比中國更好。（第七十九
回，霍元甲所言）

另外於該書第六十三回，也描述了日本人欲跟人家動手之前，必會先試探對

方的虛實，確認對方遠不及自己後方才動手。而於第七十九回、第八十四回，則是分別以霍元甲與秋野比武、劉震聲與松村秀一比劃的故事情節，來描寫日本人偷襲的特性。

　　觀上所述，也許會納悶於不肖生在《近代俠義英雄傳》該作品中，既然嚴厲地批評了外國人的種種，爲何還要講述外國人的優點呢？其實這種觀點，就是清末民初時期愛國主義的一個特色——「師夷之長技以制夷」，如當時著名的人物梁啓超在他的《新民說》一書中，便說過：

> 欲強吾國，則不可不博考各國民族所以自立之道，匯則其長者而取
> 之，以補一我之所未及。〔註7〕

所以在《近代俠義英雄傳》中，才有這種既要反對外國的侵略，又要學習外國長處的結合。

　　然而不肖生並不僅講述外國人的優缺點而已，甚至於當時中國人的好壞處，也是該書所常提及的，計有：

1、讚　揚

> 我們不可因現在中國下等社會的人，沒有知識，不知道衛生，便對
> 於中國的一切學術，概行抹煞！中國是一個開化最早，進化最遲的
> 家，所以政治學術，都是古時最好。便是一切應用的器物，也是古
> 時製造的最精工。（第七十四回，德國醫院院長所言）

2、批　評

> 中國人請客，照例是得催請幾番才到的。（第七十三回，李存義所言）

另外於該回書中人物霍元甲也說到中國人照例被請的客人總是會遲到赴宴的。而這項缺點，仍存於今日大多數的中國人。

> 可惜國家費多少錢，送留學生到東西洋去學醫，能治病的好方法，
> 一點兒也沒學得。不僅對於醫學，不能有所發明，古人早經發明的
> 方法，連看也看不出一個道理來，膽量倒學得比一般中國人都小。（第
> 七十四回，黃石屏所言）
> 倒是中國青年在西洋學醫回國的，大約是因爲不曾多讀中國書的關
> 係，對中國醫學詆毀不遺餘力。（第七十五回，德國醫院院長所言）
> 中國人勇於私鬥的惡根性。（第八十四回，霍元甲所言）

〔註7〕語見梁啓超《新民說》一書，收錄於《飲冰室合集》專集之四，引書頁5～6。

除了上述之外，令人印象頗為深刻的是見於該書第七十回，該文敘述到霍元甲所擺的擂台開張，柳惕安親自到現場觀看，其後情節如下：

> 柳惕安看三方面座位上，東西洋人很多，不但沒有在場中吃點心水果的，交頭接耳說話的都沒有；說笑爭鬧的聲音，全在中國人坐得多的地方發出來，不由得暗自嘆道：「你霍元甲一個人要替中國人爭氣，中國人自不爭氣；只怕你就把性命拚掉，這口氣也爭不轉來。」

然於《江湖奇俠傳》的第二十七回，也有一則談到中國人的習性：

> 中國人的性質，對於古蹟名勝，素來不知道保存顧惜的！

總之，觀上所述不肖生在《近代俠義英雄傳》中如此地強調民族精神與愛國主義，乃是其希冀當時的中國人仍要重視固有的傳統文化，至於陋習與缺點就要改掉，進而學習外國人的長處，一起團結共禦外侮，這也許就是不肖生在寫作《近代俠義英雄傳》時，所賦予的社會意圖。

二、諷刺精神

不肖生早期便是以寫作社會諷刺小說起家，所以在《江湖奇俠傳》與《近代俠義英雄傳》中，也常常出現諷刺性的文字。至於運用的方式，不外乎是直諷與暗諷，而諷刺對象最多的便是中國的官場，如《江湖奇俠傳》：

（一）第四回中，談及平、瀏兩縣爭水陸碼頭的事，不肖生敘述說：

> 那時做官的人，都是存著吏不舉、官不究的心思，祇要打輸了的不告發，便是殺死整千整萬的人，兩縣的縣知事，也不肯破例出頭過問！所以平、瀏兩縣的人，年年爭趙家坪，年年打趙家坪；惟恐趙家坪不屬本縣的縣境。兩處縣知事的心理，卻是相反的，幾乎將趙家坪，看作不是中國的國土；將一干爭趙家坪，在趙家坪相打的農人，也幾乎看作化外！所以年年爭打得沒有解決的時候！

（二）第一百零一回中，描寫趙如海的鬼魂，只要是當地縣官不按時祭拜，便會興風作浪，可是到了民國成立之後，卻是風平浪靜，不肖生便寫道：

> 據一般瀏陽人推測；大約是因民國以來的名器太爛了；做督軍省長的，其人尚不足重；何況一個縣知事算得甚麼？因此鬼都瞧不起，不屑受他們的禮拜！這或者也是趙如海懶得出頭作祟的原因！

（三）第一百零五回中，張汶祥向城隍爺求籤，問何日刺殺馬心儀，結果與

自己所認為時機最佳的日期不同，因而心中懷疑道：

> 城隍是陰間的官；總督是陽間的官，常言「官官相衛」；祇怕是城隍
> 爺有意庇護這淫賊，存心是這般作弄我！

至於《近代俠義英雄傳》則見於第五十八回至第六十回余伯華與卜姐麗的故
事情節，該回便將官場上的上級借勢施壓給下級；下級欲能升官而討好上級
的情形，描寫的淋漓盡致。

不肖生主要於該兩部作品諷刺官場外，尚還有諷刺到一些事物，如：

1、人 情

> 世人所爭的，何嘗都是於自己有關的事？所以謂之爭閒氣。（《江湖
> 奇俠傳》第四回，呂宣良所言）

> 人一沒了錢，莫說親戚，就是嫡親的父子兄弟，也都有不肯相認的
> 時候。（《近代俠義英雄傳》第三十七回）

2、蒙館教書先生

> 蒙館先生教書，照例不知道講解，謹依字音念唱一回；訛了句讀，
> 乖了音義的地方，不待說是很多很多。館中所有的蒙童，跟著先生
> 念唱，正如翻劇的書，錯誤越發多了。（《江湖奇俠傳》第五回）

3、民初的顯宦

> 民國時代的顯宦，動輒是數百萬數千萬；若祇有數十萬的財產，要
> 算是兩袖清風，誰也不放在眼裡！然在前清時代，富至數十萬，在
> 社會上一般人的眼光看了，確是了不得的巨富！（《江湖奇俠傳》第
> 三十七回）

4、江湖郎中

> 專替閻王做勾魂使者的醫生。（《江湖奇俠傳》第七十一回）

5、會說英國話的中國人

> 那時中國人能說英國話的，不及現在十分之一多，而說得英國話的
> 中國人，十九帶著幾成洋奴根性，並多是對於中國文字，一竅不通，
> 甚是連自己的姓名都不認得，都寫不出，能知道顧全國家的體面，
> 和自己的人格的，一百人之中，大約也難找出二、三個。（《近代俠
> 義英雄傳》第十四回）

會說英國話的中國人，其實就是所謂的「買辦」，「買辦」在當時一般中國人

的眼裡，是極為鄙視的。吳圳義的《清末上海租界社會》一書，對造成此種情形的原因，講述的十分清楚，其云：

> 買辦由於職務的關係，可受到外國領事的保護，因而在華人社會中成為特權階級。他們利用這種關係，謀求經濟上的利益，增加自己的財富。或許為此，才為國人所不齒。〔註8〕

由此可知，因為「買辦」享有一般中國人所無法擁有的權利，又常為了自己的經濟利益，而犧牲國格，才會被當時國人們所唾棄。

6、外國人

在《近代俠義英雄傳》一書，不肖生一而再，再而三地強調外國人講信用，可是情節到最後，外國都背信而逃，連法律也沒有辦法約束。

由上所述可知，雖然該二書的故事年代，距離不肖生所處的年代，差不了多少，但是不肖生於作品中所表現的諷刺精神，實有借古諷今的意味。

民國以來的武俠小說論者，向來大都將武俠小說批評得一無是處，並且認為它是百害而無一益。然而今觀《江湖奇俠傳》與《近代俠義英雄傳》兩部武俠作品，實在可以推翻這些論者的觀點。因為從該二書，不僅有助於瞭解各地的民俗風情，清末的社會狀況，甚至還有激勵民心士氣的作用，更可使讀者瞭解為人處世的方法，所以武俠小說並非是危害大眾身心的文學作品。並且由此章所述，也確知不肖生在《近代俠義英雄傳》所呈現作者本身的思想精神，實比《江湖奇俠傳》高妙不已。

〔註8〕語見吳圳義《清末上海租界社會》一書，引書頁121。(臺北市，文史哲出版社，民國67年4月)

第八章　貢　獻

　　本章乃是對不肖生的《江湖奇俠傳》與《近代俠義英雄傳》對後來武俠小說的影響而論，共可分為以下四方面：

一、將武俠小說的重心移到江湖上

　　武俠小說原本就是以俠客在江湖上的英雄事蹟為主要訴求，但是在清代，由於俠義與公案兩種類型的小說互相融合，形成了俠義公案小說，俠客們變成了清官的附庸，清官的事蹟反而凌駕於俠客的事蹟之上，成為訴求的主要重心。雖然不肖生的《江湖奇俠傳》，仍有著許多清代俠義公案小說的遺跡，但是該書的重心已經移轉到江湖。因此，後來的武俠小說家皆承續不肖生的腳步，專寫武林江湖的恩怨了。就如陳平原《千古文人俠客夢——武俠小說類型研究》一書所云：

　　　　在武俠小說類型的演變中，《江湖奇俠傳》的最大貢獻是將其立足點
　　　　重新移到「江湖」上來。唐宋豪俠小說中的俠客隱身江湖，鋤暴安
　　　　良後即飄然遠逝；清代俠義小說中的俠客則如黃天霸「看破綠林無
　　　　好」（《施公案》一七四回），或則殺人放火受招安，或則乾脆投奔清
　　　　官麾下，博得封官蔭子。民國後的小說家，一則是清朝統治已被推
　　　　翻，不會在頌揚賀天保們的「烈烈忠魂保大清」（《施公案》一二五
　　　　回）；一則受民主觀念薰陶，朝廷並非神聖不可侵犯，俠客替天行道，
　　　　即便「時扞當世之文罔」也無可非議。基於前者，武俠小說中出現
　　　　崇明抑清傾向，《江湖奇俠傳》中穿插黃葉道人、朱復等「圖復明社」
　　　　的情節，……基於後者，武俠小說中真正的俠客不願接受朝廷封賜，
　　　　柳遲救出卜巡撫後托辭出走，黃葉道人實在推卻不掉，也只請下全

部道藏（《江湖奇俠傳》一〇六回、四六回）；……把立足點從朝廷移到江湖，不只是撇開了一個清官，更重要的是恢復了俠客做人的尊嚴、濟世的責任以及行俠的膽識。〔註1〕

二、武俠小說中的僧、道人物開始講經明道

在不肖生之前的俠義小說中的和尚或道士，大都只是爲一個符號代表，要不然就是爲非做歹之人，到了不肖生以及與不肖生相近年代的還珠樓主，才開始對武俠小說的僧、道之徒，添加了講經明道的功能，如《近代俠義英雄傳》中的人物陳樂天，便是一個最佳的例子。此點更是對後來的新派武俠小說，起了很大的影響。也並且使佛、道思想成爲武俠小說的基本精神支柱，甚至還有以佛教名稱爲書名者，如金庸的《天龍八部》。

三、開始以天下名山虛構派名，並且敘述互奪武林江湖的情形

不肖生的《江湖奇俠傳》作品中，述及了崑崙、崆峒兩派互爲世仇，互相爭鬥的故事情節，這是將武俠小說的重心移到武林江湖的必然結果。後來的武俠小說家更是將它發揚光大，五嶽劍派、天山派……紛紛出籠。

然而於《江湖奇俠傳》中，尚有一點是爲後來武俠小說的藍本，就是於該書第一回所提到的湖南叫化的組織情形，此點正是後來武俠小說中「丐幫」的雛形。

四、大量引進內功，爲武俠小說中俠客們的武藝

《近代俠義英雄傳》是部寫實技擊的武俠小說；再加之不肖生精通中國武術，所以該書中敘述有關武術的方面，均是頭頭是道。而且該書也提到了不少精於內家功夫的高手與內功，這對後來新派武俠小說家，在描寫俠客武藝方面多了內功修爲的描寫，如金庸武俠小說中的易筋經、九陰眞經、九陽眞經、六脈神劍，皆是屬於上乘的內功。只不過是不肖生於該書極力貶低外家功夫，不像後來新派武俠小說家們所描述的內、外兼修。

由以上所述可知，不肖生對於民國武俠小說實是貢獻匪淺。

〔註 1〕 語見陳平原《千古文人俠客夢——武俠小說類型研究》一書，引書頁 69～70。（北京，人民文學出版社，1992 年 3 月）

第九章　結　論

　　清朝末年，西方的科學突飛猛進，促使西方各國國力增強，進而紛紛向本國以外擴展自己的勢力範圍；然而向來以「天朝」自居的中國，此時卻是滿於現狀，酖於安樂。就在此中西國力一消一長的情況下，致使清廷在「鴉片戰爭」中，不敵西方的船堅砲利，慘遭大敗。而紙老虎的假象，一旦被拆穿後，列強們便接二連三、毫無忌憚地進逼中國，也開啓了紛亂動盪，慘痛的中國近代史。

　　就在如此的時代背景下，當時的中國社會也相對產生劇烈的變化，而不肖生（向愷然）正是生處於在這新舊文化衝突的人物。他早年就曾為了尋找救國之道，而東赴日本留學；也曾感於袁世凱的胡作非為，將好不容易得來的革命成果輕易斷送，而參加了「討袁」的護國運動；甚至更於日寇侵華的時候，投筆從戎。在在顯現出不肖生一顆強烈的愛國心。而他的《近代俠義英雄傳》此部作品，更是將這種愛民族、愛國家的精神闡揚得淋漓盡致。而此種思想，也正是清末民初最強烈的一股社會思潮。

　　至於不肖生為何會從事於武俠小說的寫作，這可說是因緣巧合，若當時如果沒有包天笑的中介，也許可能就沒有民國以來的武俠小說流行風潮。而且《江湖奇俠傳》又是不肖生的武俠作品初試啼音，便能夠受到廣大的迴響，也可算是個異數。

　　然而一種文學類型能夠蔚為一股風潮，絕非只是靠作家單方面的努力，而是需要眾多因素的交相匯合，才方能有此成就。當時的中國社會，因為受到西方思潮的影響，商業活動已漸為興盛，人口也開始往城市集中，使得生活步調漸為緊張，城市的居民也開始尋求疏解精神的方法。就在這種條件下，

以強調通俗性、趣味性，但又要能有「懲惡勸善」功能的城市通俗小說便隨之產生；再加之，當時的政局極不穩定，戰亂頻仍，人民生活極為困苦，但不滿於生活現狀，對環境又有種無力感，卻又無處可供渲洩的情況下。而以才子佳人、社會等為類型的通俗小說，已漸漸不能吸引群眾時，已發展漸趨成熟，強調濟弱扶傾的武俠小說的適時出現，正好契合此刻大多數的群眾心理需求，武俠小說的需求量便大而增加。

又由於代表廣大讀者的書商，原本就以自身的利益為圖，有鑑於《江湖奇俠傳》的成功，武俠小說的市場供給量大增，便紛紛以出版武俠小說為首要目標。也因為小說商品化的惠下，作家轉為專業化，因此作家也考慮到文學作品的經濟價值，便大量地投入創作武俠小說的行列中；又加上，當時無論是政府、地方或民間，瀰漫著一股提倡中國武術、強國健民的風氣，正好提供了寫作武俠小說的良好條件與環境。就在這種種因素的湊合下，民國舊派武俠小說才得以興盛。

今觀不肖生的《江湖奇俠傳》與《近代俠義英雄傳》兩部作品，其所呈現的思想，主要是以構成中國文化的三大要素——儒、佛、道三家思想的色彩較為濃厚，其中尤以天命思想更可說是不肖生作品的一大特色。天命思想，自古以來便深深影響到每個中國人，也是中國文化的精髓所在。「天」雖早在先秦的思想家眼裡，就已成為自然客觀的實體，並且也常利用其來強調個人修德的重要。可是對廣大的群眾而言，「天」至今仍是一個有情感、有意志、有行為的命定主宰。而不肖生對「天」的觀念正是屬於後者，甚至他還把佛教的主要思想——緣起觀與因果業報，皆統攝在這無所不能「意志天」的掌握中。至於有關道教的思想，乃以「方術」較為多見，即使是接近寫實風格的《近代俠義英雄傳》，亦多少摻有此類思想。

然於該二書中有一較為特別的，那便是儒家的孝道思想。由於當時的五四運動提倡者，鑑於袁世凱的「洪憲帝制」與張勳復辟，皆假借儒家學說為名義，來實現自己的慾望。因此他們認為要徹底清除封建社會的遺毒，就必須消滅忠君的思想，而首要步驟，就是要將「孝」連根拔除。而孝親思想可說是我中國與西方文化最大的不同點，不肖生有感於此，便於該二書中無時無刻強調孝道精神，並且認為世上絕沒有教人不孝的道術，不孝之徒簡直是連禽獸都不如。

又由於不肖生身處在極為動亂的時代裡，因此對佛教的人生為苦、人生

無常的思想，於該二書中也頗多闡述。雖然不肖生的舊有思想甚爲濃厚，但是也有少許受到西風影響的地方，如在《近代俠義英雄傳》一書中，就提到了什麼東西都可以保險，惟獨女子不能保生命險，以及女子沒有名片的情形，此點似乎是對故有男尊女卑思想的批評。

至於《江湖奇俠傳》與《近代俠義英雄傳》兩部作品的藝術手法，不肖生仍是承襲中國傳統通俗小說的創作筆法。由於《江湖奇俠傳》的故事情節來源頗多取材自鄉野傳奇、歷史軼聞、清人筆記、地方戲曲等等，實爲是「拼盤式」、「雜匯式」的寫作方式；再加之不肖生的寫作特色，慣用以「劈竹法」及「剝筍法」，因此該書的結構乃是如同《儒林外史》一書的接力式結構，而此種結構的最大缺點，就是極爲鬆散。至於《近代俠義英雄傳》就較有中心人物及主要情節，因此它的結構就優於《江湖奇俠傳》許多，較類似於《孽海花》一書的傘狀花架式的結構，雖然能夠廣泛地呈現作者所欲反映的社會狀況，不過有時也難免會有結構鬆散的毛病。

兩部作品中的人物眾多，雖然在肖像刻劃上有時有輕描淡寫，或有遣詞用句雷同的地方，但是在大多數的人物形象塑造上，不肖生依然拿捏的十分妥當。對於人物的心理剖析，也有著獨到之處。

在於敘事技巧上，不肖生擅長於讀者意想不到的故事情節中埋設伏筆，也喜於運用「欲擒故縱法」，來弔足看官們的胃口，不過有時也會就像脫了韁的野馬，越跑越遠，對作品的嚴謹性實有非常大的殺傷力。另外在「犯而避」的筆法上，也可見出不肖生功力的超凡處。雖然在該兩部作品有著上述的優點，但是在該二書中對於能夠反映人物心態的景色描寫卻非常罕見，這可說是不肖生作品中的一項缺點。

一部優秀的文學作品，是要能夠描述社會各階層的生活狀況與精神，反映歷史的過程，以及社會的變革，從而發生教育的效果。不肖生的《近代俠義英雄傳》就是這樣的一部作品。該書所敘述的時代背景，正是作者本身所親歷過的；再加上，該書撰寫的年代與書中所述的年代相差無幾，當時又值日寇大肆侵華。因此，不肖生便借題發揮極力闡揚民族主義與愛國精神，該作品中的主要人物霍元甲，簡直可說是此種精神的化身，也足以反映了當時主要的社會思潮。

另從《近代俠義英雄傳》中，也可見出不肖生的社會觀察力極爲敏銳。對於當時中西文化的異同、衝突，華人的地位，以及受到西方思潮影響下的

中國社會變革的情形，均有深刻的描述。又由於不肖生的精於武術，旅歷之豐，所以在該書對於當時的武術界、江湖情形、各地民俗風情的描述，均有其獨到的一面。

至於《江湖奇俠傳》所反映的社會性，就遠不及《近代俠義英雄傳》來得強烈。不過在敘述民情風俗上，就比後者要爲常見。

《江湖奇俠傳》與《近代俠義英雄傳》是不肖生風格迴異，成就各有不同的兩部作品，也代表了當時武俠小說的兩大類型，前者屬於奇幻劍仙；後者乃是寫實技擊。雖然皆尚未臻於成熟的階段，但對後來的武俠小說的確起了相當大的引導作用。

向來武俠小說的論者，大都將武俠小說批評得一無是處，然觀不肖生的武俠作品實足以反駁這些論者的觀點。武俠小說亦有著傳統通俗小說的特點。武俠小說並非是提倡以暴制暴，其只是將中國人勇於私鬥的劣根性給反映出來，並且進而勸國人改掉此種毛病。武俠小說也並非是麻醉群眾，使民族退化；反而是有激勵民心，甚至於渲洩群眾積悶的心理，以致不衍生出諸多社會問題的社會功用。而且武俠小說也是比現今所有的文學作品，更能確切地反映出中國文化。雖然武俠小說不能稱作是百科全書，但是它能使群眾更深刻得了解中國文化，甚至是民俗風情，以及處世的方法。只是歷來大多數的讀者，只汲取了武俠小說的反方面思想，而忽略了武俠小說眞正的內涵意義；再加上後來的武俠小說作家們，皆極力於描寫俠客武藝的出神入化，以及故事情節的詭異神奇。才致使論者們對武俠小說的攻伐，這也是後來武俠小說寫作漸趨沒落的原因。

總之，不要因爲武俠小說的社會功用大於其文學價值，而完全否定了武俠小說在文學史上的地位。

徵引及參考書目

壹、專著部分

一、古著部份

1. 《孝經》（十三經注疏本），唐元宗注，邢昺疏，臺北：藝文，民國 70 年元月，八版。

2. 《尚書》（十三經注疏本），孔安國傳，孔穎達正義，臺北：藝文，民國 70 年元月，八版。

3. 《詩經》（十三經注疏本），鄭玄箋，孔穎達疏，臺北：藝文，民國 70 年元月，八版。

4. 《論語》（十三經注疏本），何晏注，邢昺疏，臺北：藝文，民國 70 年元月，八版。

5. 《禮記》（十三經注疏本），鄭玄注，賈公彥疏，臺北：藝文，民國 70 年元月，八版。

6. 《史記》，司馬遷，臺北：鼎文，民國 71 年 12 月，五版。

7. 《老子釋譯》，朱謙之釋，任繼愈譯，臺北：里仁，民國 74 年 3 月，不詳。

8. 《抱朴子內外篇》，葛洪，臺北：商務，民國 54 年 11 月，臺一版。

9. 《莊子集釋》，郭慶藩輯，臺北：華正，民國 76 年 8 月，不詳。

10. 《韓非子集釋》，陳奇猷，臺北：漢光，民國 72 年 5 月，初版。

11. 《弘明集》（四部叢刊本），釋僧祐，臺北：商務，民國 64 年 6 月，臺三版。

12. 《春秋繁露》（四部叢刊本），董仲舒，臺北：商務，民國 64 年 6 月，臺三版。

13. 《楚辭補注》，洪興祖，臺北：漢光，民國 72 年 9 月，初版。

14. 《廣弘明集》（四部叢刊本），釋道壹，臺北：商務，民國 64 年 6 月，臺三版。

15. 《鐔津文集》（四部叢刊本），契嵩，臺北：商務，民國 64 年 6 月，臺三版。

16. 《太平經》，正統道藏、太平部。

17. 《太上戒經》，正統道藏、洞神部。

18. 《太上感應篇》，李昌齡傳，鄭清之贊，正統道藏、太清部。

19. 《正一法文天師教戒科經》，正統道藏、洞神部。

20. 《中起本經》，大正重脩大藏經第四冊。

21. 《妙法聖念處經》，大正重脩大藏經第十七冊。

22. 《佛說大摩里支菩薩經》，大正重脩大藏經第二十一冊。

23. 《增一阿含經》，大正重脩大藏經第二冊。

24. 《優婆塞戒經》，大正重脩大藏經第二十四冊。

25. 《在野遍言》，王嘉禎、周卿，臺北：新興，民國 49 年，初版。

26. 《南園叢稿》，張相文，臺北：文海，民國 57 年，初版。

27. 《春冰室野乘》，李孟符，臺北：文海，民國 57 年，再版。

28. 《庸盦筆記》，薛福成，臺北：新興，民國 49 年，初版。

二、近著部分

1. 《千古文人俠客夢——武俠小說類型研究》，陳平原，北京：人民文學，1992 年 3 月，一版一刷。

2. 《小品大觀》，鄭逸梅，臺北：新文豐，民國 71 年 8 月，初版。

3. 《小說技巧》，傅騰霄，北京：中國青年，1992 年 3 月，一版一刷。

4. 《小說結構美學》，金健人，臺北：木鐸，民國 77 年 9 月，初版。

5. 《小說纂要》，蔣祖怡，臺北：正中，民國 49 年 12 月，臺二版。

6. 《中西宗教與文學》，馬焯榮，長沙：岳麓書社，1991 年 10 月，一版一刷。

7. 《中國小說敘事模式的轉變》，陳平原，臺北：久大文化，1990 年 5 月，初版。

8. 《中國之俠》，劉若愚著，周清霖、唐發鐃譯，上海：上海三聯，1991 年 9 月，一版一刷。

9. 《中國方術大辭典》，陳永正主編，廣東：中山大學，1991 年 12 月，一版二刷。

10. 《中國小說史》，范煙橋，臺北：漢京，民國 72 年 9 月，初版。

11. 《中國古代小說理論研究》，湖北省《水滸》研究會編，武昌：華中工學院，1985 年 6 月，一版一刷。

12. 《中國古代小說藝術論》，魯德才，天津：百花文藝，1988 年 12 月，一版一刷。

13. 《中國古典短篇俠義小說研究》，崔奉源，臺北：聯經，民國 73 年 12 月，二次印行。

14. 《中國佛教文化論稿》，魏承恩，上海：上海人民，1991 年 9 月，一版一刷。

15. 《中國佛教與傳統文化》，方立天，臺北：桂冠，1990 年 6 月，初版一刷。

16. 《中國武俠小說史》，羅立群，瀋陽：遼寧人民，1990 年 10 月，一版一刷。

17. 《中國武俠小說史略》，王海林，太原：北岳文藝，1988 年，一版一刷。

18. 《中國武俠小說辭典》，故文彬主編，石家莊：花山文藝，1992 年 8 月，一版一刷。

19. 《中國武俠小說鑑賞辭典》，寧宗一主編，北京：國際文化，1992 年 2 月，一版一刷。

20. 《中國武術史》，習雲太，人民體育，1985 年 12 月，一版一刷。

21. 《中國哲學原論導論篇》，唐君毅，臺北：學生，民國 75 年 9 月，校訂版。

22. 《中國通俗小說理論綱要》，周啟志等，臺北：文津，民國 81 年 3 月，初版。

23. 《中國儒學史》，趙吉惠等，鄭州：中州古籍，1991 年 6 月，一版一刷。

24. 《中國戲曲史》，孟瑤，臺北：傳記文學，民國 68 年 11 月，再版。

25. 《孔孟荀哲學》，蔡仁厚，臺北：學生，民國 77 年 2 月，初版二刷。

26. 《文學社會學》，何金蘭，臺北：桂冠，1989 年 8 月，一版一刷。

27. 《文學、思想、書》，侯健，臺北：皇冠，民國 67 年 8 月，初版。

28. 《古老心靈的回音——中國古典小說的文化——心理學闡釋》，胡邦煒、岡崎由美，成都：四川文藝，1991 年 3 月，一版一刷。

29. 《古典小說大觀園》，賈文仁，臺北：丹青，民國 72 年 3 月，初版。

30. 《民國通俗小說論稿》，張贛生，重慶：重慶，1991 年 5 月，一版一刷。

31. 《江湖奇俠傳》，不肖生著，葉洪生批校，臺北：聯經，民國 73 年 11 月，初版。

32. 《佛教手冊》，寬忍，北京：中國文史，1991 年 11 月，一版一刷。

33. 《佛教文學對中國小說的影響》，釋永祥，高雄：佛光，民國 79 年 3 月，初版。

34. 《佛教根本問題研究（二）》，張曼濤主編，臺北：大乘文化，民國 67 年 9 月，初版。

35. 《佛教與人生》，魏承恩，蘭州：甘肅人民，1991 年 12 月，一版二刷。

36. 《佛教與中國文化》，張曼濤主編，上海：上海書店，1988 年 3 月，一版二刷。

37. 《佛教與中國文學》，張曼濤主編，臺北：大乘文化，民國 67 年元月，初版。

38. 《佛教與中國文學》，孫昌武，上海：上海人民，1988 年 8 月，一版一刷。

39. 《佛教詩禪——中國佛教文化論》，賴永海，北京：中國青年，1990 年 10 月，一版一刷。

40. 《我看鴛鴦蝴蝶派》，魏紹昌，臺北：商務，民國 81 年 8 月，臺初版一刷。

41. 《東方佛教文化》，臺北：木鐸，民國 77 年 9 月，初版。

42. 《武俠小說話古今》，梁守中，臺北：遠流，1990 年 12 月，臺灣初版。

43. 《武俠鼻祖——向愷然》，范伯群編，臺北：業強，1993 年 2 月，初版。

44. 《近代俠義英雄傳》，不肖生著，葉洪生批評，臺北：聯經，民國 73 年 11 月，初版。

45. 《看戲與聽戲》，魏子雲，臺北：貫雅，民國 82 年 4 月，初版。

46. 《國術概論》，吳圖南，北京：中國書店，1984 年 3 月，一版一刷。

47. 《晚清小說研究》，方正耀，上海：華東師大，1991 年 6 月，一版一刷。

48. 《清末上海租界社會》，吳圳義，臺北：文史哲，民國 67 年 4 月，初版。

49. 《清末四大奇案》，趙雅書，臺北：文鏡，民國 71 年 9 月，初版。

50. 《清末社會思潮》，吳雁南等主編，福州：福建人民，1992 年 4 月，一版二刷。

51. 《新編中國哲學史》，勞思光，臺北：三民，民國 76 年 10 月，增訂三版。

52. 《道教文化概說》，于民雄，貴陽：貴州人民，1991 年 7 月，一版一刷。

53. 《道教概說》，李養正，北京：中華，1989 年 2 月，一版一刷。

54. 《道教與中國社會》，李養正，北京：中國華僑，1989 年 12 月，一版一刷。

55. 《道教與中國傳統文化》，卿希泰主編，福州：福建人民，1990 年 9 月，一版一刷。

56. 《道教與仙學》，胡孚琛，太原：新華，1991 年 12 月，一版一刷。

57. 《鄭振鐸選集》，鄭振鐸，香港文學，1965 年 5 月，不詳。

58. 《儒佛道與傳統文化》，《文史知識》編輯部編，北京：中華，1990 年 3 月，一版一刷。

59. 《儒家理想人格與中國文化》，朱義祿，瀋陽：遼寧教育，1991 年 9 月，
　　一版一刷。

60. 《儒學在現代中國》，宋仲福等，鄭州：中州古籍，1991 年 6 月，一版一
　　刷。

61. 《鴛鴦蝴蝶派研究資料》，魏紹昌等編，上海：上海文藝，1984 年 7 月，
　　一版一刷。

62. 《禮拜六的蝴蝶夢》，范伯群，北京：人民文學，1989 年 6 月，一版一刷。

貳、期刊論文

1. 〈中國佛教中之孝道〉，陳觀盛作，許章真譯，中華文化復興月刊第十五
　　卷第十期（民國 71 年 10 月）

2. 〈中國武俠小說的形成與流變〉，張贛生，河北大學學報 1987 年第四期。

3. 〈文學與社會〉，龔鵬程，文藝月刊第一八八期（民國 74 年 2 月）

4. 〈可信而不實在的世界〉，溫瑞安，中國論壇第十七卷第八期（民國 73 年
　　1 月）

5. 〈向愷然〉，關志昌，傳記文學第四十二卷第三期。

6. 〈江湖奇俠長沙柳森嚴的奇聞怪事〉，古南湖，湖南文獻第五期（民國 58
　　年 10 月）

7. 〈我國豪俠精神的特色〉，楊興安，明報月刊第三〇一期（1991 年 1 月）

8. 〈武俠小說與中國文化〉，陳平原，文史知識第一〇三期（1990 年 1 月）

9. 〈武俠小說與中國文化傳統〉，吳樺，文史知識第一一五期（1991 年 1 月）

10. 〈馬新貽遇刺案新探〉，唐瑞裕，中華文化復興月刊第八卷第八期（民國
　　64 年 8 月）

11. 〈從武俠小說談起〉，吳萬居，文海第三十三期（民國 68 年 5 月）

12. 〈清末四大奇案揭秘〉，劉耿生，歷史月刊第六十四期（民國 82 年 5 月）

13. 〈寥落江湖嚭俠影〉，張水江，興大法商第四十期（民國 68 年 1 月）

14. 〈漫談武俠與武俠小說〉，吳宏一，中國論壇第十七卷第八期（民國 73 年
　　1 月）

15. 〈與向愷然談「江湖奇俠」〉，胡遯園，藝文誌第九十五期（民國 62 年 8
　　月）

16. 〈劍俠千年久矣──古俠的歷史意義〉，唐文標，中華文化復興月刊第九
　　卷第五期（民國 65 年 5 月）

17. 〈論平江不肖生的《近代俠義英雄傳》〉，葉洪生，明報月刊第二〇八期（1983
　　年 4 月）

18. 〈儒釋道所形成中華民族的宗教信仰〉，羅光，文藝復興月刊第一卷第七

期（民國 59 年 7 月）

19. 〈鴛鴦蝴蝶派與武俠小說〉，龔鵬程，聯合文學第二卷第十一期（民國 75 年 9 月）

20. 〈鴛鴦蝴蝶──《禮拜六》派〉，范伯群，國文天地第五卷第六期（民國 78 年 11 月）

21. 〈觀千劍而後識器──淺談近代武俠小說之流變〉，葉洪生，聯合文學第二卷第十一期（民國 75 年 9 月）

參、報　紙

1. 〈不肖生與近代武俠小說〉，少翁，大華晚報（民國 58 年 3 月 14 日第八版）